GRANDE COURONNE

Salomé Kiner est une autrice, critique littéraire et journaliste française. *Grande couronne* est son premier roman.

SALOMÉ KINER

Grande couronne

CHRISTIAN BOURGOIS ÉDITEUR

L'écriture de ce livre a bénéficié du soutien
de la Direction de la culture de la Ville de Vevey
et de la Conférence des villes en matière culturelle (Suisse).

L'autrice remercie les familles Didisheim et Gygax
de l'avoir accueillie dans la maison des Grèves,
et Karine Lanini pour ses éclairages bienveillants.

ISBN : 978-2-253-93622-0 – 1re publication LGF

à Marion De Dominicis,
racine et source d'écriture

à ma famille,
ancre invisible sous les pages

Je n'imaginais pas qu'Amanda serait mère à dix-neuf ans et ventouserait sa collection de peluches sur le pare-brise de sa Ford Fiesta. À l'époque, elle vivait en caravane dans le jardin de ses parents. Un mobil-home tapissé de moquette avec une lampe à lave et un bocal de poissons combattants. Elle leur distribuait des larves de moustiques à l'épuisette, collait son front à la vitre de l'aquarium et observait les mâles se battre pour emporter la nourriture. C'était la mode des animaux de compagnie genre agressif : dans ma rue, un portail sur deux avait son berger allemand dressé en position d'attaque.

J'admirais Amanda parce qu'elle avait des vêtements de marque, des produits de beauté de marque et des goûters de marque. Des Prince, des Pepito, des Mikado, de l'Oasis. Elle avait même une chaîne hi-fi et un lit double avec des parures assorties. Moi, ma mère me donnait des compotes de pommes, mais pas des Andros : des berlingots discount que la voisine ramenait par palettes de Picardie pour les revendre aux familles nombreuses du quartier. Impossible d'épuiser le stock avant la date de péremption.

— La date de péremption c'est une arnaque du marketing, disait ma mère en fourrant son poison au fond de nos cartables.

Arnaque ou pas, je mangeais mon goûter cachée dans les toilettes. Pendant que mes camarades rouaient la porte de coups de poings, je m'empiffrais, les poches pleines de fruits secs, de biscuits au sésame, de Balisto dans les bons jours. C'était pas les goûters de ma mère qui me posaient problème. Il y en a même que j'aimais bien. Mon problème, c'était les autres. Ça a toujours été les autres. Leurs yeux cireux de poissons morts sur vos mœurs particulières, la vénération des vies droites et la religion cathodique. Leurs pères, premiers sur les courts de tennis, leurs mères, toutes assistantes de direction. Leurs virées à Auchan, les allées de gravier brossé, le papier peint relief, les casseroles en cuivre assorties, les doubles bols olives-noyaux. Et la moquette dans les chambres à coucher. Chez moi, j'avais du lino gris chiné. C'est plus facile à nettoyer, disait ma mère. Tu m'étonnes : même quand c'est propre, c'est sale.

C'est Kat Linh qui m'a emmenée la première dans la caravane d'Amanda. J'étais l'amie de Kat Linh depuis que la prof d'anglais nous avait placées côte à côte. J'adorais les langues étrangères, surtout l'anglais : j'avais une correspondante à Belfast et un boyfriend imaginaire avec lequel je m'entraînais dans le miroir en couvrant mon reflet de bave.

Kat Linh était mauvaise en tout, mais en anglais, elle savait à peine prononcer le prénom des personnages pédagogiques. Ashley, Gill, Davy. Elle avait redoublé le CM1 et la sixième, elle était digne de respect et de fait elle était respectée. Elle avait un grand frère, une dizaine de Air Max et trois ensembles Lacoste. Elle était eurasienne : pas blanche, mais pas arabe non plus. Exotique. Son père était accro au jeu. Un jour il avait gagné huit mille francs. Une somme pareille ça monte la tête. Six mois plus tard, la mère de Kat Linh déposait un dossier pour qu'il soit interdit d'entrée dans tous les casinos de France. Il s'était rabattu sur les PMU du secteur, avait vidé le compte en banque de sa femme et fini par mettre en faillite leur boutique de photocopies.

Elle avait dû lâcher leur pavillon en lotissement pour payer les frais du divorce. Dans le nouvel appartement, il y avait une chambre pour Kat Linh et une chambre pour son frère. Sa mère dormait au salon sur un canapé convertible. Depuis qu'elle vivait seule elle n'éteignait plus la télé. Même quand elle partait travailler il fallait qu'elle reste allumée. Pour entendre des voix le soir, quand elle rentrait chez elle. À côté de l'écran, dans une petite vitrine, une pagode en laque trônait au milieu des bibelots : des grenouilles à paillettes qui changeaient de couleur avec la météo, de l'eau bénite dans une Vierge en plastique, un palet de hockey ramené par son fils des JO d'Albertville. La pagode soutenait une photo où la mère de Kat Linh posait dans une robe vietnamienne en soie rouge et brodée de dragons. Son mari portait un chapeau conique en bambou. Pour leur mariage ils avaient loué le Saigon Deluxe. En vérité le Saigon est tenu par des Chinois, m'avait expliqué Kat Linh, Mais le Vietnam c'est ça qui fait rêver les gens. Kat Linh n'avait jamais mis les pieds en Asie mais ses cousins avaient un restaurant à Courbevoie ; son père vivait chez eux en attendant.

— En attendant quoi ? j'avais demandé à Kat Linh.

— En attendant, c'est tout. J'en sais rien, moi !

Ça l'énervait de parler de son père. Ça l'énervait de parler tout court. Il faisait de la mise en rayon dans un supermarché d'import. Dès qu'il trouvait un peu d'argent, il emmenait Kat Linh faire du shopping dans les magasins d'usines de Troyes. Elle revenait avec des polos Eden Park et des photomatons où ils posaient ensemble en se tirant la langue.

En classe, Kat Linh a vite compris que j'allais lui servir. Pour chaque rédaction du type *Écrivez une page de votre journal à la manière d'Anne Frank*, je gagnais une journée avec elle. C'est comme ça qu'on est devenues copines : j'étais son cerveau en français, en anglais, en histoire et en maths. En quelques semaines d'amitié, j'avais troqué les jeux d'éveil en bois de mon frère Simon contre les clips de Larusso sur MTV. Mes talents littéraires m'ouvraient les portes du McDo, de Jennyfer, du Laser Quest et du cybercafé. J'ai laissé tomber mes serre-tête, je me suis épilé les sourcils en accent circonflexe et j'ai fraudé le train pour la première fois. Mes camarades de classe découvraient le nom des étoiles, les affluents des fleuves, la chaîne alimentaire et le règne animal. J'étais plongée dans l'étude comparative des Air Max et des Adidas Country. Sauf que le crayon khôl à quatre francs quatre-vingt-dix, je ne pouvais pas me le payer. Le blouson Schott et la trousse Diddl non plus. J'en ai parlé à Kat Linh.

— J'avoue, c'est chiant.

Elle m'a dit d'aller voir Amanda. Amanda m'a dit qu'il fallait qu'elle en parle à sa sœur. Diane, sa sœur, lui a dit de me dire d'aller voir Nelly. Nelly, c'était une Portugaise. Pas le genre de Portugaise qui traîne à la Civette de la Gare en guettant la sortie des chantiers. Nelly ne traînait pas, ou alors ailleurs. Elle fréquentait des grands de Saint-Denis, de Garges ou de Bondy. Elle attendait d'avoir seize ans pour rejoindre l'entreprise de ses parents, comme ses frères avant elle. En cours, c'était un cancre, mais son silence l'enveloppait de mystère. Kat Linh était trop insolente pour avoir l'air intelligente. Nelly, dans une mare, c'était la cane aux plumes de feu. Toujours en avance sur la bande, toujours suivie de près. Elle n'avait besoin de personne : tout le monde venait à elle.

— T'as vu Assia ? T'as vu Steph ? Leurs parents sont pauvres aussi. Pourtant elles s'habillent bien. Va voir Nelly.

Amanda caressait les nageoires de ses poissons. Mes parents n'étaient pas vraiment pauvres. Ils avaient simplement d'autres principes éducatifs. Les lentilles de couleur n'étaient pas indispensables à leurs yeux. Ma mère n'aimait pas les fast-foods. Mon père interdisait le maquillage à la maison. À ma sœur Rachel et moi, il disait qu'il y avait un âge pour tout, et que pour la vulgarité, ce serait dix-huit ans.

Je suis quand même allée trouver Nelly. Amanda l'avait prévenue. J'ai attendu une heure sous l'arrêt de bus à la sortie des cours. J'ai lu tous les *grosse chienne cherche son mâle*, j'ai vu des dinosaures en reliant les chewing-gums collés au bitume, j'ai nettoyé mes ongles du bout de ma clé de casier, repoussé mes cuticules, compté trente-sept passants, douze voitures blanches, six poussettes et quatre conducteurs de scooters sans casque, dont un en équilibre sur la roue arrière.

Pendant ce temps-là, Nelly se trouvait à vingt mètres avec une bande du CFA Charles-Péguy. Elle avait un pied appuyé au grillage, le bassin cambré en avant, ses longs cheveux brillants répartis sur ses seins. Elle tenait son menton entre son pouce et son index, le reste de ses doigts repliés dans son poing. Elle m'avait vue, je le savais et elle savait que je savais. Elle a fini par m'aviser d'un hochement de tête, J'arrive, mais elle a continué à parler, la main toujours calée en position de philosophe. Cinq minutes plus tard, elle s'est glissée avec souplesse en dehors du groupe d'apprentis, caressant l'épaule d'un garçon sur son passage, comme une salutation discrète mais chaleureuse.

Elle regardait ses pieds en marchant dans ma direction, les épaules jetées en arrière, comme les hommes politiques qui préparent une sortie.

— Salut.

— Salut.

Pas de bise. Elle a simplement dit, Amanda m'a prévenue, c'est bon. Elle m'a plantée droit dans les yeux. Je n'avais toujours aucune idée du plan. J'ai souri. Elle s'est assise avec moi sur le banc, sa jambe frôlait la mienne. Elle a joint le bout de ses doigts entre ses genoux écartés, encore comme un homme politique.

— T'es vierge ?

J'ai dit Oui. Elle portait des tresses plaquées sur la moitié du crâne, la peau de son cuir chevelu luisait sous les racines tirées.

— Pas de problème. Rendez-vous à la gare mercredi à quatre heures. Je vais t'envoyer Miguel. Le nom de code c'est Magritte. Il t'expliquera.

Elle s'est levée et elle est partie. Je revois sa démarche fluide, ses longues nattes acajou, son sweat Umbro, ses Reebok Classic. Nelly. Nelly Rodrigues.

J'ai attendu Miguel à la gare en fumant une Davidoff. J'avais volé un paquet dans les poches d'un ami de mon père. Il était allé jusqu'à sa voiture, il avait démarré et il était revenu en disant Quelle nouille, j'ai oublié mes clopes. Le moteur tournait. Toute la famille s'était mobilisée pour retrouver ses clopes, sauf moi, affalée dans le canapé, qui lui disais Bien fait, t'avais qu'à pas fumer.

C'était ma première cigarette, elle avait le goût de noisette et ça m'a fait tourner la tête. À l'époque je ne connaissais pas le Malibu, ni la masturbation, ni l'herbe ; rien qui me fasse passer le stress. J'avais juste peur et mal au ventre et c'était bien. Miguel est arrivé dans une voiture verte.

— T'aimes les Clio ?

Je n'ai pas compris sa question. J'ai bafouillé : Magritte.

— Je sais. Monte.

Je suis montée. Avant même que j'aie refermé ma portière il avait mis les gaz. Le vide me happa une fraction de seconde, instinctivement mon corps lutta pour s'en déprendre. Miguel ne disait rien ; dans l'habitacle l'air disponible rétrécissait. Il portait un collier de barbe et un bouc à la Craig David, que j'adorais, sauf que Craig David n'avait pas d'acné. Il a fini par sortir un paquet de Camel de la poche arrière de son jean et s'est tourné vers moi pour m'en proposer une. C'était ma deuxième cigarette en dix minutes, je me suis collée à la vitre pour ravaler un haut-le-cœur. C'était moins bien que la première, mais depuis que je sais que le Malibu, la masturbation et l'herbe me donnent aussi la nausée, j'ai dédramatisé.

Quelques minutes plus tard, Miguel se garait sur le parking de la maison d'accueil spécialisé Les Orangers. Un marron tomba sur le toit et rebondit sur le capot. Il sursauta et insulta le châtaignier.

— Fils de pute.

Un groupe de handicapés jouait au foot en rigolant. C'était l'automne, le vent charriait des feuilles pourpres, sur Radio Latina l'animatrice annonçait un quart d'heure caliente. J'ai pensé à ma mère. À cette heure-ci elle allait chercher Ludwig à l'école, le corps penché du côté de la main qui tenait le cartable, ses bottines en skaï tartinées de cirage, un lacet plus court que l'autre. Quand elle avait mes frères elle ne faisait jamais de courses. Les enfants et les magasins c'est deux principes incompatibles, expliquait-elle aux commerçants qui lui réclamaient des nouvelles. Bientôt elle rentrerait à la maison, se servirait un thé dans sa tasse préférée, une galette de riz pour Simon, une banane pour Ludwig, avant de s'attaquer aux piles de linge : le linge sale, le linge propre et le linge commencé, à répartir entre la machine à laver, les armoires et les chaises de bureau.

— Je vais t'expliquer, c'est facile.

Miguel a ouvert son jean pour sortir une chair molle qu'il remuait tout en me regardant. Je ne l'oublierai jamais : il avait un grain de beauté géant, une tache brune pleine de poils sur la moitié du sexe.

Quand je repense à cet après-midi d'automne, à mes souvenirs et aux feuilles pourpres du parking, c'est ce qui revient le plus souvent. Son poireau-verge.

Miguel parlait en s'astiquant. Il disait Pas besoin d'en faire des tonnes, tu la prends, tu la tiens bien, tu montes et tu descends, vite, moins vite, vite, moins vite, tu serres un peu de temps en temps, voilà, pas trop fort. Tu vois cette petite peau ? Il tirait sur son prépuce. On sort le gland, voilà. Il pointa dans ma direction.

— Dis bonjour.

Les handicapés piétinaient dans la cour. Miguel avait du cambouis sous les ongles. J'ai détourné les yeux.

— T'as déjà touché une bite ?

Mon dégoût devenait évident. J'ai fait non de la tête. Ses yeux se sont exorbités.

— T'as jamais baisé ?

Miguel a cessé de parler, il s'est laissé aller sur le cale-tête de son fauteuil. Paupières closes, il se masturbait, la mâchoire en avant, grognant d'excitation. À partir de là, il ne m'a plus rien expliqué.

— Enlève ton jean, magne-toi, enlève ton slip, enlève tout.

Je n'avais jamais entendu un garçon dire slip pour une culotte. C'était peut-être le jargon du milieu. Je n'ai pas relevé. Je n'ai pas bougé non plus. Il m'a donné une claque, une petite baffe vivifiante.

— J'ai dit Enlève ton jean.

J'ai rougi, je n'assurais pas du tout, Nelly ne voudrait plus de moi, je n'aurais jamais de Air Max et sans Air Max on ne m'inviterait jamais aux boums. J'ai enlevé mon jean.

— Tu vas sentir ma queue. T'es pas venue parce que t'aimes les queues, peut-être ?

Quand je repense à cet après-midi d'automne, j'en arrive toujours à ce point : pourquoi je n'ai pas su dire non. Miguel se branlait de plus en plus fort.

— Une grosse queue de Dos Santos, c'est ça qu'elles veulent les chiennes comme toi. Déshabille-toi, putain.

Miguel avait la bouche crispée, entrouverte – la même bouche que Kat Linh quand elle mettait du mascara. J'ai gardé ma culotte. Elle était moche. C'était une vieille culotte d'enfant, elle avait dû appartenir à trois personnes avant moi : ma sœur, ma voisine et la sœur de ma voisine. J'ai eu honte et j'ai pensé qu'en l'ignorant il ne la remarquerait pas. Mais Miguel n'était pas dupe. Je n'étais pas coopérante. Il m'a donné une deuxième claque, puis une troisième : le feu gagnait mes joues et montait dans mes tempes.

— Tu veux jouer à ça ?

Il est sorti, il a contourné la voiture, il a ouvert ma portière et m'a traînée dehors. Je suis tombée par terre, il pleuvait, les feuilles mortes s'agglutinaient dans une gadoue épaisse et froide. J'en avais plein les cuisses. Miguel tirait sur ma culotte, je tentais de la retenir. Je me suis demandé si c'était pareil avec toutes les filles du collège ou si j'allais me faire remarquer pour mes extravagances. J'ai pensé Fais le légume bouilli, comme quand Papa te réveillait dans la voiture pour aller jusqu'à la maison. Le légume bouilli n'a pas marché. J'avais la culotte aux genoux, l'élastique s'enfonçait dans ma peau. Miguel poussait ses mains entre mes cuisses pour m'obliger à écarter les jambes. J'avais mal à cause de ma chute, mal à cause des gifles et mal à cause de ma culotte. Je me suis mise à pleurer. Il m'a donné une nouvelle claque.

— Chiale pas, c'est pire. Maintenant je veux t'enculer.

Il tenait ma tête appuyée contre la vitre de sa Renault Clio. Des moucherons morts s'incrustaient dans ma joue et je sentais son sexe qui voulait s'introduire en moi, devant, derrière, mais j'étais maigre et pas très disposée à me faire dépuceler sur le parking des Orangers.

C'est là, dans le froid, sous la pluie, le visage écrasé contre une voiture sale, la culotte aux genoux, son gland humide contre mes fesses, que j'ai vu venir mon salut. Je n'étais pas emballée par les handicapés, à cause de ma mère qui me traînait dans ses kermesses où je mangeais des crêpes rigides en encourageant des mongols à dessiner sur des tableaux en papier kraft. Mais ce jour-là, pour un mongol, Maximilien a eu du flair. J'ai su qu'il s'appelait Maximilien parce que l'éducatrice criait son nom : il courait dans ma direction. Miguel aussi l'a vu.

— Dégage bouffon, dégage.

Miguel poussait, Maximilien courait, et maintenant l'éducatrice courait aussi pour l'attraper. Ils longeaient les courts de tennis. Une raquette frappait régulièrement la balle avec ce bruit qu'on fait pour soutenir l'effort. En classe de badminton on imitait souvent ce bruit. Aux Orangers, sans mes copines, sans Kat Linh et sans Hamza, le cul à l'air dans le crachin, les mains sales de Miguel appuyées sur la face, le jeu avait perdu son charme.

Maximilien se rapprochait, l'éducatrice aussi. Miguel répétait Putain, putain, putain. Dans un mouvement de panique il glissa sur une bogue luisante, dorée, les piquants dressés comme des œufs en neige ferme. Elle cachait un caillou pointu. J'ai aperçu une entaille rouge dans son genou pendant qu'il se rhabillait en jurant, sautait dans sa voiture et démarrait. L'éducatrice était à quelques mètres, elle criait C'est un parking privé ! mais Miguel avait mis les gaz. J'ai remonté ma culotte et j'ai compris : mon jean était resté dans la voiture. J'ai paniqué.

— Qu'est-ce que vous faites en culotte sur le parking ?

J'ai bredouillé, j'ai dit Pardon madame, j'ai renversé du Yop sur mon pantalon. Mon copain est parti le laver, il revient tout de suite. L'éducatrice m'a dévisagée, les poings serrés dans une rage impuissante.

— J'en ai ma claque de ces conneries, c'est pas un baisodrome ici. Suivez-moi, j'appelle vos parents.

J'aurais pu me faire avoir si elle avait dit Venez vous mettre au chaud, ou Venez attendre à l'intérieur. Mais J'appelle vos parents, c'était comme dire Bouge pas, je sors mon bazooka et je décharge à bout portant. J'ai vu mon père qui décrochait le téléphone pour s'entendre dire Monsieur, je m'excuse pour le dérangement mais je viens de trouver votre fille en culotte, sans pantalon, sur le parking des Orangers. Je m'inquiète parce que je sais qu'un réseau de prostitution a ses habitudes par ici, or votre fille a l'air très jeune et son haleine sent le tabac. Pourriez-vous venir la chercher ?

Je me suis levée et je suis partie en courant.

J'ai remonté la rue Pierre-et-Marie-Curie en direction de la forêt. À la première occasion, je suis sortie de la route pour entrer dans les bois. Un point de côté me vrillait la respiration, je me suis arrêtée derrière le mur du garde-chasse et je me suis assise sur la tombe de son chat, un rondin gravé *Mustafa, 1986-1997, l'éternité dans un ronron*. Un groupe de promeneurs est passé en frappant le bitume avec des cannes en bois. De là où j'étais, je voyais la route mais personne ne pouvait me voir. J'ai attendu, trop essoufflée pour continuer, trop paniquée pour réfléchir.

J'ai tellement attendu qu'il a commencé à faire sombre. Dix-neuf heures ont sonné à l'église. C'était la fin de ma permission de sortie. Ma mère ne faisait pas confiance à Kat Linh. À dix-neuf heures trente, elle planterait son nez contre la vitre de l'entrée. J'ai commencé à redescendre en empruntant les ruelles parallèles à la rue principale. On les avait construites pour relier les propriétés entre elles, à l'époque où les ducs de Paris venaient chasser dans nos forêts. À chaque intersection, je tirais sur mon pull pour en faire une robe. Mes genoux étaient bleus, mes articulations craquaient, mes jambes tremblaient et mon anus brûlait. J'ai prié pour que ma mère soit occupée à la cuisine, que je puisse courir à l'étage m'enfermer dans ma chambre.

Je suis passée une première fois devant chez moi par le trottoir d'en face. Le profil de ma mère se découpait derrière le vitrail de la porte. Elle tenait le téléphone coincé entre son épaule et son cou et coloriait les lettres d'un prospectus ou d'un courrier. Elle riait souvent et chaque fois le combiné manquait d'échapper à sa prise.

Les réverbères se sont allumés dans ma rue. Plus rare que de voir s'afficher onze heures onze ou vingt-deux heures vingt-deux sur les horloges digitales, plus rare encore que les hasards humoristiques sur les plaques d'immatriculation, l'instant où les réverbères s'allument est presque invisible à l'œil nu. C'était ma sœur Rachel qui me l'avait appris. Il faut avoir une bonne disposition lunaire pour pouvoir détecter ce moment, mais la lune a ses phases – ses préférés, en quelque sorte. J'ai vu les réverbères s'allumer : j'aurais dû me sentir spéciale, sous protection des astres. J'aurais dû faire un vœu. Mais pas ce soir-là. Les réverbères s'allumaient dans ma rue et j'étais en culotte, accroupie contre un monospace, à portée de vue des chiens de garde et des commères de mon quartier.

Un automobiliste a actionné l'ouverture de son

garage. La porte a basculé dans un bruit de métal rouillé. Il a donné un coup de klaxon et sa fille est sortie pour guider sa manœuvre. Elle portait des charentaises qui n'étaient pas à sa taille et son pied fin flottait dans le chausson fourré. La rue prenait une couleur chien et loup, comme un décor de cinéma. J'ai senti un grand coup de vide. Je me suis vue à trente-cinq ans en pensant que j'aurais jamais trente-cinq ans puisque j'allais mourir ce soir-là, de froid, de honte ou de châtiment parental. Les yeux plantés dans l'ampoule jaune du réverbère, j'ai quand même fait un vœu pour me remonter le moral.

L'urgence fait réfléchir très vite et je me suis souvenue de la fosse septique des voisins. Elle fermait par une plaque de fer. Une fois, l'aînée était passée à travers. J'ai pensé Va dans la fosse, tu es tombée dans la fosse, ton pantalon est dans la fosse, ou dans la poubelle, où tu veux, mais tu es tombée dans la fosse et tu es pleine de merde et voilà pourquoi tu rentres chez toi en culotte. Je me suis faufilée chez les voisins en passant sous le romarin. Je me suis griffé les cuisses. J'ai reconnu la grille, mais plus j'approchais de la fosse et moins mon plan me paraissait facile.

Plus tard, j'allais apprendre à trier mes angoisses en trois types de pensées : les pensées objectivement négatives, les pensées exagérément négatives et les pensées paranoïaques. Les pensées objectivement négatives sont les pensées qui font référence à des faits réels et graves. Comme quand mon oncle est tombé par la fenêtre sans qu'on ait su s'il s'agissait d'un accident ou s'il avait sauté pour échapper à des fantômes, comme disait ma mère, ou encore si cette mort était le fruit d'un trip sous héroïne, comme le soutenait mon père. Les pensées exagérément négatives sont les pensées relatives à des événements potentiellement réels mais pas encore réels, comme quand je monte dans une voiture et que le type m'emmène dans la forêt pour faire des choses comme m'étrangler pour rire et que ces choses pourraient mal finir mais en fait non. Les pensées paranoïaques sont les pensées de choses qui ne devraient jamais arriver mais que j'imagine quand même se produire, comme quand j'ai l'impression que ma mère va mourir en apprenant que sa fille est une pute.

La fosse septique a développé en moi toutes sortes de pensées, toutes catégories confondues. J'ai pensé que j'allais mourir étouffée dans la merde. J'ai pensé que je ne pourrais jamais remonter seule et que tous les habitants de ma rue seraient appelés à mon secours. J'ai enfin pensé que ma mère n'était pas du genre à se dire Ma fille est tombée dans la fosse, whatever le pantalon. Ma mère était plutôt du genre, Je ne vais pas te le racheter pour si peu, tu vas le chercher, on le lave. La merde ne tue personne. Regarde-moi : dix ans de couches-culottes et je suis bien vivante.

J'ai rampé en sens inverse en me persuadant que ce n'était pas la lâcheté. La fosse septique était un plan foireux du type *si quelque chose de pire que ma bêtise survient après ma bêtise, le pire l'emporte sur ma bêtise*. Sauf qu'en réalité ma mère remarquait toujours le mensonge *et* la bêtise, et j'étais punie pour les deux.

J'ai bien fait de renoncer à la fosse parce qu'entretemps ma mère avait posé le téléphone. J'ai couru jusqu'au réduit à poubelles. Il cachait l'entrée d'un soupirail condamné. Cette entrée dérobée faisait l'objet de pensées exagérément négatives, comme quand j'imaginais qu'un forcené s'introduisait chez nous par cette fenêtre pour poignarder toute ma famille. Impossible, soutenait ma mère, le soupirail laissait à peine passer la tête d'un enfant. Sauf que j'étais très maigre, chez Jennyfer je taillais du 32. J'ai construit un rempart avec les poubelles pour me protéger de la rue et j'ai tiré sur le grillage rouillé du soupirail. Le tuyau d'évacuation des machines à laver crachait une fumée blanche et parfumée comme des draps propres, comme les grenouillères de mon frère, comme les pulls de ma mère que j'enfilais pour ne pas avoir peur la nuit.

Plusieurs agrafes ont sauté en même temps. Le fil de fer me tailladait les mains, mais j'avais bon espoir, le trou s'agrandissait. Je me suis couchée face contre terre et je me suis tortillée du ventre pour faire entrer mes hanches l'une après l'autre. C'était la preuve que mes pensées n'étaient pas exagérément négatives mais objectivement négatives : un enfant aurait pu passer pour aller ouvrir la porte d'entrée au forcené venu poignarder ma famille.

La nuit, je me réveillais en sursaut : le poireau de Miguel s'effritait dans ma bouche. Je trempais mes draps de sueur. L'oreiller glacé me donnait l'impression que mon visage était encore plaqué contre la vitre de la voiture. Du fond de mon sommeil, j'entendais une musique qui mélangeait les râles de Miguel aux cris de Maximilien. Ma mère me trouvait pâle. Neurasthénique, même. Elle cherchait à m'impressionner en citant des maladies graves. Elle formulait des hypothèses : j'étais victime de harcèlement scolaire. J'avais mes premières règles. J'avais peur des vacances. Je vivais un chagrin d'amour. J'avais la mononucléose.

Elle finit par rétablir son fameux atelier de parole. Tous les soirs avant d'aller au lit, on se retrouvait tous les quatre – mes deux frères, ma sœur et ma mère – dans l'une ou l'autre de nos chambres. Mon père disait J'arrive, commencez sans moi, et il allumait la radio. À tour de rôle, on devait raconter le pire et le meilleur moment de la journée. Ma sœur disait des choses immondes, d'après ma mère c'était sa puberté qui la rendait méchante.

— Le meilleur moment de ma journée c'est quand

j'ai cru que Ludwig allait se faire écraser par une voiture.

Ludwig lui lançait une gifle imaginaire. Simon se mettait à pleurer. Ma mère tentait une médiation. Je marmonnais Maman ça sert à rien ton truc. Elle appelait mon père à la rescousse. Mon père montait le son de la radio. Ludwig et Rachel s'attrapaient les cheveux. Je consolais Simon. Ma mère les punissait, surtout Rachel parce qu'elle était l'aînée et qu'elle devait faire preuve de maturité. Ludwig lui disait Cheh ! Bien fait pour toi. Rachel hurlait qu'elle voulait quitter la maison, qu'elle n'avait pas demandé à naître, qu'elle nous détestait tous. Ma mère criait encore plus fort, Mais qu'est-ce que j'ai fait au bon Dieu. Quand les athées s'en prennent à Dieu c'est que le désespoir est à son comble. Mon père passait une tête dans la chambre. Simon tendait les bras vers lui mais mon père faisait non en remuant l'index. Nos cris lui donnaient la migraine, il se levait tôt le lendemain, il allait essayer de dormir. Simon recommençait à pleurer en le voyant qui s'éloignait. Ma mère se frottait les tempes : ça voulait dire qu'elle avait envie de casser tout ce qui se trouvait autour d'elle, mais que ce n'était pas une solution, donc autant se masser les tempes.

— On recommence. Rachel, fais un effort s'il te plaît et raconte-nous le meilleur moment de ta journée.

Je n'ai pas le souvenir d'un seul atelier de parole où l'on ait réussi à faire un tour complet. Par contre, je me souviens du jour où mon frère a dit que le Père Noël de l'école touchait le zizi des garçons.

Kat Linh aussi me trouvait bizarre. Elle m'observait, le menton blotti dans son coude, les joues mangées par les bourrelets de sa doudoune.

— Alors, t'as quoi ?

Elle ouvrait à peine la bouche pour parler. Son haleine sentait le bigoût à cause des Malabar et des Mentos qu'elle mâchait toute la journée. Kat Linh n'achetait pas ses bonbons en comptant ses centimes sur le comptoir de la boulangerie. Sa mère prenait des sachets maxi à Auchan. Elles les mangeaient ensemble devant Julien Lepers. Je les avais vues faire. Ma mère n'allait pas à Auchan parce que c'était trop cher. Elle allait chez Leclerc. Quand on lui réclamait des Haribo, ne serait-ce qu'une imitation, elle invoquait la gélatine de porc, la cacherout et son grand-père six pieds sous terre. Mais rien à voir ! hurlait Rachel en claquant toutes les portes de la maison.

Le visage métis de Kat Linh devenait vert sous les néons des salles de classe. J'avais honte mais je ne savais pas de quoi. J'aurais voulu lui dire Écoute, je ne suis pas sûre mais ça a dérapé, Miguel a voulu m'enculer sur le parking des Orangers, j'aimerais savoir si c'était prévu au programme ou si quelque chose a foiré, est-ce qu'Assia et Steph s'habillent bien parce qu'elles se font prendre par-derrière ?

Le problème c'est qu'à cette époque-là je ne connaissais pas encore le concept de la sodomie. Je n'ai rien dit. J'ai posé mon menton dans mon coude et j'ai gratté du bout des ongles les prénoms gravés dans la table. Vus du ciel, ou du faux plafond de la classe, nos deux bras étendus formaient peut-être un cœur, comme les cygnes dont les cous s'entrelacent sur certaines cartes de la Saint-Valentin.

— Alors, t'as quoi ?

Fraise-banane. La mère de Kat Linh achetait aussi des Pom'Potes. J'ai pensé aux Krema que je volais dans les goûters d'anniversaire : j'en mangeais un par jour pour qu'ils durent plus longtemps. Combien de paquets Kat Linh vidait-elle par semaine ? J'ai fermé les yeux et j'ai fait semblant de dormir. Quand je les ai rouverts quelques minutes plus tard, Kat Linh fixait un point à travers moi. Peut-être qu'elle pensait à son père, peut-être qu'elle ne pensait à rien. Le prof annonçait les devoirs, la cloche allait bientôt sonner.

Le jour où Nelly Rodrigues est venue me trouver à la bibliothèque, j'avais presque oublié Miguel et le parking des Orangers. Je préparais un exposé sur les Justes du Val-d'Oise. Ils n'étaient pas nombreux, mais il y avait de quoi remplir un cours d'histoire. Personne ne s'illustrait dans ma commune, mais à Enghien-les-Bains, siège de la Kommandantur régionale, une gérante de pension, Yvonne Deltour, avait sauvé une trentaine d'enfants de la déportation. L'office du tourisme avait publié un fascicule pédagogique pour fêter les Cinquante ans de la Libération. Sur la dernière page, il y avait les coordonnées du contact chargé d'organiser les visites scolaires des anciens protégés d'Yvonne.

— Je suis désolée pour Miguel, OK ?

J'ai fermé mon cahier d'un coup sec sans finir de noter le numéro de téléphone. Nelly pressait mon épaule d'une main compatissante. Je me rongeais les ongles, mais les siens étaient longs, vernis blanc nacré, comme un glaçage au sucre sur ses doigts pain d'épice. Le parking des Orangers m'est revenu en pleine face, glacé, piquant comme une bogue. Je me suis mise à trembler, les yeux fixés sur ses mains en pétales. J'avais envie de les prendre dans ma bouche, de mordiller leur chair lisse, de frotter mes gencives et ma langue sur la pulpe beige de ses doigts. De les enfoncer dans ma gorge pour me faire vomir.

— Faut pas forcer les gens, c'est pas bien.

J'étais pétrifiée sur le pouf en feutrine.

— Viens on sort.

Elle s'est penchée pour attraper mon sac mais elle a pris la mauvaise anse, celle que ma mère avait raccommodée. À la vitesse où je les détruisais, elle refusait de m'en racheter un autre. La bretelle a cédé et le sac est tombé. Son contenu s'est répandu par terre. Une barre de céréales entamée s'était collée à la tranche d'un cahier. J'étais encore au Walkman à cassettes et j'avais une briquette de jus de pomme que Nelly m'a tendue en explosant de rire.

— À l'ancienne ce truc !

Je me suis mise à quatre pattes pour récupérer ma trousse sous l'étagère des encyclopédies. J'ai vu que Nelly portait des Buffalo fuchsia : je me suis assise sur mes talons pour cacher mes bottines sans marque.

— T'inquiète, bientôt tu pourras t'acheter des sacs.

Nelly m'a fourré un billet dans la main. Un billet de cinquante francs : j'ai eu le temps d'apercevoir le visage du Petit Prince se froisser dans son poing gracieux.

— En fait t'es trop belle, Miguel tu lui as fait tourner la tête.

Elle a reculé pour me fixer droit dans les yeux. Son sérieux renforçait mon humiliation. J'avais toujours ses doigts dans le fond de ma gorge. Vomir sur son visage, vomir sur sa face de poupée. L'étaler dans son cou. Vomir dans sa bouche, et puis dans ses oreilles jusqu'à ce qu'elle soit sourde. Elle portait un piercing dans le nez, comme Kat Linh, un petit brillant blanc qui s'agitait quand elle parlait. Moi aussi je voulais des piercings. Mon père m'avait prévenue : si je rentrais à la maison avec un trou dans la narine, il me plâtrerait le museau. Nelly m'a juré sur la vie de sa mère que ça n'arriverait plus. Fourrer sa natte dans mon collant, pisser sur sa tignasse et m'en faire des compresses.

Nous longions les couloirs du collège. Les élèves étaient assis à même le sol. Ils révisaient, ils jouaient au Uno, ils s'écrivaient des mots. Ils levaient la tête sur notre passage. Je marchais le torse bombé, mon sac dans mes bras comme on berce un enfant. La présence de Nelly m'auréolait, son coude glissé sous le mien. C'était un geste intéressé, une forme de manipulation, mais il m'adoubait à la manière d'un sacre. Elle m'inscrirait dans le groupe Magritte. Je ne serais pas obligée de coucher : les filles du groupe Magritte pratiquaient uniquement la fellation et la masturbation. Les autres filles faisaient partie du groupe Courbet, on les appelait les Courbettes.

Nelly m'a expliqué les règles. C'était simple. Je travaillerais le mercredi. Le matin même, un Tam-Tam m'attendrait dans le casier 237 dont elle me remettrait la clé. À treize heures, je recevrais sur le bipeur le numéro de la plaque d'immatriculation du premier zguègue – c'est comme ça qu'elle les appelait. Pas plus de trois zguègues par jour, pas plus d'une demi-heure par zguègue. Je me roderais sur un zguègue, puis on augmenterait la dose. Je devais les attendre au lavoir, en face du centre d'équitation, à quelques dizaines de mètres du parking des Orangers. Toujours : vérifier que les plaques d'immatriculation des zguègues correspondent à celles du Tam-Tam. Monter dans la voiture et les guider jusqu'à l'étang de la forêt. Arrêter la voiture derrière le tronc coupé. Ne pas pratiquer en plein air. Rester à l'intérieur du véhicule en baissant les deux sièges avant. Ne pas ramener le Tam-Tam chez moi, le laisser sous la pierre taguée du lavoir. Récupérer l'argent tous les jeudis au fond d'un paquet de BN dans le casier 237. En cas de problème – mais il n'y aurait pas de problème, elle connaissait tous les zguègues du réseau – faire sonner le bipeur. Miguel traînait toujours dans les parages.

Avec mon billet de cinquante je me suis payé un Viahero. Mon premier sac en bandoulière. Ma mère m'interdisait d'en porter : Pas pendant la croissance, c'est le meilleur moyen d'attraper une scoliose. Je lui ai demandé de réparer mon sac à dos, c'était la quatrième fois, j'ai promis de faire attention, je n'ai même pas parlé d'en acheter un autre. Je n'avais plus besoin de ses sous. Tous les matins en allant à l'école je prenais la première sente à droite en sortant de chez moi. Je démontais la porte du compteur électrique – là où la mère d'Hamza cachait ses cigarettes avant d'entrer chez elle. Je sortais mon sac Viahero et je fourrais mon sac à dos raccommodé dans le coffre en plastique. Il fallait que je force un peu pour que les bretelles restent calées à l'intérieur, ensuite je refermais la porte et replaçais la gaine qui pendait contre la façade.

J'ai vu mon premier zguègue au mois d'avril. J'étais en quatrième, j'avais eu le tableau d'honneur et ma mère avait augmenté mon argent de poche de cinq francs : c'était la règle pour les mentions. En appliquant la technique des produits en croix que je venais d'apprendre en maths, j'ai calculé que j'avais une marge d'augmentation trimestrielle correspondant à dix pour cent de ce que je gagnais dorénavant en trente minutes au lavoir.

Je me souviens de mon premier zguègue parce que rien ne s'est passé comme prévu. J'étais tétanisée à l'idée de revivre l'épisode des Orangers, même si Nelly avait juré sur sa mère et que les Portugais ne blaguent pas avec la famille. J'ai stressé toute la matinée et à la dernière heure de cours j'ai levé la main pour descendre à l'infirmerie. Kat Linh voulait m'accompagner. La prof a refusé et m'a collé la déléguée de classe, Tiphaine Lefèvre. Avec Tiphaine on était ensemble au solfège, on participait tous les ans au concert de l'école, Tiphaine au violon et moi à la flûte traversière.

— Pourquoi tu viens plus aux répètes ?

La minuterie du couloir s'est éteinte. J'ai haussé les épaules, je ne pouvais pas lui dire Parce que je fais des passes en forêt. Elle préparait un concours pour intégrer l'Orchestre symphonique des Jeunesses de Strasbourg. En cas de réussite elle irait en Alsace pour suivre sa scolarité dans un lycée musique-études, et moi, comment est-ce que j'envisageais l'avenir, est-ce que j'allais détourner la carte scolaire, entrer dans un établissement coté ?

L'infirmière m'a demandé si j'avais mangé quelque chose de difficile à digérer.

— Pas encore.

Elle n'a pas relevé, elle s'est tournée vers son chariot mobile et m'a versé trois gouttes de menthe sur un carré de sucre en comptant à voix haute, Un, deux, trois, hop, ça va te faire passer tout ça. J'ai patienté cinq minutes allongée sur la couchette. L'infirmière regardait sa montre, la cloche allait bientôt sonner, elle avait plein de matériel à déballer, Pourquoi les livreurs passent toujours à la der, je suis encore bonne pour les heures sup, c'est pas possible, allez-y les filles, remontez.

La cloche a sonné. J'ai laissé partir Kat Linh en prétextant qu'il fallait que je passe à la bibliothèque pour mon exposé sur les Justes. Règle d'or numéro deux, après rester dans la voiture : ne pas parler du groupe Magritte à mes copines, aucune, quoi qu'il arrive, même celles qui savent. J'ai récupéré le bipeur dans le casier 237. Dans le sachet en papier kraft il y avait aussi un collier : un cordon noir au bout duquel pendait un tube de liquide transparent où flottait un grain de riz marqué Magritte. J'ai rangé le paquet dans ma poche intérieure et je suis sortie du collège avec les jambes en mousse. J'ai marché les trente minutes qui me séparaient du lavoir dans un état second, sans savoir si la main qui me fouillait le ventre était celle de la peur ou de l'adrénaline. Je suis passée devant la grille des Orangers. Une fresque occupait la façade, une sorte d'arbre stylisé dont les branches descendaient jusqu'au sol pour devenir des mains qui s'attrapaient dans une ronde solidaire. La peinture s'écaillait, creusant les visages des personnages et les fruits sur l'oranger. Les mongols prenaient leur déjeuner sur la terrasse. Ils se sont animés en me voyant passer, certains m'ont lancé des coucous en balançant leur bras dans le visage de leur voisin. J'ai accéléré et je suis arrivée devant le centre équestre.

Tous les ans, en septembre, ma mère nous proposait un sport. Je demandais l'équitation. Je voulais me pavaner avec ma bombe et ma cravache, ramener des trophées, brosser des flancs luisants, sentir le foin mouillé. Trop cher, disait ma mère. Idem pour le tennis. Je l'imaginais buvant un Perrier tranche accoudée au bar du Club House, plaisantant avec France Lefèvre pendant que j'épuisais sa fille dans la poussière ocre du court. Trop cher, disait ma mère. Je choisissais la natation pour la huitième année consécutive. Au club des Nymphéas, je faisais partie des espoirs.

Le lavoir se trouvait derrière le centre d'équitation. C'était un bassin rectangulaire creusé dans une dalle de pierre, couvert par un toit en tuiles et bordé d'un muret. Des canettes flottaient à la surface de l'eau, le bassin avait la forme d'une tombe, la pierre meulière avait été taguée et des bâches en plastique dépassaient des carrés de pelouse. J'ai caché mon sac Viahero sous un buisson et je me suis posée sur le muret. J'ai sorti le bipeur de ma veste et j'ai consulté le message : DAMIEN – 555 ARM 60 – NISSAN MICRA – 14 H.

J'ai observé les voitures stationnées en me fiant aux plaques d'immatriculation : je n'y connaissais rien en marques automobiles. Je n'ai pas reconnu celle de Damien. J'ai regardé ma montre, une Flik Flak bleue avec un bracelet rouge, et je l'ai cachée sous ma manche parce qu'elle me faisait honte. Avec mon prochain billet bleu je m'achèterai une Guess, c'était celle que portait Kat Linh.

La Nissan de Damien a fait plusieurs tours du lavoir avant de s'arrêter à mon niveau. J'ai ouvert la portière du côté passager et je suis montée dans la voiture. Si j'avais peur, il était pétrifié.

— Tennessy ?

Règle d'or numéro trois, pas d'informations personnelles. Nelly m'avait précisé de ne jamais donner mon prénom, mais elle avait oublié de me dire que je m'appellerais Tennessy. J'ai dit Oui. Damien cramponnait le volant. Je lui ai rappelé qu'il fallait monter à l'étang, il a dit Oui, pardon, et dans la précipitation il a fait caler son moteur. J'ai regardé ma montre, discrètement : il était quatorze heures et trois minutes, nous avons pris la route qui partait en forêt. Passé les deux premiers lacets, Damien m'a demandé où est-ce que j'allais en cours.

— Aux Peupliers, c'est une école privée d'Enghien-les-Bains.

— Ah d'accord. Je connais pas, a dit Damien, avec raison, puisque je venais d'inventer cette école : Les Peupliers, c'était le nom de la pension d'Yvonne, Juste parmi les nations. Moi je travaille à la SNCF. Enfin, en alternance. Je fais un BTS Technicien de maintenance des systèmes industriels. C'est de l'entretien ferroviaire en quelque sorte.

J'ai enchaîné en lui posant quelques questions, plus il parlait de lui et moins je parlerais de moi. Sa main droite laissait une empreinte de sueur sur le volant chaque fois qu'il changeait de vitesse. Il s'occupait surtout des caténaires, des câbles qui permettaient d'alimenter les trains. Je lui ai demandé quelle était sa station préférée, moi c'était celle d'Enghien-les-Bains, elle était plus fleurie que les autres, mais Damien préférait Saint-Denis, à cause de sa proximité avec la gare du Nord, il y avait plus de câbles, c'était la plus intéressante, la plus complexe aussi. Nous sommes arrivés à l'étang. Je lui ai montré le tronc d'arbre, il s'est garé en marche arrière. J'ai dit Il faut baisser les sièges et en actionnant la manette je suis partie à la renverse, les mécanismes étaient mieux huilés que dans la voiture de ma mère.

Quatorze heures huit. La sueur perlait sur les tempes de Damien. Il était roux, les cheveux très épais, presque crépus, taillés en brosse.

— Moi c'est la première fois, j'avoue je sais pas trop quoi faire.

Des taches de rousseur parsemaient son visage, rampaient dans son cuir chevelu. Il avait l'expression d'un enfant.

— T'inquiète pas, c'est facile, faut juste que tu sortes… la… ta…

J'ai fait un signe vers sa braguette. Damien s'est débattu quelques secondes avec la ceinture de son jean et s'est déboutonné d'une main tremblante. Une forme enflait sous son boxer.

— Attends deux secondes.

Il a caché la bosse dans son poing, soufflé deux fois, tiré sur le boxer pour le décoller de sa peau. J'ai vu des poils roux. Quatorze heures douze d'après le tableau de bord.

— Attends deux secondes.

— Pardon.

J'ai regardé ailleurs. Il a poussé un râle.

— Putain. Désolé.

Il avait la main pleine de glaires. Je ne savais pas quoi faire.

— Tu veux que je la touche ?

Il a dit Nan, désolé, je suis trop nul, je suis dégoûté. Il a renversé la tête en arrière, comme Miguel aux Orangers, et il a encore soupiré en remontant son sous-vêtement. J'ai cru comprendre qu'on en resterait là. Il m'a demandé les mouchoirs qui étaient dans la boîte à gants, je lui ai tendu un paquet, c'était des Marque Repère, ma mère achetait les mêmes, ils me râpaient le nez. J'ai pensé qu'avec mon prochain billet bleu j'achèterais des Kleenex menthol, comme ceux que Kat Linh respirait quand les profs puaient de la gueule.

Damien m'a ramenée au lavoir à quatorze heures vingt-deux. J'avais huit minutes d'avance sur le planning. J'étais sûre que Miguel se cachait entre le centre équestre et la maison du garde forestier et qu'il annexerait mon salaire sur le timing de mon zguègue. Je me suis assise sur le muret en serrant mon sac Viahero. Pourquoi Damien m'avait-il empêchée de le toucher comme Miguel m'avait dit de le faire ? Pourquoi s'était-il morvé dans la main ? Un cheval hennissait au loin. J'ai eu envie d'être chez moi, de prendre une douche et de jouer au Jenga. Je suis rentrée à pied par le même chemin que la dernière fois, sauf que cette fois j'avais mon pantalon. Le bilan était positif, j'ai pensé au futur. Je voulais faire hôtesse de l'air. Je récupérais mes enfants à l'école dans mon costume Air France. J'entendais le bruit mat de mes talons carrés dans les couloirs de la garderie. Je me penchais pour embrasser leur crâne, mon chignon fluide caressait mes oreilles : j'avais les cheveux lisses, couleur graine d'amande, et pas noirs et frisés comme ceux de mes parents.

Il était quatorze heures cinquante quand je suis arrivée chez moi. Je n'avais rien avalé de la journée. Ma mère ne travaillait jamais le mercredi, elle s'occupait de ses enfants. Je l'ai vue par la fenêtre de la cuisine qui poussait Simon sur la balançoire du jardin. Elle portait un gant de jardinage à la main gauche. De là où j'étais, je devinais un peu de terre sur son visage. Elle m'a fait signe de la rejoindre, j'ai mimé le couvert qui montait à ma bouche, elle a mimé la perplexité en écarquillant les sourcils, C'est à cette heure-ci qu'on déjeune ? disaient ses lèvres, j'ai haussé les épaules, elle a ri. J'ai mangé trois tartines, j'ai bu un verre de jus d'orange et j'ai profité du moment où elle rembobinait le tuyau d'arrosage pour filer à l'étage. Je me suis endormie à plat ventre sur ma couette. J'ai rêvé du lavoir. En plus des canettes vides, l'eau stagnante du bassin était jonchée de feuilles mortes. J'étais assise sur le muret et je voyais les corps noyés des filles Magritte qui refluaient à la surface dans la lumière coupante du soir. Elles agitaient les bras pour réclamer de l'aide et j'agitais les miens pour qu'elles attrapent ma main, mais j'étais comme paralysée : impossible de les rejoindre. Ma mère m'a réveillée à dix-sept heures, elle voulait voir mon cahier de textes. Au collège c'est des agendas mais ma mère disait cahier de textes. Je devais préparer mon contrôle d'éducation civique. C'était pas une vraie matière, la prof d'histoire avait récupéré des heures, elle n'y connaissait rien, son truc c'était plutôt les villages médiévaux, les ponts-levis et les mâchicoulis, d'ailleurs si la classe était sage on visiterait une fauconnerie. En attendant elle nous distribuait des fiches sur le système judiciaire français. En guise d'évaluation elle organiserait une simulation de débat, il fallait s'entraîner à prendre la parole.

Ma mère devait préparer le dîner, je l'ai suivie à la cuisine. Je lui ai récité les grands principes de la démocratie, elle avait l'air d'accord et satisfaite, j'ai saisi l'occasion pour lui faire part de mes projets professionnels, le tailleur Air France et les talons carrés. Elle est restée bouche bée, sa patate à la main, l'économe en suspens. Elle portait le même jean tous les jours : elle l'avait en trois exemplaires plus ou moins délavés selon leur ancienneté. Un mouton de poussière s'était pris dans sa frange. Ses racines grises pointaient sous la coloration que ma sœur lui posait à genoux dans la baignoire. Elle m'a toisée.

— Tu vas vraiment te choisir un métier en fonction d'une tenue ?

J'ai dit Bah oui, et je n'y voyais pas d'inconvénient. Elle n'a pas eu la force de me répondre. Je l'ai vu à ce mouvement de tête qu'elle a quand elle choisit de regarder au loin, de fixer un ailleurs imaginaire où elle n'est pas mère de famille nombreuse accablée par le poids des enfants. Elle a fini sa pomme de terre, en a repris une autre, j'ai observé ses mains blanchies par l'amidon et j'ai pensé qu'il n'y aurait jamais de tarmac ni d'épingles à chignon parce que je finirais ma vie cul nu sur un parking handicapés, regrettant dans ma solitude les jeans élimés de ma mère et l'odeur du tofu soyeux.

J'ai passé la journée du lendemain à attendre que Miguel ou Nelly viennent me réprimander. Il ne s'est rien passé. La prof d'histoire était malade, le contrôle était reporté aux calendes grecques a dit en soupirant le conseiller d'éducation. Monsieur, c'est quel jour les calendes grecques ? a dit Loïc en secouant son agenda comme un fayot. Kat Linh a déclaré que c'était mort, Pas moyen de faire deux heures de perm obligatoire à cause de cette pute médiévale. Nous avons quitté le collège en passant sous la grille qui l'isolait du champ d'asperges et nous avons couru jusqu'à la gare. Nous avons attendu le train en chantant Alliance Ethnik, *Respect yourself, Respect the funk, Respect the ladies*, Kat Linh marmonnait le refrain anglais en yaourt mais reprenait les pleins pouvoirs sur les couplets, *Je vous parle de respect, Et je vous parle de cette valeur qui se perd, en effet !*

Il était quinze heures. Dans le train, il y avait des préretraités parisiens avec leurs accessoires de marche qui venaient profiter des forêts d'Île-de-France. Kat Linh a dit Pas ce wagon, ça pue les champignons. Nous avons remonté les rames en nous aidant mutuellement pour ouvrir les portes qui les séparaient. Les voies ferrées défilaient sous les plaques d'acier et quand on traversait les soufflets Kat Linh hurlait, On va mouriiiiiiiir.

Au terminus de la ligne, il nous restait vingt-cinq minutes à pied jusqu'au centre commercial. Combien de couchers de soleil ai-je vus descendre sur le squelette métallique de la galerie marchande ? Nous connaissions les boutiques par cœur. Les dates de livraison, les changements de saison, les vigiles. Le vendeur du stand mobile de chocolats était amoureux d'Amanda : il lui offrait des cerisettes au kirsch qu'elle avalait en grimaçant, bravache et dégoûtée. Nous étions interdites d'entrée dans la plupart des magasins. Les vendeuses n'en pouvaient plus de remettre les vêtements sur cintre : on n'achetait rien, puisque Kat Linh se fournissait à Troyes et qu'Amanda et Diane allaient aux puces de Clignancourt ou directement à Châtelet. On essayait pour faire passer le temps.

— Qu'on achète ou qu'on n'achète pas t'es payée pareil, à ce que je sache ?

Kat Linh était sûre d'elle parce que sa mère travaillait dans la vente depuis qu'elle n'avait plus l'entreprise de photocopies. Elle avait trouvé une place dans une boutique pour bébés riches qui faisait des bodies brodés.

— Bah même les bourges ils achètent pas tout le temps. T'as des daronnes qui viennent, c'est juste qu'elles s'emmerdent. Avec la poussette, le bébé qui pleure, elles te font tout sortir et alors ? T'es vendeuse donc t'as rien à dire, galérienne.

Kat Linh s'interrompait en arrivant face au miroir dans un ensemble Burberry. Amanda enfilait des cuissardes en vinyle et marchait dans sa direction. En chœur, elles reprenaient les scènes de Pretty Woman.

— *Continuez toute seule, j'ai du travail qui m'attend. C'est très joli. Mesdames, elle a ma carte !*

— *Et nous l'aiderons à s'en servir, monsieur.*

L'hiver, on s'entassait sur les bancs du manège, parce qu'ils étaient publics. Les autres, disaient les managers, étaient inclus dans les baux commerciaux. Ils devaient rester libres pour le confort des clients. C'est vrai qu'il y avait des maris qui s'asseyaient en attendant que leurs épouses choisissent leurs nouvelles robes de chambre. Ils feuilletaient les brochures promotionnelles et levaient les pieds en riant quand le technicien de surface passait sur sa moto laveuse. Ma mère évitait le centre commercial : chez Leclerc, il n'y avait pas de galerie marchande, et pour elle c'était mieux comme ça. Le centre commercial, c'était en cas d'extrême urgence, pour acheter des affaires de sport, une pelle chez Truffaut, un cartable neuf pour Ludwig. Elle ne s'asseyait pas, elle marchait vite en propulsant son caddie dans tous les sens. Elle disait qu'au bout d'une heure dans cet enfer son cerveau s'autodétruisait. Avec ma sœur, on avait une permission de dix minutes chez Pimkie le temps qu'elle fasse réviser ses lunettes ou qu'elle change la pile d'une montre. Quand elle revenait nous chercher, il fallait avoir payé, sinon elle nous abandonnait sur place et on était bonnes pour le train.

En été, les bandes se retrouvaient sur un quai de déchargement, derrière l'ancienne station-service. Ils avaient arraché les pompes et du lichen poussait sur l'auvent métallique. Les Gitans de l'aire d'à côté venaient pendre leur linge sur les barrières de protection. Des pétitions pour réclamer leur évacuation avaient été collées sur un pylône, puis arrachées. Les riverains se plaignaient des nuisances sonores, de la traque des hérissons et des vols de grillage.

— C'est pas les riverains. C'est les concessionnaires automobiles qui font pression pour récupérer le terrain, m'expliquait ma mère qui participait aux panels citoyens du conseil régional.

Les agents de sécurité ne passaient pas à la station. C'était une friche, la conséquence d'un conflit d'intérêts dans le rachat de Mammouth par Auchan. Les premiers fumeurs s'entraînaient à fumer, le gros Slimane vendait des Smirnoff Ice et la rumeur disait que pour un smack c'était gratuit. Les gars de la cité venaient les bras chargés de contrefaçons, de parfums tombés du camion et de cigarettes algériennes. Les garçons défilaient en scooter et dérapaient à nos pieds en nous aspergeant de gravier. Ils ne portaient jamais de casques. Ce jour-là, Jérémie Brito s'est ouvert le crâne en manquant une réception. J'ai tenu ses tempes entre mes mains serrées le temps que les secours arrivent : ma cousine Johanna était étudiante infirmière. Elle faisait des démonstrations de survie aux repas de Noël. Rachel lui servait de cobaye. Hervé, le beau-père alcoolique de Johanna, le nouveau mari de sa mère depuis la mort prématurée de mon oncle défenestré, criait

Bouche-à-bouche ! Bouche-à-bouche ! en s'appuyant sur le piano pour ne pas perdre l'équilibre. Quand je l'aidais à remettre la vaisselle des grandes occasions dans le buffet-des-objets-qui-servent-qu'à-te-pourrir-la-vie, comme elle l'appelait, ma mère disait qu'Hervé buvait bien avant de passer à table, buvait au petit-déjeuner, buvait la nuit dans son sommeil. Qu'il faisait partie des adultes qui ne supportent pas la vie d'adulte et qui veulent rester des enfants, que bien sûr c'est impossible et qu'ils boivent pour s'en consoler.

À cause de Jérémie Brito, je suis rentrée une heure en retard et les manches couvertes de sang. C'était moins grave que de rentrer sans pantalon mais c'était quand même un problème. J'ai enlevé mon pull et je l'ai roulé sous mon bras. J'allais descendre à la buanderie pour le cacher au fond d'un panier à linge sale quand j'ai entendu des pleurs en passant devant la cuisine. Je me suis penchée jusqu'au carreau de verre brisé en bas à gauche de la porte. Ma mère enfonçait des carottes dans la centrifugeuse. Chaque fois qu'elle appuyait sur le bouton broyeur, elle lâchait un sanglot aussitôt avalé par le bruit du moteur, puis reprenait son souffle entre deux tours. Simon gazouillait dans son parc et j'entendais sans le voir Ludwig qui tournait les pages d'une BD. J'ai sorti mon pull de mon bras et j'ai poussé la porte de la cuisine. Ma mère a sursauté et s'est passé la main sur le visage pour essuyer son nez.

— Bah t'es là, toi ?

Elle a levé les yeux vers la pendule, elle n'avait pas remarqué mon retard. J'avais envie de lui parler mais je ne savais pas quoi lui dire. J'ai raconté le crâne de

Jérémie Brito, mes talents de secouriste et mon pull taché de sang. Ma mère a dit tout le mal qu'elle pensait des motos et m'a envoyée à la cave mettre mes vêtements à tremper.

— Pourquoi tu pleures ?

Elle a pris quelques secondes pour réfléchir à ma question, son regard a fait le tour de ses yeux avant qu'elle dise dans un rire bref, J'avais même pas remarqué. J'allais prendre sa main dans la mienne mais au même moment Ludwig est entré en criant, Maman ton fils a chié, ça pue ! et ma mère m'a poussée dans le dos, Descends faire tes habits.

Le paquet de Choco BN m'attendait comme prévu dans le casier 237. J'avais soulevé tous les biscuits pour trouver le billet de cinquante plié comme un mot doux sous les derniers gâteaux. Mais le mercredi suivant est arrivé et j'étais toujours sans nouvelles de Magritte. J'en ai conclu qu'ils ne m'embauchaient pas. À la fin des cours je suis quand même descendue au casier, je l'ai ouvert avec mon passe-partout et j'ai trouvé l'enveloppe en papier kraft et Tennessy écrit en lettres majuscules sur les lignes prévues pour l'adresse. J'ai mis le bipeur dans ma poche, il était midi, j'avais deux heures avant d'attaquer le lavoir.

J'ai marché jusqu'au centre équestre et j'ai décidé d'entrer voir. J'ai salué les monitrices, elles déjeunaient dehors avec une bouteille de Gini et un sachet de pain de mie Jacquet. Parmi elles il y avait Angélique, la grande sœur de Lucile, une ancienne copine de Rachel. Elle m'a proposé un sandwich et je l'ai accepté.

— Ça va ta sœur ? Ça fait un bail qu'on la voit plus chez nous.

J'avais envie de lui répondre, Normal, Rachel a volé les cartes Spice Girls de Lucile pour les revendre à la brocante, elles se sont disputées à mort. Je n'ai rien dit parce que je n'avais pas envie de remuer des souvenirs désagréables avant d'attaquer le boulot. Je me suis installée dans les gradins du manège. L'escalier était démontable, les marches tremblaient sous mes pas, plus bas il y avait le vide et au loin le parterre de sciure. Je n'avais rien pour ranger le sandwich, j'ai décidé de le manger. Il ne ressemblait pas à la photo de l'emballage : le sandwich Jacquet avait deux tranches de dinde, deux tranches d'emmenthal et des rondelles de tomate posées sur un lit de salade alors que le sandwich d'Angélique était un thon-mayo surchargé de mayo. Mélangé à l'odeur de purin, ça m'a donné un haut-le-cœur. J'ai pressé le pain de mie dans mes paumes, j'ai regardé la sauce dégouliner entre les lattes des gradins jusqu'à ce que sa chute finale soit amortie par la sciure. J'ai jeté les restes du sandwich sous un siège.

Dans le manège, les chevaux trottaient sous les ordres des cavaliers. J'aimais l'autorité, la permanence des rapports de domination, l'odeur de fumier chez les riches. J'ai remonté les jambes sur ma poitrine et j'ai posé la tête sur mes genoux. Je me suis laissé bercer par le bruit des sabots et des cravaches qui fouettaient l'air. Je n'avais jamais envisagé le manège comme une alternative au centre commercial, avec Angélique et ses sandwichs au pain de mie, les vans à bestiaux Mercedes qui manœuvraient dans le haras et la poussière dorée qui s'élevait du sol. Ici, j'étais seule et j'étais bien. Je me suis allongée et j'ai attendu en essayant d'imaginer ce qu'il pouvait y avoir à mi-chemin entre Miguel et Damien, s'il y avait une normalité possible dans le domaine du sexe et si j'avais une chance d'y accéder un jour. Quand l'église a sonné moins le quart, j'ai sorti le Tam-Tam et j'ai lu sur l'écran : DAMIEN – 555 ARM 60 – NISSAN MICRA – 14 H.

Les chevaux marchaient au pas, poitrail bombé, menton droit. J'ai secoué le bipeur, à l'horizontale puis à la verticale. Il affichait toujours le même message. Je suis sortie du centre équestre en jetant des coups d'œil autour de moi. Miguel était sûrement dans les parages, il me tendait un test. Je suis allée m'asseoir sur le muret après avoir caché mon sac dans le buisson. Quatorze heures ont sonné. Toujours personne. Une vieille s'est arrêtée pour se plaindre des travaux de la voirie. Son caniche se frottait sur mes jambes, je les ai secouées pour qu'il me laisse tranquille. Elle a tiré la laisse en le réprimandant.

— Gabon ! Petit cochon. Viens là.

À quatorze heures six, la Nissan rouge est sortie du virage. Cette fois-ci, Damien n'a pas tergiversé : il a freiné tout de suite. Je suis montée dans la voiture. Il portait le même sweat Chevignon, le même jean beige que la dernière fois.

— J'ai redemandé à t'avoir parce que si je change de fille toutes les semaines je vais jamais y arriver, a dit Damien en prenant la route de l'étang.

— Bah t'as bien fait, j'ai répondu.

Nous avons dépassé un groupe de scouts qui progressaient en file indienne. Ils montaient en forêt pour chercher des trésors. En vérité c'était leur chef qui enterrait des boîtes pour leur faire croire qu'ils étaient surdoués. C'est Tiphaine qui m'avait expliqué. Avec ses sœurs elle vendait des cakes scouts à la sortie des classes. Tiphaine était ravie d'aborder le sujet. Nous déjeunions à la cantine, elle a fait glisser son plateau jusqu'à moi et s'est lancée dans une présentation détaillée des louveteaux-jeannettes, la version miniature des scouts. J'ai fait semblant d'être assommée parce que Kat Linh et Steph me regardaient la main pressée sur la bouche pour ne pas exploser de rire. Mais en réalité j'ai bien halluciné parce que Tiphaine m'a sorti une théorie sur les peuplades qui formaient des espèces de familles. Elles se réunissaient dans des cabanes pour se promettre monts et merveilles solidaires, qu'elles mettaient à l'épreuve avec les personnages qu'on leur attribuait.

— Comme dans les cartes Magic en fait ?

Je connaissais les cartes Magic parce que Ludwig y jouait les rares fois où ma mère lui achetait un paquet. Tiphaine a fait une pause pour toiser les filles qui pouffaient dans leurs coquillettes, mais elle ne s'est pas démontée.

— J'ai entendu parler des cartes Magic mais c'est pas tout à fait pareil. De toute façon les jeannettes c'est pour les moins de douze ans, maintenant je fais partie des guides. Tout ça pour dire que oui, les guides cachent les trésors eux-mêmes. Pourquoi ? Parce que ce n'est pas la valeur du trésor qui compte, mais les épreuves qu'il faut passer avant d'y accéder, et pour ça il faut mettre en place un système d'entraide.

Elle raclait le couvercle de son yaourt à la cuillère.

— Et y a quoi dans la boîte à trésors ? a demandé Steph avec provocation.

— Des cailloux dorés. Qu'on peint à la bombe.

Steph a roulé des yeux mappemonde.

— T'es sérieuse ? puis se tournant vers Kat Linh, comme si elle était mieux placée pour lui répondre, Elle est sérieuse, là ? Les gars fouillent la gadoue pour des cailloux dorés ? Mais c'est n'importe quoi en fait.

Tiphaine tenait bon la barre :

— Non, c'est pas n'importe quoi, c'est un chemin de progression personnelle.

À ce moment-là j'ai eu honte, j'ai pensé qu'il fallait faire cesser la mascarade et sortir Tiphaine du piège où je l'avais fourrée. Je l'ai félicitée pour son engagement et je l'ai remerciée pour ses lumières. J'ai enfilé ma veste et j'ai pris mon plateau. Steph et Kat Linh ont déposé le leur sans faire la queue, mais comme les employés du self travaillaient aussi à la crèche de Simon je n'ai pas osé les imiter. Je me suis mise dans la file d'accès au tapis. Quelques secondes plus tard, Tiphaine me tapait sur l'épaule.

— Je sais que tes parents ne t'ont pas baptisée. Mais les scouts échangent volontiers leurs réflexions spirituelles avec d'autres familles religieuses. Si tu veux venir en veillée, tu seras toujours la bienvenue.

Pendant que j'observais les scouts s'enfoncer dans les bois en chantant *Santia-a-no*, que je pensais à leurs cailloux dorés versus le billet bleu que j'étais en train de me faire, Damien m'a expliqué qu'il s'était renseigné au sujet des décorations de la gare d'Enghien-les-Bains. C'était le casino qui finançait les bacs à fleurs. Ça faisait mieux pour accueillir les visiteurs.

— Mais c'est complètement con parce que les clients du casino ils y vont tous en caisse. Y a même des voituriers devant l'entrée. Je te jure y en a qui savent pas quoi faire de leur fric.

Damien a enchaîné sur l'argent du contribuable. J'ai de nouveau pensé au billet bleu, est-ce qu'il savait ce qu'il foutait de son argent quand il raquait pour morver dans sa main sous les yeux dégoûtés d'une inconnue ?

Il s'est garé derrière le tronc coupé.

— Bon. Je vais essayer de faire mieux que la dernière fois. Je me suis entraîné chez moi.

J'ai visualisé sa chambre aux murs recouverts de glaires. Il a respiré fort, deux fois de suite, avant de commencer à se déboutonner.

— Je gère, je gère.

Je n'osais pas le regarder. J'ai ouvert la fenêtre de quelques centimètres pour vérifier que la chanson des scouts s'était perdue dans la forêt. Je n'ai rien entendu à part une tronçonneuse qui débitait au loin. Damien tirait sur son boxer et son phallus est apparu, caché sous une touffe de poils roux.

— C'est bon. Tu peux y aller. Doucement.

J'ai fermé les yeux et j'ai posé la main là où Miguel m'avait montré. C'était froid et spongieux comme un ravioli cru. Ensuite j'ai tellement paniqué que je suis incapable de dire ce que j'ai fait subir à ce pauvre puceau. La seule chose dont je me souvienne, c'est que ça m'a paru durer une éternité au carré, même si ça n'a pas dû dépasser une minute, vu qu'à quatorze heures seize j'étais de retour au lavoir et que j'avais la main visqueuse.

Deux mois plus tard, j'avais une paire de Nike, un ensemble Tacchini, une palette de maquillage Yves Rocher, trois bandanas et le single de Ménélik. Damien tenait une branlée de quarante-sept secondes sans éternuer, moi pareil sans m'évanouir. Il aurait pu trouver des putes gratuites : au collège elles étaient nombreuses, mais tout le monde a ses raisons de vouloir dépenser de l'argent.

À son travail, Damien faisait partie d'un groupe de réflexion sur le renouvellement urbain. Il avait des informations secrètes sur un projet ferroviaire qui regrouperait bientôt les lignes de la grande couronne en un réseau plus performant, dont plusieurs RER. Onze stations et trente-neuf minutes me séparaient de la gare du Nord de Paris. Je connaissais tous les détails du trajet : les vis-à-vis des maisons de la voie ferrée, les guirlandes de CD pour faire fuir les pigeons, les passages à niveau défectueux, les terrains vagues de la zone industrielle, les cabanons des gardes-barrières, les stores baissés sur les commerces désaffectés, leurs panneaux À céder que les saisons délavent, la poussée des nouveaux lotissements et les dealers du snack de la gare de Sarcelles.

Damien était content, chez lui on aimait les bagnoles, avec moi au moins il pouvait parler de ses tchou-tchou. Je n'ai pas dit que dans les trains ce qui m'intéressait c'était juste la destination, Paris, le Forum des Halles et le cirque Bouglione. Je ne voulais pas le décevoir, et pour devenir hôtesse de l'air il faut savoir faire semblant de s'intéresser à autrui. Je m'entraînais.

Ce réseau secret d'Île-de-France serait un pas de géant pour la région, il dynamiserait l'agglomération de la Normandie au Berry, il nous rendrait moins dépendants des grosses gares de la capitale, il désengorgerait les autoroutes et le boulevard périphérique. Un jour, ma commune aurait une ligne desservie par des rames automotrices réversibles – c'est un train sans locomotive avec une cabine de conduite à chaque extrémité du véhicule – mais il fallait être patient, Bombardier commençait à peine à développer le concept. Avec un peu de chance Damien ferait son stage de fin d'études à Valenciennes, le siège du constructeur, en termes de matériel roulant la France ne proposait pas mieux.

Damien était du genre à jouer aux cartes Magic, même si son vrai hobby c'était les jeux de rôle grandeur nature. Là aussi il m'en a appris un rayon mais je ne vais pas m'étendre sur le sujet parce que j'ai déjà mis la dose avec les scouts et qu'au final c'est la même chose : c'est juste des gens qui préfèrent s'inventer des mondes. J'étais mal placée pour les critiquer vu que je m'appelais Tennessy, que mon père vivait en Allemagne et que j'allais en cours aux Peupliers – non ce n'était pas une secte c'était juste une école spécialisée pour les élèves doués en nature, avais-je précisé pour répondre à Damien, et d'ailleurs c'est pour ça qu'on montait en forêt, parce que l'âme des arbres m'inspirait.

— Tu vas travailler en équipe, m'a dit Nelly à la sortie des cours en me passant un bras sur les épaules pour approcher sa bouche de mon oreille, puis reculant pour me toiser, T'es fraîche avec ton nouveau style.

J'avais un pantalon pattes d'eph, une veste en skaï qui m'arrivait aux genoux et des chaussures à plateforme, mais pas des Buffalo, c'était toujours trop cher. Si mon père me voyait c'était un aller simple pour le goulag et trois ans sans argent de poche. Heureusement, à l'heure où mon père rentrait du travail, je lisais son histoire à Simon, ma mère vérifiait le cartable de Ludwig, et Rachel, enfermée dans sa chambre, écoutait son Manu Chao.

— Comment ça en équipe ?

J'ai imaginé Steph sur la banquette arrière qui commentait mes performances. J'ai vu Miguel assis sur le capot de la voiture avec un sablier géant. J'ai pensé à Assia : sur Damien il n'y avait pas de place pour deux mains. Nan, bouffonne, en équipe ça voulait dire que j'allais partager le lavoir.

Chanelle était posée sur le muret quand je suis arrivée au lavoir. C'était une métisse avec des seins énormes qui lui voûtaient le dos, une tignasse décolorée et les yeux vert pistache. Une chabine de grande qualité, très belle, plus âgée que moi. J'ai tout de suite pensé qu'elle allait me voler mes zguègues. Elle m'a saluée avec un immense sourire et j'ai remarqué la canine qui brillait dans sa bouche, du même doré que ses cheveux. Je ne l'avais jamais vue nulle part : elle n'était pas de mon quartier, pas du collège non plus.

— Normal, avant j'habitais sur Cergy, avant sur Nice et avant au Brésil. Je viens d'emménager parce que ma mère s'est séparée.

Damien ne venait qu'à quinze heures, Chanelle avait expédié son zguègue, on a parlé. Elle était née dans le Nordeste brésilien, Tu connais ? Bien sûr que je ne connaissais pas, sur la carte du monde je ne connaissais que Djerba la Douce et Gogolinek, le village de mes grands-parents.

— T'inquiète, a dit Chanelle en découvrant sa belle canine, moi non plus je connais pas vraiment, j'étais trop petite.

Le Nordeste était une région pauvre qu'elle avait fuie quand elle avait deux ans. À São Luís, sa mère avait payé un docker qui les avait laissées monter à bord d'un cargo à bananes. Elles devaient débarquer à Miami, elles avaient des cousins en Floride qui travaillaient pour l'Église. Mais le docker s'était trompé de bateau. Après trois semaines de cale elles ont débarqué à Marseille. Personne ne les attendait sur le port.

— Ma mère était choquée, j'te jure, dit-elle en portant la main sur son cœur pour mimer la faiblesse cardiaque, mais sur son cœur il y avait son énorme poitrine.

Elle a gardé la paume ouverte sur son sein gauche le temps de m'expliquer qu'elles avaient dormi à la gare jusqu'à ce que les prières de sa mère parviennent aux oreilles des gens de la communauté de Jésus, qui lui avaient trouvé une place dans un foyer pour femmes. Elles avaient vécu là jusqu'à ce qu'elle décroche un emploi de shampouineuse dans un salon afro à Villeneuve-Loubet. Sa mère travaillait dur, elle était devenue gérante, elles avaient reçu des papiers et un logement social à la sortie d'Antibes. La belle vie, dit Chanelle en haussant les épaules, c'était sa manière d'annoncer qu'elle n'avait pas duré, puisque sa mère avait rencontré ce qui deviendrait son beau-père, JB, Jean-Baptiste.

— Mais moi je l'appelle Jean-Bite.

Elle lâcha sa poitrine pour se gratter la joue.

— Oune fils dé poute.

Elle imita l'accent brésilien, leva les yeux vers moi, plongea très loin dans son silence et répéta, comme en puisant les mots au fin fond de sa voix :

— Un vrai de vrai dé fils dé poute, je sais pas si t'en connais ?

Le fils dé poute avait une salle de fitness en région parisienne. Il proposait à sa mère d'y donner des cours de samba. À force d'inhaler du formol au salon de coiffure elle avait les poumons fragiles, se recycler dans les métiers du sport c'était une chance pour sa santé. Peu après leur rencontre Chanelle quittait la Côte d'Azur pour s'installer dans le pavillon de Jean-Bite, à Cergy.

— Moi je voulais pas quitter le Sud, t'as vu ? J'étais bien là-bas. J'avais mes copines, j'avais la mer, vas-y, j'étais bien. Le gars me jure qu'il a une piscine et de la chantilly plein son frigo. Ce sale mytho.

Elle shoota dans une pierre imaginaire. La piscine de JB était un jacuzzi gonflable. Hors service.

— De l'eau froide dans une poubelle en plastique.

Jean-Bite avait épousé sa mère. Chanelle marqua une pause. On aurait dit qu'elle voulait remonter le temps pour annuler les événements. Le mariage avait eu lieu dans la salle de fitness. J'ai pensé à la mère de Kat Linh en robe chinoise et j'ai imaginé celle de Chanelle en costume de samba avec une coiffe en plumes de paon. Pour finir elle n'a jamais donné ses cours parce que Jean-Bite était jaloux. Il ne supportait pas qu'elle sorte. Il avait installé un tapis de course au sous-sol et il les obligeait à s'entraîner parce que les Brésiliennes ça devient grosses, et en disant ces mots Chanelle avait pressé son sein comme une mamelle. Sa mère n'avait même pas le droit de l'accompagner à l'école parce qu'elle pouvait se faire draguer par des parents d'élèves.

— Mais à l'école y a que des mères, on est d'accord ou pas ?

Tous les matins dans la voiture, JB baissait son pantalon et se branlait en regardant Chanelle. Le mariage avait fini par capoter quelques semaines après la naissance de sa sœur. Une nuit, sa mère l'avait surpris en train de se masturber au-dessus du visage de Chanelle endormie.

— C'est là qu'elle a fini par me croire.

Sa mère avait de nouveau fait appel aux gens de la communauté de Jésus. Elle n'avait pas parlé des histoires de JB parce que l'Église n'aimait pas ça. Pour les cours de samba ils n'avaient pas d'idées mais ils lui avaient dégotté des ménages dans les villas des paroissiens.

— Les riches c'est crade. Un truc de ouf.

Chanelle ne connaissait pas son père. C'était un vacancier américain, il avait rencontré sa mère dans un club de bachata.

— Je dois la vie au rhum-Coca, dit-elle en agitant une fiole métallique.

Peu de temps après l'arrivée de Chanelle j'ai reçu mon deuxième zguègue. Dans le casier, j'ai trouvé un paquet de Chupa Chups et un mot scotché au sachet : *Tennessy, Entrène-toi.*

— Tu vas sucer c'est sûr, m'a dit Chanelle en déballant deux sucettes à la fraise.

Damien venait de me ramener au lavoir, je me lavais les mains dans l'eau stagnante du bassin. Elle plaça le bâtonnet devant ses yeux et fixa les rayons du soleil à travers le bonbon.

— T'as déjà vu les XXL ? Elles sont énormes. Ça rentre pas dans la bouche tellement c'est gros. Je sais pas combien de temps faut les sucer pour que ça rentre.

Le bipeur a vibré, j'ai lu RICO – 192 CAF – SEAT IBIZA – 15 H 30. J'avais une heure devant moi. Je me suis assise sur le muret. C'était le début du mois de juin, la chaleur baignait mon visage. Tous les ans j'oubliais cette sensation de l'été. Quand rien de grave ne peut vous arriver qu'un après-midi tiède ne vienne consoler. Du lavoir, on surplombait la ville. Par beau temps, la vue allait de la plaine de la Seine jusqu'à la tour Pleyel.

Par extrême beau temps, la flèche de la tour Eiffel pointait à travers les particules fines de l'air. Ma mère gardait toujours une natte de paille dans le coffre de la voiture et il lui arrivait de s'arrêter sans crier gare pour s'étendre dix minutes dans l'herbe et profiter du paysage. Elle appelait ça l'art du moment présent. Ma sœur piquait une crise de nerfs chaque fois qu'elle lui faisait le coup et bien sûr à ma mère ça lui gâchait son art. Rachel avait peur qu'on la remarque, la voiture de ma mère était facile à repérer. Ludwig et Simon avaient repeint la carrosserie avec des personnages censés représenter notre famille : des bonshommes rachitiques auxquels Simon avait dessiné des sourires à l'envers et des cheveux comme des lances plantées sur le sommet du crâne.

Chanelle s'est assise derrière moi, coinçant mes cuisses entre les siennes, enlaçant ma poitrine, pressant la sienne contre mes omoplates. Elle avait une sucette dans chaque joue. Elle a posé son menton sur mon épaule et profité quelques instants des rayons du soleil.

— Rico… Rico… Ça fait cochon comme blaze.

Elle articulait mal à cause des Chupa Chups et on s'est mises à rire. Elle a reculé, fait glisser l'élastique de ma queue-de-cheval, m'a peignée du bout des doigts et a tracé deux raies sur ma tête. Je sentais son haleine de rhum et de tabac mélangée aux huiles de monoï dont elle s'enduisait le corps. Une odeur sensuelle et putride.

— Pourquoi tu lisses tes cheveux, Tenness ? Les cheveux lisses c'est pour les meufs sans personnalité, tu sais ça ? On n'est pas comme ça, nous.

Je lissais mes cheveux parce que Rachel venait d'acheter un fer et qu'elle lissait les siens. Même Kat Linh les lissait alors qu'ils étaient naturellement raides. Chanelle disposa trois mèches de part et d'autre de mes épaules et ma tête bascula en arrière lorsqu'elle commença à tresser. La peau de mon cuir chevelu s'est détachée de mon cerveau et la chaleur s'est glissée dans cet interstice. Mon regard a suivi le mouvement, bientôt je ne voyais plus la plaine, seulement la pointe des grues qui se découpaient dans le ciel.

— T'oublieras pas qu'il faut respirer calmement.

Chanelle m'avait donné un cours. À Cergy elle avait un voisin qui avait des consoles et qui aimait les fellations. Entre deux circuits de Gran Turismo il lui avait appris la technique des gorges profondes et d'après elle ça fidélisait les clients. Pour m'apprendre à son tour elle s'était allongée sur le muret, avait renversé la tête dans le vide et du bout de l'index et du majeur réunis, tapoté sa gorge en désignant l'endroit où le gland devait se loger, puis mimé avec son doigt la route imaginaire d'un filet d'air dans son thorax.

— Surtout tu respires par le nez, calmement.

Elle parlait en tirant la langue pour dégager ses amygdales, comme les mongols des Orangers. Je lui versais du Sunny Delight dans la bouche pour qu'elle s'entraîne à avaler. C'était dangereux, à cause des risques de fausse route, m'expliquait-elle en se relevant sur les coudes. Des gravats se prenaient dans ses boucles. Je les pinçais entre mes doigts pour les faire glisser jusqu'aux pointes, comme on retire des lentes sur le crâne d'un enfant.

Je m'en foutais des voitures, pourtant j'ai tout de suite flashé sur la Seat Ibiza. Elle avait un capot prognathe, si c'était un humain on aurait dit qu'il était engageant. Rico avait changé les carénages et les enjoliveurs pour des pièces plus larges, ce qui faisait qu'en plus d'être optimiste elle avait l'air imposante. Un vaisseau de puissance. J'ai moins aimé Rico. Les dents abîmées, les mains violentes. Il devait avoir dix-huit ans mais quelque chose de vieux s'était posé sur son visage : des blessures dont on ne revient pas, le genre de gueule qu'on ramassait à la Civette, pas le genre à jouer aux cartes Magic.

Je suis montée dans la voiture et la première chose que j'ai vue c'est la batte de base-ball sur la banquette arrière. Il y avait aussi un sac en plastique transparent avec à l'intérieur ce qui devait représenter deux kilos de viande rouge et crue. Je lui ai dit qu'il fallait aller à l'étang. Il a fait craquer sa mâchoire, il a plissé des yeux et il a dit C'est où l'étang ? Je lui ai indiqué la masse verte des arbres et la route qui montait en forêt. Il a hoché la tête, j'ai pensé à ces films où le passager ouvre sa portière et saute du véhicule en marche en roulant sur le bas-côté. Je me suis demandé si le risque de me blesser en m'éjectant était supérieur à celui de rester dans la voiture avec ce type. Le temps d'étudier la question, Rico s'était garé et ma portière était coincée par un tronc d'arbre. J'ai dit C'est pour quoi faire, les trucs derrière ? Il s'est retourné pour voir à quoi je faisais référence et il a dit C'est pour ma chienne. J'ai demandé La batte aussi ? et là il a dit Ferme ta gueule.

Il a plu des couteaux sur mon ventre, j'ai fixé le point d'eau pour retenir mes larmes.

— T'as peur ou quoi ?

Il m'a donné une chiquenaude. J'ai gardé les yeux sur l'étang.

— Oui j'ai peur.

Il a pris mon menton dans sa main pour attirer mon visage vers lui. Il connaissait la peur ; elle ne l'effrayait plus. Il m'a secoué la poire en ricanant.

— Détends-toi, je vais pas te manger. C'est toi qui vas me manger d'ailleurs.

Il portait un jogging Kappa qu'il a descendu à mi-cuisses d'un geste beaucoup plus habile que Damien quand il se débattait avec la ceinture de son jean. Le boxer est parti en même temps et j'ai découvert sa queue. Elle reposait en demi-lune, la pointe calée entre ses cuisses. Rico a passé son bras dans ma nuque pour attirer ma tête contre son entrejambe en me stoppant à quelques centimètres de son sexe. J'étais tétanisée. J'ai entendu le bruit d'une flamme suivie d'une grande inspiration, de sa main libre Rico venait de s'allumer un joint et crachait la fumée dans mon dos. Toutes les fenêtres étaient fermées, un voile diffus s'est répandu dans l'habitacle. J'avais les yeux si proches que je voyais une veine trembler sur son sexe au rythme des battements de son cœur. Rico fumait, son sexe gonflait et bientôt il toucha mon nez. Il recula un peu ma tête.

— Crache.

J'étais tellement paniquée que je n'ai pas compris.

— Quoi ?

— Crache sur ma queue j'ai dit.

— Je peux pas.

J'ai répondu sans avoir essayé, je croyais qu'il voulait me piéger, qu'il attendait que je lui crache dessus pour sortir sa batte de base-ball et me fracasser le cerveau.

— Hé – il a tourné mon visage vers lui, il tenait toujours la natte que Chanelle venait de tresser –, C'est quoi le problème ? – Et il s'est craché dessus pour me montrer l'exemple. – Si t'as pas envie d'être ici c'est pas moi qui vais te forcer.

J'ai dit J'ai peur que tu me frappes en murmurant mais pas assez pour qu'il ne l'entende pas. Il a tiré sur mes cheveux pour que je le regarde encore.

— Vas-y. Je suis pas un ouf. Crache.

J'ai craché, plusieurs fois, je m'étais entraînée au lavoir. Au troisième crachat il l'a prise dans sa main libre et s'est branlé sous mon visage. J'étais aux premières loges, comme dit souvent ma mère. L'odeur de ma salive s'est mêlée à la sienne, et une autre odeur, plus acide encore, qui devait correspondre à la transpiration de ses parties intimes. Rico avait des cicatrices sur les doigts et de la corne aux articulations. Je me suis concentrée sur le duvet de ses phalanges, sur la gourmette qui frôlait mon menton et sur les cuticules qui lui rongeaient les ongles. Il a fini par redresser ma tête et par lâcher ma natte pour tourner mon visage vers la fenêtre. J'avais sa paume contre ma joue quand je l'ai entendu râler : il venait de gicler sur ses cuisses.

— La prochaine fois tu me suces, a dit Rico en me déposant au lavoir.

J'ai attendu qu'il disparaisse derrière le centre

équestre pour m'écrouler sur le muret. J'ai pleuré en pensant au chagrin de ma mère si j'étais morte sous les coups d'une batte de base-ball. C'était une pensée négative, mais pas paranoïaque, plutôt du genre objectivement négative, parce que la batte était présente et que Rico n'avait pas l'air d'un tendre, mais négative quand même, parce qu'au final tout s'était bien passé et que j'étais en vie pour pleurer sur mon sort. Je me suis calmée en regardant le ciel : il était bleu comme le billet du Petit Prince. J'ai pensé à l'avenir, à mes prochains achats, aux petites valises à roulettes que les hôtesses de l'air traînaient dans les aéroports, qu'est-ce qu'elles pouvaient bien mettre dedans ? J'étais plongée dans le futur quand j'ai vu un mollard descendre entre mes yeux au bout d'un fil de glaire. Je me suis redressée d'un bond.

— Alors ?

Chanelle avait ravalé sa salive et poussait sa langue dans sa joue pour mimer une fellation.

— Mouais, bof.

Elle s'est marrée et on a changé de sujet : elle avait faim, je devais récupérer Ludwig au solfège, elle a pris mon bras sous le sien et nous sommes parties du lavoir.

Ludwig n'était pas à l'école de musique. Je l'ai trouvé à la bibliothèque, il avait séché le solfège. J'étais partagée entre le devoir de le dire à ma mère et l'envie de me taire pour avoir un joker.

— Alors la dictée de notes ? a demandé ma mère quand nous sommes arrivés.

— J'ai séché, a répondu Ludwig sans hésiter.

— Comment ça ?

Ma mère ramassait les cartes d'un Memory que Simon avait fait voler dans la pièce. Elle a levé les yeux vers moi. Qu'est-ce que j'aurais pu lui dire ? Que je n'avais pas contrôlé si Ludwig était au conservatoire parce que j'étais occupée à cracher sur la queue d'un mec ? Je lui ai tendu une paire d'éléphants.

— Je peux goûter ?

Ludwig n'avait pas l'air désolé, ma mère a regardé sa montre, Dix-sept heures, tu peux prendre un fruit si tu veux. Ludwig a froncé les sourcils, Nan, c'est bon. Il quittait la pièce quand ma mère l'a rattrapé.

— Je ne suis pas d'accord. Je paie l'école de musique, je ne suis pas d'accord pour que tu sèches tes cours, et puis c'est dangereux, on se balade pas dans la nature quand on a onze ans et demi.

— J'étais pas dans la nature. J'étais à la bibliothèque, a dit Ludwig en tournant la poignée de porte, au même moment Simon s'est étranglé avec la roue de son camion, ma mère s'est précipitée pour lui mettre les doigts dans la bouche, Ludwig en a profité pour sortir et je suis restée là à regarder ma mère pliée en deux sur les barreaux du parc pour taper le dos de Simon. C'était l'enfant de la dernière chance, pourtant elle n'avait pas de bol, à trois ans il pouvait à peine s'asseoir, est-ce qu'il finirait par parler ?

Ma mère avait les yeux mouillés quand elle s'est redressée, la petite main de Simon dans la sienne. Nous nous sommes fixées en silence, quelques secondes à peine avant qu'elle vienne s'asseoir sur le canapé, comme les vieux qui font un malaise.

— C'est rien. Je suis fatiguée. Je suis vraiment fatiguée.

Je suis montée à l'étage des chambres en caressant la rampe de l'escalier. La peinture était douce à force d'être touchée. Cette histoire de fatigue je trouvais ça bizarre. À l'école primaire, la mère d'une fille était morte du cancer parce qu'elle avait trop attendu avant d'aller voir le médecin. Elle se plaignait du ventre mais elle était débordée au travail comme à la maison. Ils appellent ça le surmenage, c'est quand à force d'assumer le ménage des autres on finit par se noyer dedans, faire des ulcères, et c'est là qu'on rajoute des préfixes à débordement. J'ai pensé à la mère de Chanelle à quatre pattes sous les meubles en noyer. À la mère de Kat Linh qui dormait au salon à cause des bêtises de son père. J'ai décidé d'aider ma mère et j'ai réparti les vêtements qui traînaient dans la salle de bains entre le panier à linge sale et leurs propriétaires. Les jours suivants je me suis occupée du lave-vaisselle à la fin de tous les repas. Elle me regardait faire en nettoyant l'évier. Quand je refermais la machine elle rentrait les épaules comme si j'allais lui réclamer du fric ou le secret de la félicité. Je voulais juste savoir si ça allait, mais j'ai vite arrêté parce que j'ai remarqué que cette question aussi lui faisait venir les larmes.

Jusqu'au dimanche matin où j'ai compris que ce n'était ni le surmenage ni le ménage tout court qui la faisaient pleurer. C'était mon père.

Le dimanche matin, mon père nous a convoqués au salon pour une réunion spéciale. Pas besoin de dire spéciale, avec mon père une réunion tout court c'était déjà spécial. Il avait acheté des croissants. Quand je suis entrée dans la pièce, il fouillait le buffet-des-objets-qui-servent-qu'à-te-pourrir-la-vie à la recherche de son bol préféré, puis abdiqua et vida les viennoiseries dans le couvercle d'une soupière.

— Qu'est-ce que vous voulez boire ?

Ludwig voulait un chocolat, Simon regardait Ludwig parce qu'il voulait la même chose mais qu'il n'y avait pas droit, Rachel voulait un jus d'orange et j'ai demandé un Danao. Mon père s'est dirigé vers la cuisine en soupirant.

— Je parie qu'il s'est fait virer, a dit Rachel en tapant le dossier du fauteuil pour évacuer la poussière.

Mon père est revenu de la cuisine avec des tasses sur un plateau. Il a versé du lait dans le biberon de Simon, tendu la bouteille de jus d'orange à ma sœur et des Sopalin pour tout le monde. Attention les miettes, a-t-il dit en prenant sa grosse voix. Avec lui les faveurs ne venaient jamais seules. Manger dans le salon c'était se faire gronder avant, pendant et après le repas. Pareil quand il nous payait des baskets. Il fallait lui présenter les chaussures propres tous les soirs : il voulait vérifier qu'on les avait méritées et il en rajoutait toujours une couche sur sa grand-mère qui mangeait des peaux de patates pendant la guerre. Des baskets sans marque.

Ma mère a demandé à ce qu'on commence sans elle. Ma sœur a versé du jus d'orange dans mon lait et quand j'ai protesté elle a dit Quoi ? Tu voulais pas du Danao ? Mon père a dit Pas de chamailles. On a mordu dans les croissants en veillant à ce que les miettes tombent dans les carrés de Sopalin. J'ai senti qu'on n'allait pas nous annoncer l'augmentation du siècle et les fonds nécessaires pour les travaux de la piscine dont je rêvais dans le jardin. Mon père a mis *La Maman des poissons*. C'était la chanson préférée de Simon, il l'apprenait chez les bébés nageurs. Il avait passé l'âge du club mais ils l'avaient gardé quand même : s'il avait officiellement trois ans, sur la courbe de développement il n'en était pas encore là. Pour ma mère il n'y avait pas de quoi s'alarmer, La vie est longue, il prend son temps. On a chanté *La Maman des poissons* pour faire plaisir à mon frère qui gazouillait dans son trotteur et dans l'écho des dernières strophes mon père a dit, Papa va partir. Personne n'a compris parce que Papa était souvent en déplacement, parfois il allait à Bruxelles pour discuter des directives communautaires avec les autres fabricants, parfois il allait même jusqu'à Francfort pour visiter la maison mère, et Ludwig répétait Maison mère en roulant des yeux étonnés, dans sa tête il voyait un harem de femmes enceintes penchées sur des boîtiers de microprocesseurs.

Il s'est agenouillé sur le parquet pour répéter une deuxième fois, Papa va partir habiter dans une nouvelle maison. J'ai regardé Rachel, Rachel se concentrait, on avait toutes les deux envie d'exprimer de la joie mais mon père faisait une tête l'air de dire N'essayez même pas. Par chance Ludwig s'en est chargé pour nous. Il a bondi sur le canapé en faisant voler sa serviette, les miettes et les restes de son croissant, On déménage ! On déménage ! et Simon l'a imité en frappant ses petits poings sur le plateau de son trotteur.

Je perds le fil des événements qui ont suivi ce dimanche de juin parce qu'un malheur ne vient jamais seul et qu'à force de s'empiler ils finissent par se confondre.

Je me souviens qu'après la réunion mon père nous a proposé d'aller faire un tour en forêt, que tout le monde a refusé mais qu'il nous a obligés parce que ma mère devait se reposer, et le dimanche pour elle c'était tout sauf repos. À notre retour elle n'avait pas dormi, elle n'avait que pleuré si j'en crois les soucoupes qui lui tenaient lieu de paupières. J'ai senti mon cœur se briser en la voyant assise à la cuisine, les mains posées sur la toile cirée de la table, les joues mouillées par le chagrin : ce n'était que la première vague d'une longue marée de larmes.

Mon père n'avait pas l'habitude des enfants. En forêt, Ludwig et Simon ont pris cinq ou six fessées à eux deux, pour avoir marché dans la boue, pour avoir caressé un chien, pour avoir emprunté le tracteur téléguidé d'un autre enfant sans demander la permission, pour avoir couru sur la route et pour avoir posé leurs mains sales sur la voiture. Ma sœur serait punie pour avoir répondu sans retirer ses écouteurs, mais il devait demander à ma mère de quoi Rachel serait punie parce qu'il ne savait rien de sa vie. Au moment où je me baissais pour consoler Simon qui s'était pris un ballon sur la tête, mon père m'a tirée par l'oreille :

— Il doit apprendre à se défendre, a-t-il dit comme si mon frère avait les moyens de le faire.

Deux semaines après la réunion, ses affaires étaient emballées. Cinq cartons empilés dans le corridor, fermés par du scotch « fragile ». La moitié contenait ses vêtements, l'autre moitié, les babioles du buffet-des-objets-qui-servent-qu'à-te-pourrir-la-vie, de la vaisselle de mariage héritée de mes grands-parents et sa collection de mah-jong.

— Bon débarras, avait grommelé ma mère en poussant les cartons du pied.

Trois semaines après la réunion, mon père avait signé pour un deux-pièces en résidence. Il fallait faire quelques travaux, avec un peu de chance il serait prêt pour la rentrée des classes.

— C'est sur le chemin du collège, c'est génial nan ?

Un collègue de travail était venu l'aider à remplir la voiture ; en dix minutes c'était plié.

— Je voyage léger, en quelque sorte c'est un nouveau départ, lui expliqua mon père en chargeant son vélo.

Ma mère ne souhaitait pas assister au spectacle. Elle passait l'après-midi au hammam avec sa copine Djamila qui organisait avec elle les soirées Contes du monde à la Maison des jeunes. Elle avait appelé d'une cabine pour me dire de lui dire de prendre sa planche à voile et ses bocaux d'eau-de-vie. J'ai transmis le message à mon père : il a ricané.

— C'est ridicule. Pour les mettre où ?

Simon était chez la puéricultrice : c'est le nom qu'on donne aux nounous spécialisées dans les enfants spéciaux. La mairie nous allouait de l'argent pour la faire travailler alors ma mère disait, Je ne vais pas m'en priver. Ludwig était planté sur le trottoir, il pleurait comme si c'était la dépouille de notre famille que mon père chargeait dans le coffre, et au fond il avait raison. Rachel était enfermée dans sa chambre, on entendait depuis la rue qu'elle écoutait les Innocents, *Jodie, referme ton roman, referme la page, laisse partir ce train, Tu sais, le grand voyage, ce n'est pas pour demain*. Je ne voulais pas me mettre à pleurer comme Ludwig alors je suis montée la voir. J'ai toqué à sa porte, sur le poster de Manu Chao. J'ai attendu longtemps, j'ai frappé à nouveau. Le poster est tombé. J'étais en train de remodeler les boulettes de Patafix quand Rachel a fini par m'entrouvrir sa porte. J'ai coincé mon pied dans l'interstice, j'ai poussé jusqu'à ce que je puisse passer et je me suis laissée tomber sur son lit. Elle m'a fait signe de bouger.

— Bouge. C'est mon lit. C'est intime.

— Ça te fait pas de la peine que Papa parte vivre ailleurs ?

Elle n'a même pas relevé la tête. Elle découpait des franges dans un jean. Elle voulait travailler dans la mode, mais pas dans la vente de vêtements : dans la création textile. Depuis la réunion du dimanche matin, plus personne n'avait abordé le sujet. Ma mère était trop faible pour en parler, les garçons n'avaient pas compris et Rachel ignorait tout le monde.

— Il a jamais habité avec nous. Réveille-toi. C'est pas ton père ça, c'est un fantôme.

La portière du coffre a claqué. Je suis redescendue pour lui dire au revoir. Ludwig continuait à pleurer, il l'a pris dans ses bras et l'a déposé à mes pieds. Il avait l'air exaspéré par les émotions de son fils.

— Reste avec ta sœur, je pars pas tout de suite.

Je lui ai proposé d'aller faire un gâteau. Ludwig adorait pâtisser, ma mère rentrerait du hammam et trouverait un goûter. C'était pas un mari mais c'était déjà ça. J'ai sorti les œufs, le chocolat, la farine et le beurre. Ludwig s'est installé devant le bain-marie, à genoux sur un tabouret. Je lui ai noué son tablier. Dans sa chambre, Rachel chantait *Cet autre Finistère aux longues plages de silence*. Mon père est entré dans la cuisine ; il était prêt à partir.

— Voilà, j'ai les dernières bricoles.

Il a tendu le bras au bout duquel il tenait ses affaires. Il les avait rassemblées dans un sac en plastique, un sac de la droguerie d'Argenteuil, *Votre droguiste depuis 1947*. Je savais que les adultes aussi consomment parfois des stupéfiants à cause de mon oncle héroïnomane, mais rien qui nécessite un si grand sac. Mon père embrassait Ludwig et mon frère s'accrochait à sa taille. Il cherchait un moyen de s'en défaire, du regard il m'appelait au secours. J'étais incapable de l'aider, à cause du sac de la droguerie. Je devinais une serviette de toilette, des speakers d'ordinateur, un tournevis et sa chope à bière de Francfort. J'ai pensé : Voilà comme on quitte un foyer. En jetant trois bricoles dans un sac de drogué.

— J'ai toqué chez ta sœur, pas de réponse. Tu la salueras de ma part.

Ludwig s'est remis à pleurer, mon père a consenti à le prendre dans ses bras.

— C'est pas la peine de pleurer, mon garçon. Je vais pas loin, tu sais. Et puis quand tu viendras chez moi on passera du temps ensemble, du temps meilleur qu'ici.

— Et j'aurai un ordinateur ?

— Bien sûr, un ordinateur meilleur qu'ici, un qui viendra de mon travail.

— Et j'aurai un vélo ?

— Bien sûr, tu pourras même venir à vélo si ta sœur t'accompagne. Tu l'accompagneras ?

Il poussait Ludwig dans ma direction. C'était la dernière fois qu'il était dans son rôle de père de famille marié discutant de choses ordinaires avec son fils aîné. La psychologue scolaire m'avait tenu tout un discours comme quoi nos parents ne sont pas que parents, ils sont aussi des êtres à part entière, avec des sentiments, des besoins et des traumatismes. Est-ce que c'était nous les enfants qui l'avions traumatisé pour qu'il ne veuille plus vivre avec nous ? C'était la dernière fois et peut-être la première. Je n'avais pas le souvenir de l'avoir vu ailleurs qu'à son établi interdit aux enfants ou au salon quand on mangeait ensemble, parce que mon père refusait de manger dans la cuisine. C'est triste, disait-il à ma mère qui répondait Mais c'est pratique. C'était la dernière fois, pourtant il n'avait pas l'air nostalgique. Il avait juste l'air pressé.

C'est Tiphaine qui m'avait informée que j'étais convoquée chez Mme Labarthe.

— C'est qui Mme Labarthe ?

On faisait la queue pour entrer dans la salle. Elle baissa d'un ton pour me dire, comme si elle portait un secret que j'étais la seule à comprendre, C'est la psychologue scolaire. Mes jambes ont flanché sous mon poids. Ils avaient démasqué le groupe Magritte, elle allait m'annoncer que je partais vivre en foyer. Les pensées négatives vibraient dans mon cerveau. Je n'ai pas réussi à participer au débat sur Mathilde Loisel alors que j'avais adoré le conte. C'était l'histoire d'une jeune femme complexée par sa vie de pauvre et jalouse de ses amies riches, qui emprunte un collier de perles pour aller dans une fête, le perd et s'endette pour le remplacer. Après dix ans de galère et de privations, elle croise la copine qui lui a prêté la parure et finit par tout avouer. Et qu'est-ce que répond la copine ? Que la sienne était fausse, qu'elle ne valait pas cinq cents francs. La pauvre Mathilde comprend qu'elle a gâché dix ans de sa vie pour des bijoux en toc. La moitié de la classe portait des faux Lacoste, l'autre moitié du vrai Chipie, la prof voulait nous faire parler de l'apparence, jusqu'où sommes-nous prêts à aller pour pouvoir ressembler aux autres ? Mon inquiétude monta d'un cran. Maupassant était venu sur terre pour me mettre un coup de pression. Il avait écrit *La Parure* pour me dire que j'avais eu tort de me lancer dans la prostitution dans le seul but de m'acheter des baskets, du maquillage et des CD.

En toquant chez Mme Labarthe j'avais toujours Mathilde Loisel en tête. Dans les foyers pour mineures délinquantes il y avait beaucoup de violences. Tina, la mère de ma voisine, était surveillante de nuit, au réfectoire une fille avait planté sa fourchette dans la main d'une rivale, la plupart d'entre elles étaient en décrochage scolaire et bonne chance pour la suite quand on traîne ce genre de bagage... J'essayais d'imaginer quels types de bagages les délinquantes mineures trimballaient en sortant de foyer, est-ce qu'on leur donnait des valises spéciales, est-ce qu'on leur sciait les roulettes pour que ce soit lourd à porter, est-ce qu'elles avaient des malles en métal comme les gens que mon père hébergeait à cause de leurs problèmes de dissidence ?

Tina s'appelait Christine mais il fallait dire Tina. Même ses enfants n'avaient pas le droit de dire Maman. La raison c'était qu'elle voulait rester femme, elle aussi devait avoir des sentiments des besoins et des traumatismes en dehors de son rôle de mère, dans son être individuel.

Mme Labarthe posa un boulier sur ses genoux, fit glisser trois perles de bois et déclara en souriant :

— Tu sais, grandir c'est facile pour personne.

Mme Labarthe m'a longuement entretenue sur les êtres à part entière de nos parents, sur les rôles qu'on doit jouer dans la vie et les costumes qui sont parfois trop grands. En gros j'ai compris qu'être adulte c'était pas un cadeau et que faire des enfants aggravait le problème. Elle avait tout un tas de statistiques pour appuyer sa théorie, même son boulier n'arrivait pas à suivre.

— En France il y a cent cinquante mille divorces par an et une moyenne de deux enfants par mariage. Je te dis ça pour que tu saches que tu n'es pas seule dans ton cas. Dans l'établissement, par exemple, je dirais qu'un quart des élèves sont dans la même situation que toi.

Je me suis enfoncée dans le fauteuil, j'ai fermé les yeux, je ne savais plus si j'étais chez la psychologue scolaire ou dans un cours de maths, je savais juste que mon secret n'était pas dévoilé et que j'étais très soulagée. Elle a fini par me tendre un papier sur lequel elle avait noté le numéro d'une association de soutien pour les adolescents qui souffrent. La ligne resterait active tout l'été, si je sentais de la colère de la tristesse ou des angoisses il ne fallait pas hésiter à les appeler, d'ailleurs elle ferait quelques permanences à distance, Ne le dis à personne mais je prendrai le téléphone dans mon hamac. Elle a sorti une photo du rabat de son Filofax et s'est lancée dans une visite guidée de son jardin. Là c'est le parterre de fraises, là c'est le terrain de pétanque, l'élevage d'escargots de Léa, le portique de Firmin, et pour terminer elle a pointé une pergola qui abritait un hamac en tricot, Et ça, c'est mon bureau d'été, dit-elle en rangeant la photo. J'ai hoché la tête et j'ai dit C'est sûr que ce sera mieux qu'ici, et elle a répondu avec un ricanement crispé en croisant les doigts sur son sous-main-calendrier ; tous les mois de l'année étaient barrés de rouge.

Quand les adultes sont traumatisés par les costumes qui sont trop grands pour eux, ils inventent des subterfuges, avait dit Mme Labarthe, un peu comme des sorties de secours dans les lieux confinés. Certains sont plus radicaux que d'autres, comme divorcer quand on a quatre enfants versus prendre un prénom qui fait jeune alors qu'on s'appelle Christine.

J'ai cité Tina en exemple le jour où Chanelle a alpagué ma mère en sonnant à la porte.

— Elle est là Tennessy ?

Chanelle s'appelait Vanille et j'étais Tennessy. Ça nous faisait marrer.

— Salut je m'appelle Vanille, je lèche des boules, bah ouais des boules de glace connard, tu fais quoi cet après-midi ?

Ce genre de trucs. Jusqu'à ce que Chanelle me grille.

Elle avait terminé sa fiole de rhum dans la voiture d'un zguègue, ils faisaient le tour de la ville, elle l'a planté devant chez moi. Elle était saoule. Elle ne comprenait pas pourquoi ma mère restait perplexe en la dévisageant.

— Y a pas de Tennessy ici.

J'étais de corvée poubelles. J'ai basculé le conteneur sur ses deux roues arrière pour sortir du réduit à reculons. Chanelle s'est ruée vers moi en criant Tennessy !! Au moment où j'allais me réjouir j'ai vu ma mère qui pivotait dans notre direction. J'ai vu sa tête. Derrière elle, le forsythia se vidait de ses fleurs, la maison se rabougrissait, les réverbères courbaient l'échine : le monde se recroquevillait.

— Tennessy ! Faut que je te raconte un truuuuuuc de ouuuuuuuf.

Chanelle trépignait. Dans les yeux de ma mère, j'avais le visage couvert de boue : je venais d'abattre trois branches de son arbre généalogique. Nous nous faisions face comme deux ombres à l'orée d'une forêt décatie. Elle semblait si petite dans ses habits de mère. Égarée. Son jean délavé par l'usure avait les variations du désespoir. Elle vacillait sur le perron de son château de cartes, gardienne d'un foyer qui ne rougeoyait plus. Elle m'observait comme un soldat qui rentre enfin chez lui et découvre sa ville en ruine, fumante, mais qui, épuisé par des mois de combats, ne ressent plus qu'une colère vaine. J'ai imploré la tectonique des plaques pour qu'une catastrophe m'avale. J'ai fixé la peinture écaillée du portail, la boîte aux lettres défoncée, les croquettes du chat dispersées au pied du mur. Où tombent les cigognes quand elles meurent en plein vol ?

— Explique-moi comment tu t'appelles si t'es encore ma fille et si tu veux dormir sous mon toit.

La honte me labourait. J'ai dit qu'il s'agissait d'un jeu. J'ai dit Mais regarde Tina fait pareil, et ma mère a hurlé, Tina fait ce qu'elle veut ce n'est pas mon problème ! Depuis le départ de mon père elle était sensible aux symboles, il ne fallait pas plaisanter sur le respect de son travail de mère, or les prénoms faisaient partie de son œuvre.

J'espérais que Chanelle réagisse, qu'elle dise Pardon madame j'ai fait une mauvaise blague. Mais Chanelle n'a pas réagi. Elle ne voyait pas le problème. J'aurais pu sonner à sa porte et demander Vanille, Robert ou Lady Di, sa mère m'aurait laissée entrer, une cigarette à la main, des tampons hygiéniques en guise d'écarteurs d'orteils pour faire sécher son vernis à ongles, les cuisses moulées dans un cycliste fluo. Elle n'aurait pas cherché à comprendre comment j'appelais sa fille, ni ce que ce nom voulait dire, ni ce qu'on s'apprêtait à faire, réviser un contrôle ou s'entraîner aux gorges profondes avec le tuyau d'arrosage de la villa qu'elle gardiennait.

Quand je l'ai retrouvée à la cuisine, ma mère découpait de la truite fumée sur le carton doré de l'emballage. De la crème fraîche bouillait au fond d'une casserole, Simon trempait ses doigts potelés dans un bol de purée. J'ai pris la cuillère en plastique et je me suis assise pour le faire manger.

— Pas la peine de faire la fayotte, a dit ma mère en jetant des gnocchis dans l'eau bouillante. C'est tes fréquentations qui t'influencent ? Où est passée Hamza ? T'as changé de copines ? Qu'est-ce qui te fait rêver dans la vie de ces filles ? Depuis quand tu veux devenir hôtesse de l'air ? Ton prénom te dérange ? Ta famille te pose problème à toi aussi ?

J'imitais le cheval qui hennit pour que Simon ouvre la bouche. La technique avec les adultes, c'est de les laisser parler. Ils n'aiment pas qu'on leur coupe la parole, ils n'aiment pas qu'on les contredise, ils n'aiment pas qu'on finisse leurs phrases. Ma mère, à la manière dont elle tripotait un objet, je pouvais deviner ce qu'elle avait à dire.

— Maman c'est ça l'adolescence. On change.

Elle s'est brûlée en goûtant un gnocchi, elle a dit Putain, puis se reprenant, Purée, et Simon d'ailleurs t'as fini ton assiette ? Elle a porté la casserole jusqu'à l'évier et l'a vidée dans une passoire. La moitié des gnocchis sont tombés à côté. Elle s'est tournée vers moi, les verres de ses lunettes étaient pleins de buée.

— Écoute, j'ai déjà Rachel qui fait l'adolescente et Ludwig qui prend de l'avance. Alors épargne-moi ça s'il te plaît.

Dans mes pensées objectivement négatives, Tennessy porte le coup de grâce à ma mère: c'est à partir de là qu'elle s'est installée au salon. À sa demande et en échange d'un Picsou Magazine, Ludwig a démonté le buffet-des-objets-qui-servent-qu'à-te-pourrir-la-vie et empilé les planches près de la cheminée. Le mois de juin était déjà bien avancé mais les volets restaient fermés et ma mère tisonnait toute la sainte journée.

— Tu fais pitié comme ça, a dit Rachel au bout du troisième jour consécutif.

Elle avait les cheveux pleins de cendres et les yeux rougis par les larmes. Je suis venue m'asseoir à côté d'elle, j'ai mis la main sur son genou, je ne savais pas quoi dire à part que j'étais désolée et que j'aimais bien mon prénom. Elle n'a pas répondu. Je lui ai demandé si c'était le chagrin d'amour qui la faisait pleurer comme ça. Elle a éclaté de rire entre deux fournées de sanglots.

— Non. Non, c'est plutôt la désillusion.

Moi aussi j'étais triste que mon père nous quitte. La vérité c'est qu'il quittait seulement ma mère, mais je prenais ça comme un abandon collectif parce qu'en tant qu'enfants on était indissociables d'elle. Le principe d'une famille c'est d'avoir deux parents qui se partagent les plaisirs et les responsabilités, mais chez nous ça ne fonctionnait pas comme ça. Ma mère faisait tous les rôles à la fois et pourtant c'est mon père qui lourdait le costume.

Pour ne pas alourdir son chagrin, j'allais pratiquer ma tristesse au lavoir. Les jours sans zguègue c'était un endroit agréable. Je profitais du contact avec la solitude et la nature. Je m'asseyais sur le muret et laissais mon esprit flotter sur la plaine de la Seine jusqu'aux gratte-ciel de la Défense. Je pensais à ma mère quand elle avait mon âge. Elle avait des rêves plus larges qu'une nuit de sept heures sans être réveillée par Simon ou qu'un dimanche sans montagne de linge: elle cousait des banderoles contre la guerre. Malheureusement la France n'était plus engagée, à part les casques bleus du Kosovo c'était le calme pacifique. Au lavoir, j'entendais les chevaux trotter, le vent bruire dans les châtaigniers, les promeneurs rire en marchant et les vélos freiner en quittant la forêt. Mais ce que j'entendais le plus, c'était les sanglots de ma mère devant la cheminée.

Je me changeais les idées en allant faire un tour au centre équestre. Angélique me laissait brosser les crinières avec elle. Je m'asseyais sur un seau en plastique et je lui préparais les peignes. Nos bras nus se frôlaient; elle avait les poils blonds à force de travailler dehors. On écoutait Chérie FM. Elle disait qu'elle préférait parler aux animaux qu'aux êtres humains et à cette période de ma vie ça m'arrangeait: quand les vacances d'été ont commencé, je montais tous les jours au lavoir en faisant un détour par le manège. Les filles me taquinaient, T'espères quand même pas qu'on t'embauche ? En partant je glissais une main dans la trappe à monnaie du distributeur Selecta : parfois les riches sont tellement riches qu'ils laissent des pourboires aux machines.

Jusqu'au jour où j'ai vu que la place était prise. De loin, je devinais une silhouette qui prenait le soleil sur mon muret. Je me suis approchée et j'ai reconnu Angélique. Elle avait les bras croisés sous la tête et fredonnait une chanson. Au même moment j'ai aperçu deux cubes préfabriqués sur le terre-plein où les zguègues faisaient demi-tour. Béné la cheffe des monitrices a sorti la tête d'une fenêtre miniature et m'a fait signe de la main.

— Tu veux visiter nos bureaux ?

J'ai ouvert la porte, elle était fine comme un panneau de paravent, j'aurais pu passer à travers. À l'intérieur, il y avait une table avec des échantillons Nescafé et une boîte de sucres en morceaux cœur trèfle losange et pique ; ça faisait des années que je suppliais ma mère de les acheter pour la maison. Une étagère en métal était posée contre le mur, j'ai reconnu les registres de présence et de cotisations. Béné m'a expliqué qu'ils profitaient des grandes vacances pour rénover le centre équestre : la peinture des box s'écaillait, il manquait des sièges au manège et la façade des écuries n'avait pas été rafraîchie depuis la dernière monarchie.

Mes parents divorçaient, Mme Labarthe disait que c'était un bouleversement de repères et voilà que les hippiques venaient me squatter le lavoir. Béné était enceinte et j'ai prié pour que son gosse soit bec-de-lièvre tellement j'étais furieuse d'entendre ce qu'elle était en train de m'annoncer. Après j'ai pensé à Simon, peut-être qu'un ennemi secret, ou peut-être que c'était Rachel, avait prié pour qu'il soit un enfant spécial et malgré toute la haine du monde c'est des choses que je souhaite à personne. J'ai retiré ma prière. Un type est entré dans le cube, il livrait une fontaine à eau, il m'a tendu son Bic pour que je signe le bon mais Béné s'est interposée en riant, Ah non, la responsable ici c'est moi. J'ai regardé le bassin du lavoir, le muret, Angélique, la plaque d'égout où je m'entraînais à cracher et la plaque commémorative de Jean-Jacques Rousseau qui parle du lavoir dans ses *Confessions* : c'est un livre sur son enfance qu'on a étudié à l'école et grosso modo le truc le plus palpitant qui lui soit arrivé dans sa jeunesse c'est d'avoir cassé son peigne. Comme disait Kat Linh, La vie au Moyen Âge ça avait pas l'air très golri.

— Sont vraiment cons ces mecs, je te jure.

Béné regardait le livreur s'éloigner, il l'avait vexée avec sa signature. La vérité c'est qu'il avait vu clair, la maîtresse des lieux c'était moi, pas ces filles aux cheveux châtains qui rangeaient des étrilles dans des bureaux en carton-pâte.

— On va crever de chaud là-dedans, dit-elle en retournant à ses affaires, les mains posées sur son ventre de grossesse.

Qu'allait devenir le groupe Magritte ? Je ne pouvais pas attendre les zguègues à l'étang, à pied ça faisait une trotte, les bus ne montaient pas jusqu'en forêt. Ma mère avait lancé une pétition au conseil municipal pour exiger que les transports publics desservent les zones de loisir. Elle s'était pointée à la sortie des cours pour sensibiliser d'autres parents d'élèves qu'elle alpaguait au volant de leurs véhicules. J'avais eu honte en la voyant zigzaguer dans la file du dépose-minute.

— Les espaces verts ça concerne tout le monde !

Dans son projet il fallait étendre la ligne aux immeubles de la cité, là non plus les bus n'allaient pas. Ce n'était pas normal d'isoler cette partie de la ville, Pourquoi certains vivent sous les arbres et d'autres à l'ombre du ciment ? En attendant, pour monter à l'étang, il fallait avoir une voiture.

Je suis rentrée chez moi en m'arrêtant à la cabine téléphonique des Orangers. J'ai composé le numéro de la messagerie Tam-Tam, l'opératrice m'a annoncé que l'appel me serait facturé dix unités, sur ma carte il en restait douze, je lui ai dicté en vitesse, LAVOIR IMPOSSIBLE OCCUPÉ. J'ai raccroché et j'ai fixé le bâtiment des Orangers à travers la vitre taguée. J'espérais que le téléphone sonne. À qui les mongols avaient-ils besoin de parler ?

Le groupe Magritte était temporairement suspendu.

— C'est la crise, a dit Chanelle.

— C'est l'été, a corrigé Nelly. Statistiquement l'été les gens ont moins de misère sexuelle.

Elle avait une théorie selon laquelle les filles qui bronzent veulent rentabiliser leurs heures d'exposition. Elles se sentent belles irrésistibles, au troisième verre de Passoã elles ont le string sur la hanche et des doigts sales qui les farfouillent. Nelly nous avait donné rendez-vous devant la maison de retraite. Sa peau mate était devenue celle d'une métisse. Elle avait passé un mois à Praia da Rocha où son père avait une maison. Comme il la louait en été à des touristes belges, il profitait du mois de juin pour emmener sa famille en vacances. Nelly était revenue quelques jours avant la fin des cours, triomphante de beauté avec ses créoles XXL, sa casquette blanche et ses clavicules hâlées. À Gogolinek, le village de mes grands-parents, la moyenne estivale est de vingt-deux degrés, la seule couleur que mon corps prenait en été c'était le rouge des piqûres de moustiques et le marron des croûtes que je grattais sous les pommiers.

Magritte sans les casiers c'était risqué pour les parents à cause du bipeur et des sous, ajouta-t-elle le front soucieux. J'ai serré mon sac Viahero. Ma mère avait abandonné les fruits secs, les fruits frais et les ateliers de parole. À la place du muesli au petit-déjeuner, elle posait un sac de croissants surgelés sur la table de la cuisine. Au dîner, c'était raviolis ou raclette. Je préférais la raclette : dans notre vie d'avant c'était le plat des soirs de fête. C'était devenu le plat de la facilité.

— Je suis bonne qu'à éplucher des pommes de terre, disait ma mère en lâchant les patates dans l'eau, éclaboussant la gazinière.

Elle avait le sanglot facile, pour ne pas dire systématique. Elle pleurait n'importe où dans la maison : affalée sur les marches de l'escalier, assise sur le rebord de la baignoire. On aurait dit que les crises de larmes dérobaient l'espace sous ses pieds. Son corps s'affaissait sur lui-même comme une plante privée de lumière. La tristesse la privait de cet instinct maternel qui voudrait que l'on cache aux plus faibles de telles scènes de désarroi. Elle pleurait, sans scandale ni pudeur, et ses gros yeux de truite me faisaient pleurer à mon tour, et mes petits frères après moi. C'était la chaîne catastrophe, comme quand les gens vomissent, sauf qu'on pleurait, et que certains savaient pourquoi mais pas les autres.

Au début j'essayais de lui dire d'aller se coucher dans sa chambre. Je n'arrivais pas à m'y faire de la voir dormir au salon. J'enviais Kat Linh pour ses Mentos, ses étagères de baskets Nike et ses cordons bleus Le Gaulois. Pas pour la vie de sa mère qui se limait les ongles en regardant Julien Lepers. En sortant du collège Kat Linh pouvait traîner tout ce qu'elle voulait à condition qu'elle soit rentrée à dix-huit heures. *Questions pour un champion* c'était leur rituel à elles. J'entendais le bruit du buzzer quand je passais sous ses fenêtres. Elles ne cherchaient pas les réponses, elles se laissaient bercer par les jingles de l'émission. Kat Linh buvait une canette – les bouteilles elle n'aimait pas ça à cause du gaz qui s'en allait – et sa mère se limait les ongles. À dix-huit heures trente-cinq Kat était de retour dehors ; sa mère attaquait le ménage. Elle disait toujours ça, *attaquer le ménage*, et je l'imaginais tirant au fusil sur le sol, en embuscade dans ses chaussons de nettoyage.

Mais ma mère refusait de monter dans sa chambre. Elle était mieux devant la cheminée. Je me couchais tous les soirs en étant persuadée qu'elle allait se mettre le feu et s'immoler dans le salon. J'essayais de la dissuader en lui tenant compagnie. Je m'asseyais à côté d'elle, une main posée sur son genou, et je lui parlais du dehors. Tina voulait repeindre son garage, elle hésitait sur la couleur, Ludwig suggérait camouflage. La boutique de tricot faisait faillite, elle serait remplacée par un vidéoclub. Les parents d'Élise, la meilleure copine de Rachel, avaient loué un clown d'anniversaire. Une brouette pleine de fleurs trônait sur le rond-point de la gare, elles étaient belles mais je ne connaissais pas leur nom.

— Je t'accompagne dans ta chambre ?

Ma mère secouait la tête. Je comprenais qu'elle soit triste, son avenir était tout froissé. Je l'entendais se plaindre au téléphone. Qu'est-ce que la vie avait à lui offrir ? Quatre crises d'adolescence à l'issue desquelles ses enfants quitteraient la maison pour ne la contacter qu'en cas de problèmes financiers ? Sentimentalement, rencontrer un type divorcé comme elle, dégoûté de l'amour comme elle, pour faire des balades en forêt et des séjours organisés sur les traces de l'Empire romain ? Se taper, en plus de ses propres enfants, la progéniture hystérique d'une femme qui la détestera, le voir loucher sur des filles plus jeunes qu'elle, s'habituer à une nouvelle haleine ? Finir par avoir cinquante ans, parler plus souvent du passé que d'avenir, enterrer un à un ses amis, ses parents et ses rêves ?

Nelly nous recontacterait à la rentrée. Elle s'éloigna en nous demandant d'attendre cinq minutes pour partir, par mesure de sécurité. Chanelle leva un doigt d'honneur dans son dos, entre les omoplates qui dépassaient de son bustier, deux ailes prêtes à prendre le large. Un vieux éternua sur la terrasse de la maison de retraite.

— C'est Damien ! cria Chanelle en mimant une branlette.

C'était la première fois que je passais l'été chez moi. Kat Linh était à Courbevoie avec son père et ses cousins. Amanda, sa sœur et ses parents suivaient le Tour de France en camping-car. Ma mère : dans le canapé du salon. Ludwig jouait aux épées avec des branches taillées dans un arbre mort du jardin, Simon ruminait dans son parc et Rachel partait au Club Med de Marbella.

— Les parents d'Élise m'invitent avec leurs points fidélité, avait-elle jeté à ma mère depuis la porte du salon où ma sœur refusait d'entrer tant qu'elle n'ouvrait pas la fenêtre.

Mon père avait annulé les vacances à Gogolinek. Il avait un empêchement. Ma mère disait qu'il fréquentait une femme, c'est comme ça qu'elle disait, *fréquenter une femme*, avec trois litres d'insultes bien comprimées dans sa salive. Sa nouvelle maison n'était pas prête à nous recevoir mais il venait nous rendre visite un dimanche tous les quinze jours. Il restait derrière le portail en attendant que je rassemble les garçons, les vélos, les goûters et sa pile de courrier.

— Est-ce que tu fréquentes une femme ?

On déchargeait les vélos sur le parking de l'étang. Il avait explosé de rire. Ensuite il avait repris son sérieux, Mais on ne pose pas ce genre de questions, voyons, c'était sa vie privée, depuis quand je fourrais mon nez dans les affaires des adultes ? Depuis que ma mère est bloquée dans le canapé du salon, que les volets restent fermés en plein été, que les garçons ne mangent plus que des raviolis, et encore, quand je les prépare, depuis que Ludwig va au centre aéré prévu pour les pauvres qui ne partent pas en vacances, depuis que Simon tourne en rond sur la pelouse en friche du jardin, depuis que Rachel a changé de famille parce que la sienne lui faisait honte, depuis que je fais les lessives, le lave-vaisselle, les courses et les inscriptions de rentrée, depuis que je dois recopier les messages du répondeur pour faire le tri entre les siens, ceux de ma mère et ceux qui concernent leurs enfants et depuis que j'explique tous les jours à Ludwig que je ne sais pas pourquoi Papa ne l'emmène pas jouer chez lui comme promis : voilà ce que j'aurais voulu lui répondre, à mon père. Mais comme il profitait d'être en forêt pour faire son sport hebdomadaire, les chances que j'avais de lui parler se limitaient aux fractions de seconde qu'il passait devant moi chaque fois qu'il complétait le tour de l'étang en courant.

Tout le monde était parti, sauf Chanelle. C'est grâce à cet été qu'on est devenues des amies et plus seulement des collègues. Elle vivait avec sa mère et sa petite sœur au rez-de-chaussée de la villa d'une dame qui avait perdu son mari. La communauté de Jésus s'inquiétait pour sa solitude et l'avait persuadée d'utiliser sa charité en accueillant cette famille qui l'aiderait dans la maison et qui lui tiendrait compagnie. Chez elle l'herbe était toujours rase : le jardinier venait une fois par semaine, montait sur une tondeuse en forme de tracteur miniature et se promenait sur la pelouse jusqu'à ce que plus rien ne dépasse. Des galets délimitaient les parterres de fleurs et les rosiers poussaient sous des colonnes grillagées – des tuteurs, expliquait la vieille à Chanelle qui voulait les sortir de cage. On pouvait profiter du jardin, mais seulement au fond à gauche, là où la vieille ne pouvait pas nous voir : ça l'irritait d'avoir des jeunes dans son champ de vision.

Chanelle sortait les joints roulés d'avance que lui offrait son voisin de Cergy pour la récompenser de ses progrès en gorges profondes. On buvait de la limonade brésilienne. La boisson était amère, on l'appelait Godzilla, en vrai c'était du guarana, une plante à brûler les graisses que sa mère saupoudrait partout. Malia, la petite sœur de Chanelle, nous suppliait de la laisser rester. Chanelle acceptait à condition de lui faire une soufflette. Malia avait neuf ans et les yeux verts comme elle. D'accord, disait-elle en grimaçant. Pour fumer, elle dégageait les mèches qui lui barraient la vue avec ses mains d'enfant, ses phalanges potelées et ses petits ongles vernis, un doigt de chaque couleur. Quand elle collait ses lèvres contre celles de sa sœur, un duvet blond frémissait sur ses joues. Elle s'étouffait chaque fois. J'avais mal pour elle et je devais me retenir pour ne pas empêcher Chanelle de plaquer sa paume sur le visage de Malia qui risquait de tousser trop fort.

Quand elle nous entendait crier, sa mère portait un index à sa bouche dans ses gants roses en silicone, ou alors elle nous menaçait en brandissant la pelle à crottes qui lui servait à ramasser les excréments de Parsifal, le labrador de la vieille dame.

J'ai fait ma rentrée en troisième avec mon Viahero alors que les élèves de ma classe avaient tous un nouveau Eastpak qui leur tapait au cul quand ils marchaient dans les couloirs. J'ai serré mon sac contre moi, je n'avais pas fini de l'aimer, je n'étais pas prête à en changer.

Toute ma vie j'avais rêvé d'être une troisième. Dans la cour ils étaient à mi-chemin entre les adultes et les petits. Ils pouvaient quitter le collège sans autorisation spéciale. Ils avaient des scooters. Quand ils passaient le brevet blanc tout l'établissement devait se taire. Les filles étaient formées, elles avaient des petits amis qu'elles embrassaient sur les bancs du parvis et certains d'entre eux se rasaient déjà la moustache.

Dans ma classe de troisième pour commencer j'avais la même prof de français qu'en quatrième et qu'en cinquième. Je n'ai pas voulu y croire quand j'ai vu son nom affiché sur le tableau d'attribution. Pourtant c'était bien elle qui pianotait sur son bureau quand je suis entrée dans la salle. La trois cent douze je la connaissais bien, un néon clignotait et la poignée d'une fenêtre était différente des autres. J'ai soupiré parce que j'avais passé l'été à me réjouir de la nouvelle vie qui m'attendait, tout ça pour retrouver Loïc au premier rang assis à côté de Tiphaine assise à côté de son violon et Mme Moreno installée sur l'estrade. Il n'y avait que Kat Linh qui manquait à l'appel. Ils l'avaient orientée vers la section professionnelle, elle ferait un apprentissage et avec un peu de chance elle aurait bientôt un métier. Au tableau, Moreno avait inscrit le nom des lectures au programme, *Enfance* de Nathalie Sarraute et *Médée* de Sénèque. Parce qu'elle était gauchère, la craie bavait sous son poignet : *Enfance* était tout barbouillé de blanc.

En sortant du collège j'ai vu Kat Linh avec son groupe de CAP. Dans sa classe les élèves pouvaient avoir dix-huit ans, donc oui, tout le monde avait l'air préadulte, surtout quand ils parlaient des entreprises qui les prendraient en alternance et du salaire qu'ils toucheraient, pas comme chez nous où les discussions concernaient le poids des classeurs de techno et les horaires du réfectoire.

Deux jours plus tard, nous étions mercredi et Miguel m'attendait à la sortie des cours. Je suis montée dans sa voiture, c'était la même que la première fois. Quand il m'a proposé une cigarette j'ai eu un flash, Maximilien, la bogue luisante, mon cul en feu, j'ai dit Non merci j'ai arrêté de fumer. Il m'a dévisagée, les paupières basses et la bouche entrouverte.

— Mais tu continues à sucer ?

J'ai hoché la tête en fixant mes genoux. On a roulé jusqu'à la gare. Côté collège, des voies avaient été fermées à cause du projet ferroviaire d'Île-de-France, le réseau secret de Damien. Côté centre-ville, des panneaux verts barraient l'accès au quai en attendant la construction d'une nouvelle plateforme. Miguel s'est faufilé sous la barrière et m'a fait signe de le suivre. Il marchait sans m'attendre, crachait tous les deux pas. Il a fini par s'arrêter en face d'un abribus désaffecté.

— Voilà.

Adieu cravaches et bottes de foin. Magritte s'installait sur l'ancien parking de la gare. Rue Napoléon-Bonaparte. J'ai levé les yeux. Une rangée de pigeons m'observait sur les fils d'un pylône, prêts à me fienter sur l'épaule. Au milieu des rails un feu vert indiquait que la voie était libre. Le banc avait été vandalisé, un pied avait été arraché au bitume et la banquette était restée penchée du côté gauche. Miguel m'a tendu un paquet de BN, sur l'emballage les biscuits me faisaient des clins d'œil. À l'intérieur, il y avait le bipeur et un billet de vingt francs pour me souhaiter la bienvenue. Ce billet-là je le connaissais par cœur, c'était celui de mon argent de poche. Pour nous apprendre la valeur de l'argent, surtout celui qu'on ne gagnait pas encore, ma mère nous faisait étudier l'histoire des pièces et des coupures. Sur le billet de vingt francs, le type s'appelait Debussy, il avait composé *L'Après-midi d'un faune*.

— Nelly m'a dit que t'aimais pas les gâteries du patron ?

Il a touché son entrejambe en ricanant, C'est dommage moi je les aime bien les moches comme toi. Ça m'a fait mal qu'on me traite de moche, même si c'était Miguel et que je n'attendais rien de lui. Il allait s'en aller. Il avait déjà fait trois pas vers la palissade du chantier quand il s'est retourné en manipulant sa braguette. J'ai reculé sous l'arrêt de bus, à tout moment un train passerait derrière nous, si Miguel m'agressait toute la rame me serait témoin. J'ai détourné les yeux quand il a sorti son poireau et j'étais prête à protester quand il s'est approché de moi. Mais Miguel s'est contenté de se soulager sur le banc. Il pissait en sifflant Enrique Iglesias, se déhanchant pour arroser toute la superficie du siège. Il est parti en m'adressant les dernières strophes de la chanson, *Te quiero, amor mío, te quiero*, et je suis restée plantée là, *Bailamooos*, avec le bruit de son urine qui gouttait à travers le métal perforé du banc.

Quelques minutes plus tard, j'ai sorti le bipeur et j'ai lu DAMIEN – 555 ARM 60 – NISSAN MICRA – 14 H. J'ai pensé au tableau d'affichage, à Mme Moreno, à Loïc et à Tiphaine, à la méchanceté de Miguel, à l'empreinte du corps de ma mère sur le canapé du salon – ma vie ne changerait jamais.

Je me trompais parce que Damien n'est pas venu se faire branler. Il venait m'annoncer qu'il avait rencontré une fille pendant ses vacances à Bastia. Une vraie fille, m'a-t-il expliqué en faisant le tour du parking. Ça voulait dire qu'il ne paierait plus pour qu'on le branle. Tant mieux pour lui ; qu'est-ce que je pouvais lui dire d'autre ? Que son sperme sentait l'œuf pourri ? Il m'a laissé son numéro, en attendant le Transilien je pourrais toujours voyager dans la cabine du conducteur, il avait fait monter sa propre mère, elle s'était amusée avec la commande de freins, dans un train le tableau de bord est différent de celui d'une voiture, et alors qu'il roulait en direction de l'abribus j'ai vu Chanelle assise en tailleur sur le banc où Miguel venait d'uriner. J'ai crié pour qu'elle se lève, Damien m'a dit Mais qu'est-ce qui se passe, j'ai dit Je dois y aller, je dois y aller MAINTENANT et j'ai sauté de la voiture en lui souhaitant une longue vie d'éjaculateur précoce avec sa pute gratuite et ses ongles rongés.

Nelly était en CAP avec Kat Linh. Ceux qui n'avaient pas d'employeur pour les former en alternance, et c'était le cas de Kat Linh, restaient en salle de permanence, à moins qu'ils n'aillent au CDI pour consulter les fiches métiers. Mais Nelly travaillait pour son père. Octavio Rodrigues avait une entreprise de salles de bains. Je voyais passer les utilitaires sur le parking de la gare. Le logo c'était Octav'Eau écrit en forme de silhouette de femme allongée dans une baignoire. Le O formait le relief de sa poitrine, le V ses deux bras alanguis, le E ses jambes tendues en l'air et le numéro de l'entreprise flottait dans l'eau comme des bulles de bain. Sur les fiches métiers ils disaient que pour être assistante de direction il fallait faire un BTS, mais dans sa boîte Octavio Rodrigues faisait exactement comme il voulait, et ce qu'il voulait c'était mettre sa fille sur les plannings des chantiers. À la réunion des parents il était venu en jogging pour se plaindre du manque de matériel informatique. Il avait deux enfants scolarisés dans le collège et il s'inquiétait pour l'avenir, *Poil de carotte* n'avait jamais aidé personne à mettre des devis en page. En attendant, chaque fois que la camionnette

Octav'Eau traversait le parking, Chanelle montrait son cul. Elle était persuadée que Nelly se cachait derrière les vitres teintées du véhicule et qu'elle nous espionnait pour rendre des comptes à Miguel.

Contrairement au lavoir, le parking Bonaparte n'était pas bucolique. Les klaxons ferroviaires nous faisaient sursauter. Quand il pleuvait, le toit de l'abribus prenait l'eau. À défaut de la perspective des arbres, je m'accrochais à l'horizon imperturbable des rails qui filaient vers Paris. J'entendais le sifflet, puis le signal sonore et le roulement des portes qui se ferment. Encore un train qui ne m'embarquerait pas. Je fermais les yeux : à force de pipes un jour je me paierais l'appartement dont je rêvais à la fontaine des Innocents.

Pour faire passer le temps Chanelle ramenait les joints de son voisin Gran Turismo, même si le seul tourisme qui semblait désormais l'intéresser c'était l'exploration de son larynx. Ce type me dégoûtait parce qu'il profitait de Chanelle. Les zguègues aussi me dégoûtaient. La différence c'est qu'ils payaient pour profiter. Quand j'achetais les singles du hit-parade je pensais à leur sexe baveux qui rentrait comme un escargot dans sa maison une fois leurs affaires terminées. Puis j'ai compris que Rico Ibiza pouvait me fournir en fumette et au lieu de m'acheter des polos j'ai commencé à m'acheter des boulettes. Pour le même prix il me donnait aussi les feuilles, C'est mieux de pas les acheter dans le coin, les buralistes c'est des balances. Il avait une tendance à la paranoïa, à le croire tout le monde essayait de le poucave, même les chiens, d'où la batte de base-ball. J'ai appris à rouler en Seat Ibiza. Chanelle trouvait ça formidable à cause d'Ibiza où les gens font la fête et se droguent pour baiser, c'était là-bas que Jean-Bite et sa mère avaient fait leur voyage de noces. Elle m'avait expliqué qu'il y avait une plage où les gens se faisaient prendre à tour de rôle, elle était au courant parce que sa mère avait raconté ça au juge quand elle avait demandé le divorce, que Jean-Bite l'avait obligée à sucer d'autres types qui faisaient la queue pour sa bouche, et même qu'il l'avait obligée à sniffer de la poudre blanche sous prétexte qu'elle était latino et que les Latinos aiment ça.

Sur le parking de la gare j'ai aussi commencé à boire dans la fiole de Chanelle. Un peu d'alcool faisait passer le temps plus vite. Il créait un monde sans minutes, sans heures, mais surtout sans demi-heures : je montais dans la voiture, je branlais, je suçais, je faisais ce qu'on me demandait de faire jusqu'à ce qu'on me recrache sur le parking de la gare, sans mémoire ni conscience. Les jours où Chanelle ne venait pas travailler parce qu'elle était exploitée à Cergy, je préparais une mixture de Malibu coco et de Sunny Delight. Je ne pouvais pas m'asseoir sous l'abribus à cause du banc où Miguel s'était soulagé. Je faisais les cent pas en lançant ma bouteille en l'air. Si elle tournait une fois, Rico me paierait un éclair au café. Deux fois, Chanelle laisserait tomber Gran Turismo. Trois fois, ma mère ne mourrait pas de la désillusion. Si elle retombait droite, Magritte resterait un secret. Je réceptionnais en marchant pour corser l'exercice et défier mon destin. À force d'arpenter le parking, j'ai découvert l'entrée d'une sente condamnée par une haie de lauriers. En piétinant quelques racines j'ai trouvé que la sente longeait les grilles du parc de l'école privée Sainte-Catherine. Chanelle connaissait les histoires de Dieu à cause de ses amis de la communauté. La sainte Catherine, m'avait-elle expliqué, est restée vierge toute sa vie parce qu'elle avait dit dans sa tête que c'était le Christ qu'elle aimait. Comme elle est très intelligente un empereur tombe amoureux d'elle mais elle refuse de l'épouser parce qu'elle est fidèle à Jésus. Les empereurs n'aimant pas qu'on repousse leurs avances, sainte Catherine est condamnée à mort. On la décapite, et de son cou tranché ce n'est pas le sang mais du lait qui jaillit. Chanelle avait passé son doigt comme une lame sur sa gorge :

— Chez moi aussi ça coule en blanc avec tout ce que j'avale.

Derrière la haie de lauriers il y avait une plaque émaillée avec des lettres blanches qui se détachaient sur fond bleu pour indiquer aux piétons d'autrefois qu'ils se trouvaient sente de Paris. Je détournais les yeux quand je passais devant cette plaque parce qu'elle me provoquait des pensées négatives. La capitale ne me serait jamais acquise par voie noble, j'allais ramper toute ma vie pour sortir de ce trou où mes parents avaient un jour pensé qu'il serait agréable de fonder une famille, laquelle famille se réduisait maintenant à une mère désillusionnée et à un père démissionnaire qui nous téléphonait à la cabine des Orangers pour ne pas prendre le risque de tomber sur la femme qui avait partagé sa vie pendant presque vingt ans. Un mois avait passé depuis la rentrée de septembre et son appartement n'était toujours pas prêt. Ma mère avait conclu que non seulement mon père fréquentait une femme mais qu'en plus il vivait chez elle et qu'il n'avait aucune envie de prendre en charge ses jours de garde. Mme Labarthe m'avait parlé des parents qui restent en bons termes et qui font du divorce une forme de partenariat. Son boulier s'était affolé, C'est une situation où tout le monde peut trouver son compte, souvent les enfants s'enrichissent au contact d'une famille recomposée. J'avais envie d'aller secouer son hamac pour lui dire qu'elle m'avait menti avec ses statistiques et ses renouveaux affectifs, de tous les élèves du collège je ne connaissais personne qui torchait son frère attardé depuis que sa mère faisait grève, grève du soleil, grève des lessives, grève du frigo. Même la mère de Kat Linh s'en sortait mieux que la mienne.

En septembre tout le monde avait fait sa rentrée, sauf elle. Le médecin de famille l'avait mise au repos, un premier mois, puis un deuxième, puis sans durée déterminée. La seule tâche qu'elle supportait c'était d'accompagner Simon chez la puéricultrice parce que les parents d'enfants à caractères spéciaux sont tous plus ou moins désillusionnés, comme elle : personne ne peut se permettre de juger. Mais elle refusait de croiser les parents des camarades de Ludwig et nous avait priées Rachel et moi de l'emmener à l'école le temps qu'elle se remette du deuil de la famille.

— Personne est mort, putain, soufflait ma sœur exaspérée. T'arrives encore à pisser avec tout ce que tu chiales ?

J'attendais qu'elle aille aux toilettes pour me ruer dans le salon. Je ramassais les mouchoirs sales, les tasses ébréchées, le pilulier, la couverture Air France. Je poussais les cendres dans l'âtre, retapais les oreillers et ouvrais les rideaux pour faire entrer le soleil : en octobre les premières feuilles tombent des arbres en tournoyant comme des hélices mais l'air est tiède et lumineux. Elle fermait tout en revenant. Quelque part je crois qu'elle voulait disparaître, qu'elle ne voulait plus être mère, ni femme, ni être humain. Cette existence ne l'intéressait plus.

Depuis la rentrée, je voyais en moyenne trois zguègues par jour. Entre deux rendez-vous j'avais une demi-heure de pause : je traînais dans la sente de Paris. Je longeais les grilles du parc jusqu'au portail qui servait à l'époque où l'école abritait un couvent. Je m'asseyais sous un arbre à kiwis dont les fruits tombaient sur le sol en s'écrasant dans un gros ploc, sur l'arrondi des marches en pierre, luisantes et creusées par le pas des anciens. Le dos calé contre le mur, je buvais mon cocktail en observant les jupes plissées des adolescentes modèles, leurs genoux éraflés et leurs rires mesquins. J'imaginais faire ma rentrée avec les filles de Sainte-Catherine : j'avais des ballerines à sangles, un collier de totoches, mon chemisier sentait Tartine & Chocolat, même si j'avais grandi je restais douce comme un bébé.

C'est en pensant à cette vie-là que je me suis masturbée pour la première fois. J'ai fermé les yeux et j'ai vu l'image d'un tapis roulant, ceux qui distribuent les valises dans les aéroports. J'avais mon costume d'hôtesse, mon chignon lâche et mes talons carrés. Sauf qu'à la place des bagages sur le tapis c'étaient mes rêves qui défilaient. Il y avait un assortiment de baskets, un Discman, un lit double, un pantalon Pussy avec minijupe intégrée, des parents mariés et de la moquette dans ma chambre. J'ai mis la main entre mes cuisses, j'ai bu une longue gorgée de Malibu et j'ai chanté toutes les insultes que je connaissais en français.

En revenant à l'abribus j'avais les jambes comme au collège devant le bureau de Mme Labarthe quand je croyais qu'ils avaient découvert Magritte et que j'allais partir en foyer. J'ai terminé la bouteille et je l'ai lancée sur les rails. Si elle tombait direction Paris Nord ça voulait dire que les choses finiraient par s'arranger. Direction Sarcelles, que Chanelle arrêtait Magritte parce que Gran Turismo lui payait tout ce qu'elle voulait. La bouteille a roulé sur le quai central jusqu'à ce qu'elle disparaisse dans le tunnel. J'ai shooté dans le pied du banc mais j'ai raté ma cible et je suis tombée en avant, le nez contre la vitre brisée de l'emplacement publicitaire. À l'intérieur il y avait une réclame pour les sirops Teisseire. C'était une fête d'adultes qui ne boivent pas d'alcool, les gens faisaient une ola sur une piste de danse éclairée au laser. Au premier plan, une fille tenait un verre de fruits rouges, *Teisseire, une goutte de folie dans ta vie.* LIONEL – 893 BRO – RENAULT SCENIC – 15 H est arrivé, je suis montée dans la voiture et j'ai tout de suite senti que j'avais bu trop de Malibu. Lionel s'est garé au fond du parking Bonaparte et a tout de suite baissé son siège.

— Dépêche, j'en peux plus.

Il prenait ma bouche pour une piste de bobsleigh.

Je me suis dégagée une première fois. Il m'a remise à ma place. La deuxième fois, j'ai eu un haut-le-cœur.

— Elle est trop grosse pour toi ?

La troisième fois, j'ai régurgité. Mon vomi sentait les soirées tropicales. J'ai taché le siège et son costume Bouygues Telecom. Il était stressé, c'était la voiture de son père a-t-il jugé utile de préciser comme si quelqu'un croyait qu'un vendeur en téléphonie pouvait se payer un Scénic. Comme c'était la voiture de son père, il a trouvé des mouchoirs : des Lotus zen dans une boîte carrée décorée de photos de galets. Ceux-là aussi je les avais vus chez Kat Linh. On a frotté son costume Bouygues, frotté le siège, frotté le frein à main et le levier de vitesse, après quoi Lionel m'a tendu une bouteille pour que je me rince la bouche. J'ai bu et j'ai tout recraché : c'était le savon du lave-glace.

— J'avoue j'ai bourriné. Ça va ?

Il me passait la main dans le dos.

— De l'eau. Je t'en supplie de l'eau.

Quelques minutes plus tard Lionel revenait avec un litre de Volvic. Je l'ai vu traverser le rond-point de la gare : il avait l'air confiant dans ses vêtements d'entreprise. Je l'ai imaginé face à la clientèle, Pour un franc de plus on vous offre la présentation du numéro d'appel, profitez-en nous sommes pionniers dans ce service. Il m'a tendu la bouteille, je me suis gargarisée, ensuite je suis allée m'asseoir sur le capot de la voiture. Les rails ondulaient sur la voie ferrée, les feux de signalisation se dédoublaient, les passagers dansaient sur la plateforme. Je me suis étirée. J'ai pensé aux filles de l'école Sainte-Catherine. Est-ce qu'elles se masturbaient aussi ? Lionel est venu se poser près de moi.

— On fait un jeu ?

J'ai dit Quoi comme jeu ? parce que je me méfiais des zguègues et de leurs idées pas possibles. Mais Lionel est resté sobre.

— C'est quoi ton chiffre préféré ?

— Douze. Et toi ?

— Zéro-six. Ta couleur ?

— Vert.

Et on a joué comme ça jusqu'au train de quinze heures quarante-deux.

Comme je l'ai déjà dit un malheur ne vient jamais seul et dans mon cas c'est une équipe de foot qui allait envahir ma vie. Quelques semaines après ma première masturbation je suis rentrée chez moi et j'ai trouvé Ludwig affalé sur le canapé en face d'une télévision. Un tube cathodique massif avec magnétoscope intégré trônait à la place du buffet-des-objets-qui-servent-qu'à-te-pourrir-la-vie. Dans son trotteur, Simon faisait des allers-retours hystériques entre l'écran et les jambes de son frère. Il avait du yaourt collé dans les cheveux. Peut-être qu'il y a des maisons où ça n'aurait rien de spécial mais chez nous ça l'était, vu que le canapé était réservé pour ma mère et qu'on n'avait pas la télé. Ludwig m'a regardée en levant un poing victorieux.

— Maman a acheté une télé !

Je ne l'avais pas vu aussi heureux depuis notre dernière réunion de famille. Plus que la présence d'une télé au salon, c'était l'absence de ma mère que je trouvais bizarre. Je suis passée par la cuisine, son ancienne chambre, les toilettes, la buanderie, la salle de bains, la chambre de Rachel et celle des garçons. Elle n'était nulle part. J'ai eu toutes sortes de pensées objectivement négatives : elle s'était décidée à nous abandonner et elle pensait qu'avec une télé le choc allait être moins cruel. Elle avait cédé aux avances d'un client de la Civette. Elle s'était jetée par la fenêtre. J'ai inspecté le jardin. Les mauvaises herbes poussaient depuis que mon père était parti, elles auraient pu dissimuler un corps inanimé. J'avais lu des histoires où des gens vivent entourés de cadavres jusqu'à ce que l'odeur alarme les voisins. Ma mère n'était pas au jardin. J'ai appelé le médecin de famille. Depuis la rentrée de septembre, il lui prescrivait des cachets qu'elle prenait pour calmer les symptômes de la désillusion. Rien chez le docteur Khalifa. J'ai appelé sa copine Djamila. Toujours rien. J'ai appelé son directeur, au cas où elle serait retournée travailler malgré son congé maladie. Il s'est marré. Je suis sortie fumer une cigarette sur le perron. À ce stade d'inquiétude je n'en avais plus rien à foutre de me faire griller. De toute façon, d'après mes pensées objectivement négatives, je ne reverrais pas ma mère. Je n'avais plus qu'à faire patienter les garçons en attendant que l'hôpital appelle. J'ai allumé une deuxième cigarette. Elle aurait au moins pu nous laisser une lettre, même si pour elle les mots n'avaient plus de valeur depuis que son mari s'était assis sur ses promesses. La meilleure chose à faire pour l'avenir de mes frères c'était de vendre la maison pour nous installer à Paris. Qu'est-ce que j'allais faire de ses livres ? J'ai pensé à l'enterrement, à ce qu'on graverait sur la stèle et à mon père qui serait triste : c'est pas parce qu'on veut divorcer qu'on arrête d'être un être humain. J'ai commencé à paniquer. La cigarette avait un goût de rouille, j'ai craché par terre et en relevant la tête j'ai vu ma mère qui descendait la rue. Elle marchait les mains dans les poches, les yeux vissés au sol. J'ai jeté mon mégot sous le noisetier.

— T'es déjà rentrée ?

J'étais rentrée avec trois heures de retard, mais ma mère avait perdu le contrôle de mon emploi du temps, et du temps tout court. Elle posait la question par principe.

— T'étais où ? Et pourquoi t'as acheté une télé ? Qu'est-ce qui se passe ?

Elle m'a fixée une seconde en silence. Elle avait oublié la télé. Les cachets calmaient ses symptômes mais provoquaient d'autres effets : troubles de la mémoire immédiate et problèmes de concentration.

— Tu voulais pas une télé ? C'est Ludwig qui voulait une télé ?

— Ouais, et je voulais aussi avoir les seins qui poussent. T'étais où ?

Elle était chez Élise, elle avait essayé de ramener Rachel. Depuis la rentrée, ma sœur ne venait à la maison que pour prendre des vêtements. Les parents d'Élise lui avaient proposé de l'accueillir le temps que la situation s'arrange avec notre divorce et la maladie de ma mère.

— Et alors, elle rentre ?

La rencontre s'était mal passée. Ma sœur avait commencé par lui dire qu'elle était habillée comme une clocharde et qu'elle venait lui foutre la honte chez des gens qui voulaient l'aider. Que si ma mère avait gâché sa vie ça ne voulait pas dire qu'elle gâcherait la sienne. Qu'elle était majeure et qu'elle n'avait plus aucun ordre à recevoir de ses parents. Des trucs comme ça. Je reconstitue ses paroles parce que ma mère pleurait. Entre la morve qui lui coulait du nez et les larmes qui sortaient de ses yeux je comprenais un mot sur deux, même si je commençais à avoir l'habitude de ce nouveau langage. J'ai compris qu'elle avait acheté une télé pour que Rachel revienne et que notre maison ressemble à la villa de la famille Voisard. Sauf que le problème de ma sœur c'était pas la télé c'était pas les larmes de ma mère c'était même pas le divorce. C'était qu'elle avait rencontré quelqu'un. Il s'appelait Javier, c'était le coach sportif du Club Med de Marbella. Élise avait rencontré le DJ.

— Enfin, DJ : il lance des queues leu leu entre les tables du réfectoire, Rachel avait précisé la nuance.

Javier assurait les cours de tennis et les séances d'aquatonic, un sport qu'il avait inventé lui-même et qui n'existait pas ailleurs. Il paraît qu'Ophélie Winter était accro à sa méthode, elle venait tous les ans à Marbella et elle avait demandé à Javier de déménager à Paris pour lui donner des cours privés. J'ai regardé Rachel, j'ai visualisé Ophélie et la force qui guide ses pas et j'ai presque admiré ma sœur pour la foi qu'elle avait de croire qu'elle pouvait faire le poids.

En attendant ils s'appelaient tous les deux jours. C'est là qu'elle a commencé à fumer. Il fallait bien qu'elle s'occupe, à écouter des histoires de transats dans une langue qu'elle ne maîtrisait pas. Pour lui parler elle s'enfermait dans les toilettes en tirant sur le fil du combiné et raccrochait quand on finissait de dîner.

— Il y a déjà une chaise vide, tu pourrais faire l'effort d'être présente à table.

— C'est pas de ma faute si tout le monde veut se tirer de chez toi.

Sa cruauté me rendait triste, mais dans le fond je lui donnais raison. Nous voulions tous quitter cette vie. Même ma mère. Je le voyais à la façon qu'elle avait de nous observer, mes frères et moi. Elle déglutissait bruyamment, les yeux bordés de flaques, comme si une patate à raclette lui restait coincée dans la gorge. Elle cherchait un moyen de nous tuer collectivement. À chaque bouchée, j'imaginais ma pomme de terre fourrée d'une bonne dose de strychnine, le baiser tendre qu'elle viendrait me donner au coucher et le matin que je ne reverrais pas. C'était une pensée paranoïaque mais il fallait voir la manière qu'elle avait de nous regarder, avec ses paupières molles et ses lèvres tremblantes.

À la première facture de téléphone ma mère avait bloqué les appels internationaux. Et Rachel était partie vivre dans la villa d'Élise. Sa copine aussi passait des heures pendue au téléphone avec son faux DJ. Les parents d'Élise étaient riches, tellement riches qu'ils n'avaient pas besoin d'avoir la facture détaillée. Elles appelaient du cabinet dentaire, aux heures de fermeture elles ne gênaient personne. Chez nous ma mère voulait que la ligne reste libre. Au cas où. Au cas où quoi, je ne l'ai jamais su. Peut-être au cas où mon père se souviendrait qu'il avait quatre enfants, mais surtout pour prouver, je pense, qu'il s'en foutait et que quand la ligne était libre il n'y avait aucun risque pour qu'il la fasse sonner.

Peu de temps après l'achat de la télévision ma sœur a débarqué à la maison avec un sac de sport. Ma mère préparait une purée pour Simon. Je révisais mes verbes irréguliers. *Learn, learnt, learnt.* Depuis sa virée chez les parents d'Élise, ma mère faisait des efforts, c'est-à-dire qu'elle passait du salon à la table de la cuisine où elle restait des heures à boire du thé en écoutant des cassettes de psychologie que Djamila enregistrait pour elle. *Libre de choisir, choisir d'être libre*; *40 ans et alors ?*; *La Gymnastique du bonheur*: elle appuyait sur stop avant la fin de l'émission, pleurait un coup entre ses mains en coupe, s'essuyait les joues sur un tablier sale et retournait s'allonger sur le canapé du salon.

Ludwig jouait à la guerre dans les travées du corridor. Caché derrière la porte des toilettes, il envoyait des rafales sur Simon qui l'observait sans réagir. Rachel a fait semblant de prendre une balle en s'écroulant dans les manteaux. Ravi, Ludwig intensifia les tirs. Elle poussa un râle d'agonie, se releva, réajusta l'anse du sac qu'elle portait à l'épaule et s'immobilisa sur le pas de la porte de la cuisine.

— Salut tout le monde. Je me tire.

J'ai levé les yeux vers ma sœur, ma mère la regardait aussi. Le poids du sac l'obligeait à se tenir déhanchée.

— Tu es déjà partie, a dit ma mère en cassant le bout d'une carotte.

Les déflagrations de Ludwig redoublaient. T'es morte ! hurlait-il en balayant la pièce avec son arme imaginaire.

— Je pars en Espagne. À Marbella.

Leave, left, left. Le tableau de conjugaison paraissait infini. Est-ce qu'Yvonne Deltour avait hébergé des Rachel dans la pension des Peupliers ? Ma mère se grattait derrière l'oreille, c'est un geste qu'elle faisait quand elle voulait gagner du temps pour réfléchir avant d'agir. Elle cherchait loin en elle et malgré toute sa profondeur je crois que la situation lui dépassait les bornes. Son menton tremblait, j'ai senti qu'elle allait parler en sangleurs, sa nouvelle langue à base de larmes et de reniflements. *Lie, lay, lain.* Dans le couloir, Ludwig criait après Simon dont le trotteur butait contre les murs.

— Je ne suis pas d'accord, a dit ma mère en essayant de contrôler sa bouche qui se contorsionnait dans tous les sens.

Rachel a réprimé un pouffement. Elle s'attendait à tout sauf à l'autorité. Elle a réajusté son sac pour signifier que sa décision était prise et que les adieux seraient brefs. *Lose, lost, lost.* J'espérais qu'elle me dise quelque chose mais à ce moment-là j'avais déjà disparu de sa vie. J'ai commencé à craindre que ma mère fasse une crise de décompensation. J'étais passée chez le médecin en rentrant du collège, il fallait renouveler ses cachets pour la désillusion. Le docteur Khalifa m'avait reçue dans la salle de consultation, celle où je me déshabillais d'habitude pour qu'il écoute mes organes avec son stéthoscope glacé. Mais cette fois-ci j'avais gardé mes vêtements et je m'étais posée dans le fauteuil où ma mère s'asseyait normalement pour raconter ma vie dans les moindres détails gastriques afin que le docteur puisse bien faire son travail. J'ai croisé les doigts pour qu'il ne demande rien sur les selles de ma mère, avec Simon j'avais assez à faire. Son bureau croulait sous les gadgets publicitaires. Il avait un porte-stylo Dexeryl composé de tubes cylindriques de hauteurs et largeurs différentes, un presse-papiers Sanofi et un bloc-notes Lysopaïne. Mais ce qui me faisait le plus envie c'était le distributeur de post-it qui renfermait un liquide bleu, comme la lampe à lave de la caravane d'Amanda. Quand le médecin a tiré un post-it, le bloc a pivoté sur lui-même, actionné par un mécanisme dont j'apercevais les rouages à travers le plexiglas. Le liquide bleu s'est agité avant de revenir se figer dans une nouvelle forme. Il me notait son numéro. J'ai dit qu'on l'avait déjà.

— On l'a déjà votre téléphone, docteur.

— Voici celui de mon domicile, en cas d'urgence. Ta maman traverse un moment difficile.

Il me parlait comme si j'avais quatre ans et qu'on m'expliquait pour la première fois qu'à la fin de la vie on meurt. J'ai serré l'accoudoir du fauteuil.

— Ça va finir par s'arranger. Mais pour l'instant elle se sent dépassée par les événements, tu comprends ?

C'est à ce moment-là que le docteur m'a expliqué le risque de décompensation et les cures de remise en forme, que ça n'avait rien d'humiliant, qu'il existait de bonnes cliniques spécialisées dans le chagrin. *Mean, meant, meant.* Je me suis demandé si je pouvais balancer le distributeur de post-it sur le squelette anatomique qui dansait sur une pile de Vidal, j'ai remis mon manteau en vitesse et j'ai baissé la tête pour ne pas croiser les regards accusateurs des vrais malades qui soupiraient en salle d'attente.

— En fait je suis majeure donc tu ne peux rien m'interdire.

— Non, mais je peux te couper les vivres.

Rachel a fait claquer son chewing-gum. Si ma mère décompensait je me retrouverais seule avec mes frères et Dieu sait le nombre de zguègues qu'il allait falloir que je voie pour subvenir à nos besoins. Bien sûr à terme mon père serait forcé de nous venir en aide, mais pour l'instant il n'avait pas de meubles et il était capable de s'inventer une allergie aux poils d'enfants pour se soustraire à ses obligations. Rachel se débrouillerait : Javier lui avait trouvé une place au Club Med. Je me suis demandé comment elle allait faire la standardiste alors qu'elle avait le niveau d'anglais de Kat Linh et que son espagnol se limitait à *Mi amor.* J'ai vu Rachel sous un palmier, Rachel dans une piscine remplie de *patatas bravas*, Rachel riant à gorge déployée, Rachel débitant le prix des séjours +2Sport. J'ai pensé – et c'était une pensée négative, mais de quelle catégorie ? – que ma sœur ne reviendrait pas. Qu'elle passerait sa vie à caresser les adducteurs de son copain et à lui cuisiner des haricots sans sel. Putain, elle n'avait jamais fait une seule activité sportive, au collège elle était toujours dispensée parce qu'elle avait ses règles même quand elle avait pas ses règles, moi j'étais chef de file de mon équipe en dos crawlé et tout ce qu'il me restait c'était une mère décompressive, un frère à développement problématique et un préado obsédé par la guerre. J'ai balancé mon livre d'anglais et j'ai crié de toutes mes forces, Putaiiiiiiiiiiiiiiiiiiin putaiiiiiiiiiiiiiiiiiiiiiiiiiin, Rachel pourquoi tu fais ça ? POURQUOI TU FAIS ÇA ? POURQUOIIIIIIIII TU FAIS ÇAAAAAAAAA ? Pourquoi t'as toujours été une salope ? PUTAIN DE MERDE !!!!!! Tu vois pas qu'elle va crever, Maman ? T'es la fille de personne en fait, t'es la fille du trou du cul des chiottes de cette maison. T'as pas de cœur, t'as une boule puante à la place des sentiments, t'as pas de cerveau, t'as une fosse septique à la place de ta boîte crânienne, c'est pas possible d'être aussi fils de pute que toi !! Je sais même pas pourquoi tu peuples la terre avec toute l'énergie nazie qui sort de toi, tu me dégoûtes, TU ME DÉGOÛTES, j'ai honte de porter le même nom que toi, je peux pas y croire que t'es ma sœur, t'es une putain d'expérience ADN ratée, tu comprends ? TU COMPRENDS ???

Ma mère avait les paupières closes et les mains posées à plat sur la table de la cuisine. Une veine bleue palpitait contre la malléole de son poignet.

— Tu la laisses m'insulter comme ça ?

Rachel avait oublié le Club Med, les transats et l'espéranto : elle était submergée par son ego blessé. Elle a laissé tomber son sac au sol, elle a traversé le couloir en bousculant Ludwig et elle est montée quatre à quatre jusqu'aux chambres à coucher.

— Ça va pas arranger la situation, tes insultes.

La voix de ma mère s'est évanouie dans le bruit des meubles qui tombent. Simon a pris peur et s'est mis à pleurer. Rachel est redescendue aussi vite qu'elle était montée, a ramassé son sac de sport et m'a pointée du doigt :

— Espèce de fayote. Tu vas rester moisir ici et moi je vais m'en sortir, c'est ça qui te rend folle. T'es qu'une pouilleuse. Une pouilleuse qui fait pitié à vouloir ressembler aux autres. T'as pas d'amis, t'as pas de style, t'as pas de vie, t'as rien.

Ma mère se ressaisissait.

— Les filles, ça suffit les insultes, c'est vraiment limite, là.

— C'est vraiment limite, a répété ma sœur en prenant une voix aiguë, une voix qui n'était pas du tout ma mère. Et vous savez quoi ? – elle se dirigeait vers la porte – vous savez quoi, votre maison de merde ?

Elle s'est accroupie sur le paillasson pour faire semblant de déféquer.

— Je lui chie dessus ! Et je vous chie dessus aussi !

Ce furent ses derniers mots. Elle claqua le portail sans se retourner. *Overcome, overcame, overcome.* Dehors, debout devant une GTI trois portes, j'ai eu le temps d'apercevoir un garçon brun qui portait un tee-shirt imprimé d'un trident et qui se balançait d'un pied sur l'autre, son trousseau de clés entre les mains, visiblement choqué par la situation.

Rachel est partie en laissant un étron imaginaire sur le perron et mes placards pulvérisés. Je me suis assise dans le panier à linge qu'elle avait vidé dans ma chambre et je me suis mise à pleurer. J'ai libéré toutes les larmes que j'avais retenues ces derniers mois : l'abandon de mon père, le parking Bonaparte, les filles de Sainte-Catherine et toutes les choses que j'avais commencé à faire en cachette de ma mère – boire, fumer, donner du sexe tarifé et participer à la société du gâchis. Je me suis roulée en boule, en position fœtale mon corps entrait dans le panier. Peut-être que j'attendais que ma mère vienne me voir, qu'elle me console, qu'on ramasse les meubles et qu'on remette à l'identique ma collection de mignonnettes. Ma mère n'est pas venue me voir parce qu'elle pleurait de son côté sur le canapé du salon qu'elle partageait avec Ludwig depuis qu'on avait la télé. C'est Simon qui a fini par arriver après avoir grimpé l'escalier en rampant comme un GI. J'ai d'abord vu ses mains potelées s'accrocher au panier, puis ses cheveux, son front et ses grands yeux mouillés alors qu'il se hissait à la force de ses bras. Ses doigts sentaient la pâte feuilletée. Je l'ai soulevé pour le prendre avec moi dans la corbeille à linge et nous nous sommes endormis là, blottis l'un contre l'autre sur un fond de liquettes et de sous-vêtements sales.

À mon réveil, ma mère faisait de l'ordre dans ma chambre. Elle avait dégagé les livres de mon lit pour s'asseoir sur ma couette froissée et pliait les vêtements qu'elle ramassait par terre. Dans le lot il y avait mes affaires Magritte mais elle n'avait pas l'air de s'en rendre compte, elle pliait machinalement, le regard perdu dans le vide. Je me suis frotté les yeux et tout m'est revenu : Rachel était partie en saccageant ma chambre, en chiant sur le perron et en maudissant la famille. J'ai laissé refluer les pensées négatives. Javier la quitterait après un mois de vie commune, elle nous appellerait d'un foyer en nous réclamant de l'argent pour payer son rapatriement. Je n'avais aucune idée de la distance qui séparait notre maison de Marbella, mais j'avais dans l'idée que c'était loin, le plus loin possible de chez nous. Dans une autre version Rachel accouchait d'une petite Mercedes qui naissait avec les oreilles percées de deux diamants de pacotille comme dans le livre de Maupassant. Les cris du nourrisson qui appelait à l'aide m'ont stimulé des pensées directement paranoïaques : ma sœur était à bout de forces parce que son coach sportif était un proxénète qui l'obligeait à satisfaire les lubies sexuelles des clients du Club Med, Ophélie Winter était connue pour organiser des partouzes et le programme +2Sport servait à recruter les futures prisonnières de ce réseau de traite humaine. Dans tous les cas, l'aventure andalouse de Rachel me semblait promise à l'échec.

Ma mère continuait à plier mes affaires. J'ai senti que j'allais m'énerver et saccager ma chambre une deuxième fois. Je ne voulais pas la faire pleurer donc je suis sortie du panier, j'ai enfilé le jean Diesel que j'avais acheté à Kat Linh, le polo Celio que j'avais acheté parce que Rico portait le même et les baskets que je m'étais payées avec le salaire de Lionel. J'ai caressé mes vêtements pour qu'ils m'apportent du réconfort, un Diesel neuf c'était trois cent quarante-neuf francs, les baskets cent quatre-vingt-quinze, le polo quarante-neuf. J'ai embrassé Simon et je suis partie chez Kat Linh. J'ai sonné plusieurs fois.

— C'est qui ?

Sa mère parlait d'une voix lasse à travers le voilage de la porte-fenêtre, la tête enturbannée dans un papier cellophane. Je pensais qu'il n'y avait que ma mère qui posait sa couleur elle-même et que les femmes normales allaient chez le coiffeur. Kat Linh était chez Amanda. J'ai dit Merci désolée pour le dérangement et j'ai pris la route principale en direction du jardin d'Amanda. J'aurais voulu croiser quelques passants pour voir l'effet de mes baskets et de mon jean Diesel, mais il n'y avait que des voitures et elles roulaient trop vite pour remarquer mes fringues. J'ai marché une bonne demi-heure en pensant Mais ça sert à quoi de se donner cette peine pour être habillée comme les autres si à la fin il n'y a que des bagnoles pour regarder les gens passer ?

Les filles étaient plongées dans *Buffy contre les vampires* et l'étude du style de Sarah Michelle Gellar. Personne n'a remarqué mes Adidas, à part peut-être

Diane quand elle m'a demandé de laisser mes chaussures à l'entrée, sans faire de commentaires sur la beauté de mes baskets.

— Mais elles sont neuves, regarde.

J'ai tendu une jambe devant moi ; Diane fixait l'écran de la télévision.

— Enlève tes pompes, c'est tout.

J'ai posé mes chaussures de façon à ce qu'elles restent visibles depuis le coin télé. Je portais des chaussettes dépareillées parce que depuis que je remplaçais ma mère aux corvées je n'avais pas le temps de faire l'assemblage des paires. Les filles se sont moquées de moi, C'est la mode en Roumanie ? J'ai dit Mais mon pays c'est la Pologne. Il n'y avait plus de place avec elles sur le lit, je me suis assise sur le tapis. Kat Linh en a profité pour caler ses mollets sur mes épaules. Un logo Ralph Lauren était brodé sur ses chaussettes. J'ai pensé aux chevaux du centre équestre, à la nature qui me manquait et à Rachel qui roulait vers l'Espagne. J'ai failli me remettre à pleurer. J'ai pensé à Chanelle, elle s'en foutait des marques, elle mettait des baskets Wilson qu'elle avait volées chez des riches. À la télé Buffy portait une veste en cuir fourrée. Depuis que Sarah Michelle Gellar faisait partie de leur vie les filles ne voulaient plus être belles, elles voulaient être classe.

— On arrête Jennyfer, c'est mort.

— Pussy aussi c'est mort, c'est trop vulgaire Pussy.

Kat Linh disait vul-gaire en détachant les syllabes, pour elle c'était un mot sophistiqué.

— C'est chez Morgan qu'il faut aller.

Diane s'est dénudé le nombril, a fait une danse du

ventre, pincé sa bouche en cœur et susurré *Morgan De Toi* en se pelotant la poitrine.

— C'est trop sexy Morgan. Même qu'Ophélie Winter est leur nouvelle ambassadrice.

Je me suis concentrée sur la série. Je voulais oublier les plages de Marbella et les partouzes d'Ophélaï, mais il fallait de l'imagination pour que nos vies ressemblent à la télévision. Diane a proposé d'aller faire un tour au circuit. Elle sortait avec Greg, un champion départemental de motocross. Elle avait la voiture des parents, Allez, ça change du centre commercial. Elle s'est levée pour éteindre la télé mais elle a stoppé net en apercevant mes baskets.

— Dites-moi que je rêve. Qui a acheté ces pompes ?

J'ai crié Moi parce que j'en étais fière et que c'était enfin mon moment. Mais Diane a foncé sur la porte, attrapé mes chaussures et les a balancées dans le jardin. Le problème de ces pompes c'est qu'Émilie avait les mêmes. Émilie, c'était l'ex-copine de Greg. Diane m'a tendu ses vieilles Puma, elles étaient trop petites pour moi mais il était *hors de question* que je vienne au circuit avec les chaussures d'Émilie. J'ai ramassé mes Adidas dans le jardin et je les ai déposées dans le coffre.

— Cache-les sous la roue de secours !

Amanda montait à l'avant. Kat Linh m'avait laissé la place de droite sur la banquette arrière – en cas d'accident elle aurait moins de chances de mourir : Diane venait d'avoir le permis. Elles se sont arrêtées chez Total pour acheter des chips au fromage.

— En fait j'ai grave envie d'un Solero, a dit Kat Linh en revenant de la boutique. Mais j'ai trop la flemme d'y retourner.

Elle me poussait du coude.

— Vas-y toi, t'es plus près de la porte. Va me prendre un Solero vite fait.

J'étais à bout. Entre le départ de Rachel, la demi-heure de marche, mes baskets répudiées et le style de Buffy, j'étais tombée au fond d'un puits et elle m'appuyait sur la tête.

— Kat Linh, je suis pas ton chien en fait.

Elle n'avait pas l'air désolée. Elle avait l'air outrée.

— T'es malade de me parler comme ça.

Diane bougeait le levier de vitesse.

— Décidez-vous sinon je démarre.

— Tu suces pas assez bien pour payer des glaces à tes potes ?

Kat Linh me regardait, pleine de défi. Je suis sortie de la voiture en claquant la portière. Les filles ont explosé de rire. J'ai décidé de me mettre Chanelle en nouvelle meilleure amie. Il n'y avait pas de Solero dans le congélateur de la station-service, j'avais le choix entre un Magnum et un Calippo Lime. Le Solero était à mi-chemin entre les deux, il avait la forme et la crème du Magnum mais le fruité du Calippo. J'ai pris les deux, pour lui prouver que j'avais de l'argent et pour qu'elle ferme enfin sa gueule.

— Claque pas la portière ! a crié Diane au moment où je claquais la portière.

J'avais passé l'après-midi à bouder dans les gradins du circuit pendant qu'Amanda draguait le serveur de la buvette pour se faire offrir une canette et que Diane se touchait les cheveux en attendant l'arrivée de Greg. Kat Linh faisait semblant de m'ignorer. Elle a fini par s'approcher de moi :

— Tu fais la gueule ? Tu sais ma mère aussi je lui parle comme ça.

C'était la pire journée de ma vie après l'initiation Magritte sur le parking des Orangers. Diane m'a déposée au croisement parce que ma mère m'interdisait de monter en voiture avec des jeunes conducteurs. J'ai descendu ma rue à pied. Devant la maison, j'ai vu les poubelles archi-pleines, les volets du salon fermés et les jouets de Simon explosés dans la cour. Mon corps s'est avachi à l'intérieur de moi. J'aurais voulu rejoindre Chanelle mais elle était avec Gran Turismo qui continuait à lui faire visiter les planètes de l'univers sexe. Si j'avais eu son numéro j'aurais appelé Rico pour faire un tour en Ibiza. À lui aussi la forêt lui manquait, mais comme il n'était pas précoce on n'avait pas le temps de monter à l'étang, il fallait s'en tenir à la gare. En arrivant la première fois sur le parking, il avait fait craquer son cou et serré le frein à main avant de sortir pour inspecter les lieux. Il avait vu des conteneurs et les locaux de l'agence ANPE. Il était revenu fâché, avait tapé du poing sur le toit de son véhicule et j'avais sursauté sur le siège passager.

— Il se fout de ma gueule ton Portos. Je vais jamais réussir à bander ici.

Il avait avancé de quelques mètres en roulant à vitesse réduite, le bras à la fenêtre, battant une cadence dramatique, jusqu'à ce qu'il aperçoive un logo BMW qui dépassait du toit d'un entrepôt.

— Parfait.

Il s'était garé sous les fenêtres du concessionnaire. Il avait allumé un joint, avait tiré trois lattes et l'avait porté à ma bouche pour me faire fumer au biberon. Je n'avais pas le droit d'y toucher à cause des autres zguègues sur qui je salissais mes mains. Ensuite il avait procédé comme d'habitude, maintenant mon visage à trois centimètres de sa queue, appuyant sur ma nuque quand il voulait s'enfoncer, tirant sur mes cheveux quand il voulait se dégager. Ce jour-là dans la zone d'activité, Rico Ibiza s'est excité en récitant la liste de tous les modèles de BM dans lesquels il voulait baiser.

— J'te prends dans la 503, j'te ken dans la série 3, j'te saute dans la E38, nan dans la E38 j'te retourne, ah ouais elle est trop belle celle-là, j't'encule direct dans la Cabriolet 36, les p'tites comme toi ça kiffe les cab, réponds, t'aimes les décapotables ou pas ? Réponds !

Et attends de voir c'qui va t'arriver dans le Touring, j'vais faire le daddy, ouais le daron tu vas voir c'est un truc de dingue…

Ainsi de suite jusqu'à ce qu'il éjacule.

Mais je n'avais pas le contact de Rico, les zguègues risquaient la prison en nous laissant leur numéro. J'étais plantée devant chez moi, la maison me dégoûtait, surtout depuis que Rachel avait sali les marches du perron. Je ne voulais pas être méchante avec ma mère alors j'ai pris la direction des Nymphéas. Les entraînements n'avaient pas lieu pendant les vacances de Toussaint mais la piscine restait ouverte au grand public. J'ai demandé à la concierge le carton des objets trouvés. J'ai pris un maillot de bain, des lunettes Arena, une serviette du Paris Saint-Germain et un assortiment de gels douche entamés. Au final j'ai pris tout ce qu'il y avait dans le carton sauf les chaussettes en plastique qui sont des sacs à verrues. J'ai rendu le carton à Annick, elle n'a même pas tourné la tête. Je la connaissais bien, elle habitait ma rue, en hiver elle me ramenait en voiture, son fils unique était obèse, il avait l'âge de Ludwig.

— N'oublie pas de me rendre les affaires en partant.

Les vestiaires étaient vides, je n'ai pas pris la peine de me changer dans une cabine. J'ai enfilé le maillot de bain, c'était un Adidas turquoise, j'allais le garder c'était sûr. Il m'a mise de bonne humeur : après le gâchis des baskets, un Adidas gratuit c'était un signe encourageant. Je me suis lavée une première fois en vidant la moitié des gels douche, j'ai regardé la mousse disparaître dans les grilles d'évacuation et je suis allée m'asseoir sur le plongeoir supérieur qui tanguait au-dessus du vide. Dans le bassin un père jouait avec ses enfants, une femme enceinte flottait en nage indienne, la monitrice des bébés nageurs m'a fait un signe de la main. Elle nous avait tous vus grandir, sauf Simon qui ne grandissait pas. Je me suis laissée tomber dans l'eau et j'ai coulé jusqu'à toucher le fond du grand bain. Il n'y avait plus aucun bruit. J'ai fermé les yeux, j'ai pensé à la fille qui portait le maillot avant moi. Elle avait beau acheter de la marque elle ne m'aurait jamais battue sur un cent-mètres. J'ai donné un coup de pied pour remonter à la surface, j'ai glissé sur le dos et j'ai compté huit poutres avant de taper le mur et de repartir sur le ventre.

J'ai nagé jusqu'à ce que le chlore récure la colère sur mon corps. Ensuite j'ai passé vingt minutes sous la douche en vidant l'autre moitié des produits sauf le Bois des Tropiques qui sentait l'after-shave et me rappelait les zguègues : je l'ai jeté dans les toilettes. Je me suis séchée avec la serviette PSG, la pointe de la tour Eiffel du logo positionnée entre mes jambes. J'ai essayé de me masturber en pensant au Trocadéro mais Annick passait la javel sur les bancs, l'odeur m'a coupé mon élan. J'étais quand même détendue en quittant les Nymphéas. J'ai allumé une clope, le soleil se préparait pour la nuit, le ciel était à moitié rose, bientôt les réverbères s'allumeraient et je ferais un vœu pour bien terminer la journée.

J'étais dans cette disposition en arrivant devant chez moi où j'ai trouvé mon père assis sur les marches du perron. J'ai sursauté. Il s'est levé d'un bond. Je ne l'avais pas vu depuis deux mois, dans ma tête il n'avait plus de visage. Il portait des baskets blanches : maintenant qu'il vivait à Paris il se prenait pour Pete Sampras.

— J'ai une très bonne nouvelle à t'annoncer mais comme ta mère ne me laisse pas entrer je vais m'en tenir aux faits donc c'est génial je peux enfin vous accueillir chez moi tu sais c'était très compliqué pour mettre toutes mes affaires en ordre et puis j'ai beaucoup voyagé le travail c'est tendu ils ont vendu la boîte ils suppriment deux cents postes j'ai fait des tas d'heures sup j'avais même pas le temps de mettre un coup de peinture et Rachel est partie d'après ce que me dit ton frère ? Bon c'est de son âge mais moi j'ai aucun doute qu'elle va bientôt rentrer les amours de vacances c'est fait pour les vacances haha quand tu lui parleras dis-lui quand même que je l'attends : donc vous venez ce week-end avec tes frères et c'est génial et je compte sur toi pour les accompagner parce que ta mère n'est pas coopérante c'est dommage parce que ça pourrait bien se passer enfin bon elle n'a jamais été facile ta mère et c'est pas ce soir que ça va commencer en tout cas sache que moi je me donne du mal vraiment beaucoup de mal pour trouver un appart et pour vous accueillir la pension je la paie au centime j'ai pas raté un mois depuis le mois de juin alors qu'elle vienne me dire que je vous laisse tomber je trouve qu'elle y va un peu fort. Tu sais qu'il y a des familles où les pères ne donnent rien du tout ? Pas un centime ? Moi je suis réglo, elle peut pas me dire le contraire. Un divorce c'est dur pour tout le monde mais il y a des limites et ta mère les dépasse. Je sais que tu y es pour rien mais essaie de la raisonner ce sera bénéfique pour tout le monde et surtout le plus important la seule chose que je te demande c'est de m'amener tes frères quand tu viens vendredi prends tes devoirs prends les habits dont vous aurez besoin je serai rentré à sept heures. Tu verras, l'appart est sympa.

Il s'est levé en ébouriffant mon bonnet. C'était un Kangol en mohair que je m'étais payé avec l'argent du groupe Magritte.

— Et j'espère que c'est pas le tabac cette odeur que tu as sur toi parce que ça va mal se passer. On en parlera ce week-end.

J'ai remis mon bonnet en place et je me suis assise à l'endroit qu'il venait de quitter. J'ai posé mon front dans mes paumes et j'ai fait le vide dans ma tête pour essayer de retrouver les énergies que j'avais prises à la piscine. Les réverbères se sont allumés. Au même moment, une voix m'a hélée du portail de la maison.

— Oh, ça va ?

Le livreur de pizzas. Mon père m'avait fait oublier la quatre-saisons que j'avais commandée sur le chemin de la maison pour fêter le départ de Rachel.

La pizza m'avait coûté vingt-quatre francs, c'était la moitié d'une pipe et plus d'une semaine d'argent de poche. Nous l'avons mangée en silence. Simon rongeait le fromage sur la pâte, Ludwig jouait avec les sachets d'huile piquante et ma mère déplaçait les croûtes d'un bord à l'autre de son assiette. Trois jours nous séparaient du premier week-end chez mon père. Elle voulait voir mon carnet de correspondance, il y avait deux mots à signer.

— T'auras qu'à faire signer ton père, dit-elle en repoussant le carnet.

Je n'avais pas envie de remettre une séance de larmes, j'ai jeté le carton à pizza, j'ai rangé mes affaires et je suis montée dans ma chambre. Ma mère avait plié mes vêtements, redressé le bureau et fait une pile de mes bibelots. Je me suis glissée sous ma couette. Elle avait même changé les draps, ils sentaient la lessive, l'odeur que j'associais aux cheveux de Simon. J'ai respiré fort le parfum bleu lagon, je me suis installée sur mon tapis roulant distributeur de rêves et j'ai glissé la main dans ma culotte pour me débarrasser de cette journée, de l'étron de Rachel, des bulles de chewing-gum de Kat Linh et des menaces de mon père. J'ai visualisé les filles de Sainte-Catherine en train de faire la ronde sous le préau. Leurs jupes plissées se dressaient à l'horizontale, elles portaient toutes la même culotte. Une Petit Bateau blanche. Ce modèle avait gagné le grand prix de l'innovation en 1937. Je le savais à cause de la publicité géante à l'entrée du centre commercial. Ma mère trouvait ça dégueulasse. En visualisant ma mère j'ai eu une pensée négative. Elle allait profiter du week-end chez mon père pour se faire un client de la Civette. Quand on rentrerait le dimanche elle porterait un jean à strass, elle mangerait du riz cantonais dans des barquettes micro-ondables, elle nous annoncerait qu'elle partait s'installer chez lui et qu'elle nous laissait la maison.

Ma main s'est immobilisée entre mes jambes. Pour me masturber comme il faut je devais être stricte avec les pensées négatives. Si je les laissais m'envahir la vague restait bloquée en bas et ne montait pas dans mon corps. J'ai abandonné Sainte-Catherine parce que même si j'aimais voir les filles je finissais par dériver jusqu'à Magritte et jusqu'au chagrin de ma mère qui serait pire quand elle découvrirait ma vie. Il fallait tout recommencer. J'ai pensé au livreur de pizzas. Au Ça va ? qu'il m'avait lancé à travers la grille du portail. Ça faisait un bail qu'on ne m'avait pas dit Ça va. Sa question m'avait prise de court. J'ai bredouillé un C'est pour toi quand il m'a tendu la monnaie. Ça devait être un bon pourboire parce qu'il m'a dit T'es sûre ? avec un grand sourire. J'ai zoomé sur le grand sourire. Ma main s'est remise à bouger. J'ai vu ses dents, sa barbe de trois jours, la jugulaire du casque qui serrait son menton, ses mains gantées de cuir. Je me suis promenée sur son image pour faire monter la vague jusqu'à ce que la houle l'emporte.

J'avais pris l'habitude de me masturber tous les soirs. Ma mère s'écroulait à vingt heures en me laissant Ludwig à charge. Je m'énervais pour lui faire éteindre la lumière, ma patience n'était pas illimitée comme le forfait SFR – c'était Tina qui disait ça quand elle criait sur ses filles. Simon nous entendait et se réveillait en pleurant. Je m'énervais encore plus. Pour endormir Simon il fallait lui chanter *La Maman des poissons* en boucle, c'était le double du temps que je mettais pour faire éteindre Ludwig. Il était vingt-trois heures quand je terminais ma mission. Je comprenais pourquoi ma mère avait des envies de mourir. Faire le parent tout seul c'est une vie pour personne. Si j'avais un joint de Rico je le fumais à la fenêtre. La rue était sombre et déserte, les lumières des réverbères léchaient leurs parcelles de trottoir, les fils électriques tanguaient, les gouttières gouttaient, j'entendais quelquefois l'écho lointain d'une moto ou d'une sirène d'alarme : les bruits d'une ville morte. Même les tourterelles dormaient.

C'est à cette époque-là que je me suis mise en quête d'une nouvelle figure paternelle. C'était ma mère qui disait ça au téléphone à ses copines : Les enfants ne sont pas gâtés en termes de figure paternelle. Le visage de mon père m'apparaissait en gros plan et je trouvais ça bizarre parce qu'il avait bien des défauts mais physiquement sa figure était remarquable. Quand il vivait encore à la maison, mais de manière si transparente que c'était pire que de ne pas y vivre du tout, mon référent s'appelait Victor Novak. Il jouait dans *L'Instit* où il venait en aide à des enfants martyrisés. Son vrai nom c'était Gérard Klein mais j'aimais mieux Victor Novak parce que ça faisait polonais, comme mon père. Je n'étais pas martyrisée mais j'espérais qu'un jour il m'attendrait à la sortie des cours pour m'annoncer qu'il m'avait trouvé une famille qui acceptait de m'accueillir pour m'offrir tout l'amour dont on m'avait privée. Et que cette famille vivrait près du Forum des Halles. En commençant le lavoir j'ai dû faire le deuil de Victor, dans *L'Instit* il y avait des horreurs mais pas au point du groupe Magritte.

Je l'ai remplacé par Renaud. J'ai soupiré quand Chanelle m'a dit que le livreur de pizzas s'appelait Renaud. À cette époque, tout ce qui avait la forme ou le nom d'une voiture me donnait le mal de mer. J'ai décidé de l'appeler René. Le jeudi, pour fêter mon salaire Magritte, je commandais la quatre-saisons. Supplément d'œuf dans les bons jours. Mais ce qui la rendait meilleure, c'était la perspective de me faire livrer par René. Avec Magritte aussi les gens se déplaçaient pour moi. Même qu'ils payaient pour ça. Avec René c'était l'inverse, c'est moi qui payais pour qu'il vienne. Les vingt minutes qui séparaient ma commande de son arrivée, je les passais à enfiler les vêtements du lavoir que je ne pouvais plus me permettre sur le parking Bonaparte : une jupe en skaï à proximité du tunnel c'était s'exposer aux problèmes.

— Salut, ça va ?

— Salut, oui, merci.

— Dis donc, tu vas en boîte ?

— Non… Oui. Peut-être. Je sais pas. J'attends un appel.

— OK… Vingt-quatre francs s'il te plaît.

L'échange durait moins d'une minute. Je refermais la porte derrière lui et je le regardais partir à travers la vitre. J'aimais qu'il s'y reprenne à plusieurs fois pour démarrer au kick. Je suivais les à-coups nerveux de sa jambe, la chair de son mollet sous la toile tendue de son jean, son visage fermé par la concentration, son corps voûté sur le guidon, ses soubresauts exaspérés. Cramponnée au carton à pizza, j'écoutais le bruit du moteur jusqu'à ce qu'il disparaisse tout à fait. J'avais vu des films où le personnage fait demi-tour, jette sa bécane à travers la chaussée, monte quatre à quatre les marches qui le séparent de sa conquête, entre sans frapper et déclare sa flamme entre deux baisers langoureux. Dans ces films la conquête n'a jamais la bouche pleine. Je comptais jusqu'à cent avant d'ouvrir la pizza. Je tenais le carton là où René avait posé ses mains. Je lisais dans le fromage fondu : s'il avait une forme spéciale, René voulait me transmettre un message. S'il y avait trois sauces piquantes au lieu des deux réglementaires, René voulait me faire des enfants. Si la croûte était brûlée, et elle l'était toujours, il était tellement fou de moi qu'il en oubliait ma pizza, même si je savais qu'il n'était jamais aux fourneaux. J'attaquais la première part à même le sol, calée contre la porte d'entrée. Je me repassais notre échange, traquant dans ses paroles les traces d'un intérêt quelconque jusqu'à ce que les garçons déboulent et que leurs bouches voraces saccagent mes preuves d'amour.

C'est après le premier week-end chez mon père que mon intérêt pour René s'est transformé en obsession. Le premier week-end chez mon père marque aussi le début de mes pannes de masturbation. Dans le lit superposé de ma nouvelle chambre à coucher. La veille du départ, ma mère s'était lavé les cheveux et portait un corsage en soie que j'adorais dans mon enfance parce que ça faisait doux quand je me blottissais contre elle. Elle m'a convoquée au salon, elle avait ramassé les mouchoirs sales et replié les couvertures.

— Maman ? Qu'est-ce qui t'arrive ?

Elle a regardé autour d'elle comme un animal traqué.

— Rien. Pourquoi ?

Rien, pourquoi. Je sais que les adolescents exaspèrent leurs parents mais les parents aussi font preuve d'aberration. Je n'ai rien dit. Ma mère avait des recommandations à me faire avant le séjour chez mon père. Elle s'inquiétait pour Simon, elle comptait sur moi pour veiller à ce qu'il aille bien. Comme d'habitude, en gros. Ces précautions ne méritaient pas une douche, mais elle voulait donner bonne impression : elle avait peur qu'on lui préfère la concurrence.

Si elle avait su ce qui m'attendait chez mon père, elle serait restée allongée au milieu des mouchoirs et de la vaisselle sale. Elle ne se trompait pas quand elle disait qu'il fréquentait une femme. Cette femme aimait les trésors méconnus du patrimoine français, la cuisine en terrines et les biscuits de Limoges qui ne sont pas des gâteaux mais un genre de faïence qu'elle rangeait dans des meubles-vitrines. Elle épluchait ses fruits au couteau, infusait son thé vert avec un chronomètre et portait des serviettes hygiéniques parfumées. Tout ça, je ne l'ai découvert qu'avec le temps mais je vous épargne le suspense, à vivre une fois c'était déjà de trop. C'est juste que ces détails expliquent pourquoi mon père a mis des mois avant de nous recevoir chez lui : il s'était installé à Paris chez sa nouvelle compagne. Rue du Maine. *Main Street*, disait ma mère en crachant *Street* comme un mollard. J'étais bloquée sur un parking à compter les wagons des trains qui filaient vers la capitale, à border mes frères et ma mère, à fantasmer sur un livreur, à marcher dans la merde symbolique de Rachel, et pendant ce temps-là mon père vivait sur la ligne rose du métro. Le dimanche matin, il buvait du nectar de pêche sur un balcon qui surplombait la tombe de Maupassant et les jardins du cimetière Montparnasse. C'est sa nouvelle compagne qui disait les jardins du cimetière : pour elle c'était le plus beau parc de Paris, à cause du fait qu'il n'y avait pas d'enfants et beaucoup de silence.

Ma mère était désespérée de nous voir partir, mon père était désespéré de nous voir arriver et j'étais la bonne poire qui assurait la liaison. Ils ne s'adressaient plus la parole que par leurs avocats interposés, sauf que les avocats facturent chaque fois qu'ils ouvrent la bouche, et qu'avec moi c'était gratuit.

La première fois que j'ai mis les pieds chez mon père, j'ai eu un choc : le salon lui servait de chambre, comme à ma mère. Il y avait un canapé-lit et un meuble où il avait installé côte à côte un ordinateur et une télévision. J'étais passée de zéro à deux télés dans ma vie en une semaine. Kat Linh, Amanda et Chanelle avaient aussi en moyenne deux télés et je rêvais de vivre comme elles, mais parfois je réalisais des rêves qui n'avaient pas le même goût que dans mon imagination.

Mon père était parti courir quand les garçons se sont réveillés le samedi. Ils avaient faim. J'ai ouvert un premier placard, il y avait des assiettes en carton et des verres en plastique. J'ai ouvert un deuxième placard, il y avait des crackers et des céréales fourrées au chocolat. Chez Kellogg's ça s'appelait des Trésor mais là c'était des céréales sans marque qui s'appelaient juste Céréales fourrées au chocolat. Ludwig s'est excité en voyant le paquet, même si c'était pas des Kellogg's : j'étais la seule à avoir un problème de marques. Pour lui c'était des céréales au chocolat et avec la télé c'était une joie supplémentaire. J'ai sorti les couverts en plastique de leur emballage en plastique, dessus il y avait la photo d'une famille en train de pique-niquer dans l'herbe. La mère portait une robe et un enfant sur les genoux, son mari lui tendait une cuillerée de taboulé.

J'ai jeté le sachet parce que Ludwig et Simon avaient déjà les mains dans la boîte de céréales. J'ai retourné tout le placard. Entre les assiettes en carton et les verres en plastique je ne savais pas comment leur servir à manger. Sur la plaque électrique, j'ai trouvé une cocotte neuve. J'ai décollé la pellicule de protection qui protégeait le fond de la casserole, j'y ai versé la moitié du paquet de céréales, la moitié de la brique de lait et j'ai distribué des cuillères en plastique. C'est comme ça qu'on a mangé notre premier petit-déjeuner d'enfants de parents divorcés : penchés au-dessus d'une table à tréteaux, nos mentons s'entrechoquant pour accéder à la cocotte, le plastique des couverts se brisant dans nos mains.

En plus du salon qui faisait office de chambre, il y avait une pièce avec deux lits superposés. Mon père les avait mal montés et la structure tanguait quand on bougeait la nuit. Le mien avait une place de libre à cause de l'absence de Rachel, mais Ludwig s'amusait à secouer les pieds du sien en chantant à Simon *Il était un petit navire*. Le premier soir du premier week-end chez mon père, nous sommes allés voir *Toy Story 2* au cinéma. Ludwig voulait voir *Star Wars*, je voulais voir *Billy Elliot*, mais à cause de Simon il fallait voir un film qui convienne à tout le monde, ce qui voulait dire à personne. En sortant du ciné mon père a dit qu'il n'était pas très équipé pour cuisiner un bon repas et il a proposé d'aller manger aux Délices de Shanghai. J'ai pensé qu'on allait tomber sur ma mère qui profitait de sa liberté pour dîner aux Délices avec son poivrot de la

Civette. Que mon père pousserait la porte et qu'elle se trouverait là, assise sous une photo de cascades avec un cocktail à deux pailles. Toute la clientèle tournerait ses regards vers nous pour observer sur nos visages les cicatrices du divorce. C'était une pensée exagérément négative mais pas complètement farfelue puisque en entrant j'ai tout de suite repéré Miguel qui mangeait dans un coin de la salle. Je ne l'avais pas vu depuis longtemps. Il avait toujours son acné et son collier de barbe. Une fille énorme lui faisait face. Elle portait des bottes à talons mais avec ses bourrelets de jambe le zip restait ouvert à mi-mollet. Ses cuisses dépassaient d'une minijupe et j'ai tout de suite pensé à la manière dont Miguel devait s'y prendre pour faire ce qu'il avait essayé de me faire. Les raviolis sont arrivés mais j'avais perdu l'appétit. Mon père a haussé les épaules, Ça en fera plus pour les autres. Miguel s'est levé et a marché jusqu'à la caisse. En passant devant notre table il a fait semblant de tousser pour porter le poing à sa bouche et enchaîner des va-et-vient qui mimaient une fellation. J'ai eu honte et peur à la fois, j'ai plongé dans la nappe en papier, Ludwig avait dessiné des épées, dans *Toy Story* il y avait des sabres lasers mais ils n'étaient pas aussi bien que les *Star Wars*, mon père l'emmènerait le lendemain à condition que j'accepte de garder Simon quelques heures, Ludwig me tirait sur la manche, T'es d'accord, t'es d'accord ? et j'ai dit Oui parce que ça faisait diversion.

En rentrant des Délices de Shanghai, je suis allée me coucher sous la couette blanche qui n'avait pas encore de housse. En guise d'oreiller, j'avais un des coussins du canapé. Il était trop dur pour ma nuque. J'ai pris ma serviette de bain : elle était mouillée de la douche. Les lits superposés grinçaient. Ludwig s'est fatigué de chanter son Petit navire, il s'est endormi le premier. Simon avait les yeux ouverts, son regard me cherchait dans le noir. J'ai lutté pour ne pas le prendre avec moi parce que c'était la dernière chose à faire si on voulait dormir tranquille. Quand il s'est endormi, j'avais compté deux cent trente-six moutons, revu mes verbes irréguliers et récité les dates de la guerre des tranchées. J'ai descendu la main sur mon nombril pour penser à René en me chatouillant le bas-ventre. C'est là que j'ai remarqué le poster que mon père avait punaisé à la porte. C'était une affiche de l'Opéra national de Paris que sa nouvelle compagne avait dû lui donner vu que mon père n'était pas très branché lyrique, son truc à lui c'était plutôt les sports plein air. Sur le poster, une danseuse en tutu faisait un grand écart vertical sous un sapin couvert de neige. Le spectacle s'appelait *Casse-Noisette*. Ça m'a fait bizarre : casse-noisettes c'était le mot qu'utilisait ma mère au téléphone pour dire à ses copines qu'elle en avait plein la casquette de s'occuper de ses enfants. Elle disait, C'est casse-noisettes, si tu savais… et elle poussait un grand soupir.

J'ai laissé tomber la danseuse et je me suis remise au travail. Mais une vague de nausée montait dans mon tuyau respiratoire. J'ai pensé à l'odeur des cheveux de Simon, aux nuques des filles de Sainte-Catherine. La nausée continuait à monter. J'ai planté un eucalyptus sur le tapis roulant des rêves de ma vie. J'ai appliqué les techniques que Chanelle m'avait enseignées pour pratiquer les gorges profondes. J'ai respiré par le nez. Calmement. Plusieurs fois. J'ai descendu la main plus bas, j'étais sèche comme le Sahara. J'ai respiré un peu plus fort, j'ai eu un premier haut-le-cœur, j'ai vu le costume Bouygues de Lionel. J'ai chassé les visions de Magritte en pensant à René, ses mains gantées de cuir sur la boîte à pizza. Avec l'odeur du fromage j'ai eu un second haut-le-cœur. Diane m'avait raconté qu'elle avait rencontré l'orgasme en écoutant la voix de Moos, *Au nom de la rose, Mon amie la femme, Prête-moi ton corps, Pour écrire des choses.* J'ai dessiné tout l'alphabet entre mes jambes. La nausée continuait. Sur le poster, on devinait la culotte de la ballerine sous le tulle blanc de son tutu. J'ai fixé l'affiche : les lettres de Casse-Noisette dansaient sous le ciel étoilé. J'ai abandonné ma séance.

À cette époque-là de ma vie s'il y avait une chose qui m'apportait du réconfort c'était bien les séances de masturbation. J'ai fait une nouvelle tentative en rentrant chez moi le dimanche, dans mon lit, avec ma couette qui sentait le lagon, sous mon plafond d'étoiles phosphorescentes. Mais la nausée est revenue, avec la respiration saccadée et le papier de verre entre les jambes.

J'ai décidé d'en parler à Chanelle.

— Faut que tu rencontres Gran Turismo. C'est un expert des femmes.

Quand elle disait *femmes* des bulles perlaient sur ses lèvres. Elle venait de se faire poser un appareil dentaire. Sa canine dorée brillait derrière les bagues. Comme elle n'avait pas l'habitude sa salive se coinçait entre ses incisives. Je n'avais aucune envie de rencontrer son Nordine. Chanelle me racontait qu'il cultivait des culottes sales pour les revendre à des pervers. Ça m'a dégoûtée. J'ai décidé que ma panne de masturbation était liée au dernier stade de l'enfance. Ma mère avait des théories sur les stades de l'enfance qu'elle appliquait au développement problématique de Simon. Elle disait par exemple qu'il refusait de dépasser le stade anal. Je visualisais mon frère sur un terrain de foot en train de se faire doubler par des trous de balles en short mais elle m'a expliqué que c'était par rapport au fait qu'il adorait voir son caca. Pour devenir développé il fallait passer des étapes qui validaient l'évolution. Elles étaient parfois sexuelles. Je ne savais pas que le caca faisait partie du sexe, mais le trou du cul si, ça je savais, Miguel me l'avait démontré.

Le mercredi suivant, j'ai fait une dernière tentative devant l'école Sainte-Catherine, avec le bruit des trains qui filaient vers Paris et le rire des filles qui jouaient à l'élastique. Toujours pas. Je suis retournée au parking. Rico m'attendait, un éclair au chocolat posé sur le siège passager. Je lui ai fait la bise, j'ai dit Merci et j'ai mordu dans la pâtisserie. Au même moment, Rico a appuyé sur le gâteau et la crème m'a giclé au visage. Il n'a même pas ri, il a baissé le pare-soleil et m'a ajusté le miroir.

— Regarde, on dirait de la merde.

Il a attrapé le vêtement qui cachait sa batte de baseball et il m'a nettoyée avec des gestes brusques. Peut-être que lui aussi était bloqué au stade anal. Il m'avait raconté qu'il avait grandi à la DDASS et les enfants abandonnés ont du mal avec les étapes. Je me suis mordu les joues, il m'a donné une petite baffe.

— Ça va, on rigole.

Il s'est garé le long des rails. En plein après-midi il n'y avait qu'un train par heure. De là où j'étais je voyais le grillage, les poteaux et les lianes de câbles. Rico a dit qu'il était stressé.

— Stressé de ouf. Faut que tu me lèches les couilles.

Il a descendu son jogging. Son élastique lui comprimait les testicules contre le ventre et il m'a expliqué qu'il fallait que je lape comme un chiot dans une flaque. J'ai dit que je préférais le chaton avec son bol de lait, mais Rico n'aimait pas les chats. Il m'a prise par les cheveux.

— C'est moi qui paie, c'est moi qui parle.

Il a plaqué mon visage contre ses couilles écrabouillées. J'ai léché comme il avait dit mais comme je n'avais jamais vu de chiot boire à même une flaque d'eau j'ai quand même pensé au chaton. Les haut-parleurs du quai ont grésillé, En raison d'un incident technique le train de quinze heures quarante-deux est supprimé. Je répète en raison d'un incident technique le train de quinze heures quarante-deux est supprimé. L'annonce du chef de gare nous parvenait dans un écho lointain, comme si elle descendait du ciel ou qu'elle montait des entrailles du parking. J'avais les couilles de Rico dans la bouche et j'ai pensé à tous les voyageurs coincés dans le crachin de ce mercredi de novembre, à tous les gens qui ne pouvaient pas partir alors qu'ils avaient payé leur ticket. Comme les pensées négatives fonctionnent par association, je me suis mise à penser à toutes les choses qu'on ne maîtrise pas dans la vie, aux incidents techniques, au démantèlement des cellules familiales et à Rachel qui chiait sur le perron de la maison. J'ai senti que j'allais pleurer. Rico n'aimait pas les chouineuses. J'ai essayé de me dégager de sa queue mais Rico n'aimait pas les chiennes rebelles non plus et il a appuyé plus fort. Je ne pouvais plus respirer. J'avais le nez et la bouche bloqués et la seule chose qui pouvait encore s'exprimer c'était mes yeux. Les larmes ont coulé sans que je puisse les retenir.

— Pourquoi tu chiales ? C'est mort, là, c'est mort de chez mort.

Il a remonté son jogging en faisant claquer l'élastique et m'a ramenée à l'abribus. J'ai cherché quelque chose à dire mais Rico m'a fixée et dans ses yeux il y avait le vide. Il s'est penché pour m'ouvrir la portière.

— Bouge. Sors.

Il était quinze heures quarante-sept et j'avais fini ma journée. Chanelle n'était pas venue. Elle passait de plus en plus de temps à Cergy et de moins en moins chez Magritte. Je suis rentrée à la maison et pour la première fois depuis qu'elle était là j'ai décidé d'essayer la télé. Ma mère dormait sur le canapé. J'ai soulevé ses jambes pour me faire une place, elle n'a pas bronché, à cause des cachets du docteur elle avait le sommeil de plomb. J'ai trouvé la télécommande sous le couvre-lit du sofa, elle collait. J'ai appuyé sur ON, le son est apparu avant l'image, j'ai d'abord entendu Apocalypse, puis Fin du monde, puis j'ai vu apparaître le visage de Lionel Jospin qui voulait rassurer les téléspectateurs en promettant que les systèmes électroniques du pays n'allaient pas s'effondrer pour le passage à l'an 2000. Le présentateur se promenait dans la rue en demandant aux gens s'ils avaient peur du bug et la plupart d'entre eux répondaient Oui. J'ai zappé parce qu'après laper les couilles de Rico la dernière chose dont j'avais envie c'était qu'on me parle de malheur. Je suis tombée sur un sitcom dont je ne connaissais pas le nom parce que j'étais nulle en sitcoms vu que je n'avais jamais eu la télé, à part *L'Instit* que ma grand-mère enregistrait sur des cassettes. Un homme en costard bleu s'agitait dans une maison où tout avait l'air d'être en marbre : le sol, les tables et même les roses blanches dans leurs vases. Une femme le suivait. Il remplissait une malle d'objets qui n'étaient pas destinés au voyage. Une photo encadrée sur laquelle on pouvait distinguer un jeune homme sous sa toque de diplômé, des ustensiles de barbecue, une raquette de tennis et du matériel de cirage. Il refermait sa malle en cuir d'un geste sec. Au moment où il atteignait la sortie, la femme chercha à retenir son bras mais il fit volte-face et dit, Pamela, s'il te plaît. Pamela comprenait à quoi il faisait référence parce qu'elle lâcha son bras. Il sortit en claquant la porte derrière lui, Pamela resta un instant immobile, la caméra se rapprocha de son visage ; elle avait l'air désorienté. Quand il fut clair qu'il n'allait pas revenir, elle alla jusqu'au guéridon et s'empara du Rolodex sur un plateau en verre fumé. Elle le posa sur ses genoux, les fiches défilèrent sous ses ongles vernis jusqu'à ce qu'elle décroche le combiné du téléphone pour composer un numéro. En attendant que son interlocuteur décroche, elle pencha la tête de côté, porta la main à son oreille et retira le clip qui lui pinçait le lobe. Ce geste, sa main diaphane, sa nuque gracile, le collier de perles à son cou, les éclats du bijou qui percutait sa joue, tout me parut insupportable. Finalement une voix masculine se fit entendre à l'autre bout du fil, elle rapprocha le combiné de son visage et dit, C'est Bob. Il est parti.

Entre la fin du monde et les hommes qui quittent les maisons je n'avais plus envie de regarder la télé. J'ai éteint l'écran et j'ai fixé ma mère comme la dame du sitcom avait fixé sa porte. En espérant que quelque chose se passe tout en sachant qu'il ne se passerait rien. Je me suis mordu l'intérieur des joues. Et si elle ne se réveillait jamais ? Mais ma mère respirait calmement. J'ai remonté la couverture Air France sur ses épaules et je suis sortie du salon. Le prospectus de la pizzeria était punaisé sur un tableau de liège au-dessus du téléphone. Ce n'était pas un guéridon en verre fumé mais une commode qui ployait sous les annuaires. J'ai pris le combiné pour commander ma quatre-saisons d'une voix suave après avoir porté la main à mon oreille comme si j'enlevais un clip avec délicatesse. Oui, bonjour Renaud, tu ne voudrais pas m'épouser ? On pourrait vivre dans le Sud, ou à Boulogne, non pas Boulogne-sur-Mer, Boulogne-Billancourt, bien sûr, près du Parc des Princes, Amélie Mauresmo vit là-bas, Ophélie Winter aussi. Le serveur vocal de la pizzeria m'annonça qu'ils n'ouvraient qu'à dix-neuf heures, Merci de renouveler votre appel, il était dix-sept heures vingt-deux, j'ai raccroché et je suis montée dans ma chambre. En temps normal je me serais masturbée. Comme je savais que j'allais encore me bloquer je me suis contentée du tapis roulant de mes rêves. J'y ai posé René avec sa mobylette et ses gants en cuir noir. Au bout d'un moment je me suis fatiguée de cette image, à cause du casque on ne voyait pas grand-chose. J'en ai fabriqué d'autres : j'allais chercher mes frères à l'école, René marchait à mes côtés, saluait la maîtresse, ébouriffait les cheveux de Simon qui n'était plus l'erreur tardive de mes parents, mais notre enfant chéri, fruit d'un amour précoce et fulgurant. On allait faire les courses au Petit Casino. On regardait ensemble, main dans la main, les frites McCain du rayon surgelés. J'aimais les Suprême, croustillantes à l'extérieur, cœur moelleux à l'intérieur. René préférait les Golden Croquettes. On finissait par prendre les deux. Il me frottait le dos quand j'allais sous la douche. Il m'attendait à la sortie des cours. À la piscine, ce n'était plus Annick qui me raccompagnait mais René sur sa mobylette, mon sac de sport rangé dans la caissette de livraison. J'ai continué comme ça jusqu'à ce que le réveil affiche dix-neuf heures six. Je me suis levée et je suis descendue pour commander la quatre-saisons. C'est le patron qui a pris mon appel. De rage, j'ai donné un coup de pied dans les colonnes du radiateur. Lorsque René est arrivé j'avais toujours l'orteil en feu. Je lui ai tendu ma carte de fidélité : elle était presque pleine.

— T'aimes vraiment ça en fait.

Il avait transpiré : il s'est essuyé le front avec un bracelet en éponge vert jaune rouge qu'il portait sur le poignet gauche. Toute la ville savait que le propriétaire utilisait des produits périmés et que des gens avaient perdu des dents en croquant dans sa croûte brûlée. Je lui ai répondu que mes parents venaient de divorcer et que ma mère travaillait trop pour cuisiner. Ce n'était qu'un demi-mensonge mais j'ai quand même prié pour qu'elle ne sorte pas du salon avec sa coupe de brosse à chiottes. René m'a regardée avec un air compatissant et il a dit Tu sais, moi je l'ai même pas connu le daron. Je suis restée bouche bée avec la pizza sur les bras. Chanelle non plus n'avait pas de père, mais comme elle venait du lointain je ne trouvais pas ça bizarre. J'ai hésité à lui demander si sa mère s'en était remise ou si elle dormait au salon. J'ai hésité à lui dire que j'aurais préféré naître sans père plutôt que de manger des céréales dans une casserole avec une cuillère en plastique. Je n'ai rien dit.

— Bah fais pas cette tête. J'en suis pas mort, la preuve.

Il a reculé d'un pas pour se donner à voir.

— Au fait, je m'appelle Renaud.

Rico n'est pas venu le mercredi suivant. J'ai secoué le bipeur dans tous les sens, j'ai fait le tour du parking, j'ai shooté dans une poubelle, elle s'est renversée, j'ai eu honte et j'ai tout ramassé, puis je me suis assise sous l'abribus et j'ai fait une déprime. Quel temps faisait-il à Marbella ? Magritte avait-il peint l'Espagne ? Y avait-il des zguègues au Club Med ? Il me restait quarante-cinq minutes à poireauter avant l'arrivée de Lionel. La bruine me glaçait les genoux, mes cheveux partaient en frisettes. Un rat a traversé les voies ferrées. Des enfants sur le quai lui ont jeté des pierres. Je l'ai suivi des yeux qui slalomait entre les projectiles jusqu'à ce qu'il disparaisse dans une bouche d'égout. J'allais rater ma vie, j'en étais sûre. Je me suis levée et je suis partie du parking. Je ne savais pas où j'allais mais je savais que j'en avais ma claque des vendeurs en téléphonie et des Choco BN. À l'époque où je mangeais des biscuits au sésame dans les toilettes du collège, un paquet de BN aurait fait ma semaine. *Le goûter complet, le goûter tout prêt.* J'ai remonté l'avenue de la Gare. Aujourd'hui ces gâteaux je ne pouvais plus les supporter, je les abandonnais dans le casier 237.

Je voulais ouvrir les placards de ma cuisine et trouver des briquettes de jus de pomme, des galettes de riz, Rachel, mon père et ma mère dans une forme humaine. Je suis passée devant la fontaine, il y avait un panneau Attention eau contaminée mais les gens remplissaient leurs bidons sans avoir l'air de s'en soucier. À force de ruminer tous mes problèmes je suis arrivée chez Chanelle. J'ai sonné sans y croire. Elle m'a ouvert la porte en souriant, ses bagues brillaient à travers le crachin. Elle portait des chaussettes de tennis blanches dans ses claquettes Speedo : encore une paire volée dans une piscine de riches. On a fumé un joint allongées sur son lit. Aux murs de la chambre de Chanelle il y avait trois posters de Tomb Raider, tous identiques. Elle avait même collé le livret du CD PlayStation sur le miroir de sa coiffeuse. Lara Croft apparaissait toujours dans la même position, avec sa natte, ses gros seins moulés sous un débardeur turquoise, une ceinture de munitions sur son short d'aventurière et un pistolet dans chaque main.

— Elle et moi on est les mêmes. Des chasseuses de trésors.

Elle s'est passé la langue sur sa canine dorée. J'ai pensé aux peuplades de scouts qui s'enfonçaient dans la forêt pour développer leur solidarité. Chanelle a joint l'index et le majeur et plié le pouce pour faire une arme avec sa main. Ma tête était posée sur son ventre et de là où j'étais ses yeux plissés ressemblaient aux fentes d'une tirelire. Elle visait une cible imaginaire.

— Je vais partir habiter chez Nordine.

Elle a tiré deux fois, d'un geste sec, puis soufflé

sur ses doigts pour faire refroidir le canon. Sa mère n'y voyait pas d'inconvénient, dans un an elle serait majeure, en attendant ça lui ferait une bouche de moins à nourrir. J'allais me remettre à chialer. Gran Turismo avait fini par me voler Chanelle.

— Tu viendras manger chez nous, il a un appart et tout.

On a zappé sur Canalsat. C'est Nordine qui payait l'abonnement de sa mère : il trouvait ça inhumain de vivre sans les chaînes du câble. Sur M6 Music il y avait *Les Enfants de l'an 2000*, Lââm avait des dreads blondes, Chanelle voulait se faire les mêmes. Elle a bondi du lit pour imiter les danseurs de salsa quand Ricky Martin est arrivé sur *La Vida Loca*. Je l'ai applaudie en riant, elle chantait en prenant la télécommande comme micro et se frappait la fesse en tournant sur elle-même. Elle avait remonté son short pour en faire une culotte, entre ses seins pendaient des coquillages accrochés sur des fils de cuir et ses cheveux décolorés tiraient maintenant sur le jaune. Chez Nordine elle aurait accès à ses jeux vidéo préférés, elle passerait la conduite accompagnée et s'occuperait de ses geckos. Maintenant qu'elle avait capté le délire peut-être qu'elle organiserait son propre réseau Magritte, sauf qu'elle l'appellerait Van Gogh et qu'elle couperait les roubignolles de tous les mal sucés qui lui manqueraient de respect.

— Tu pourras faire mon assistante puisque c'est moi qui t'ai formée.

Elle m'a tendu la main sur les premières mesures d'Axelle Red, elle faisait semblant de conduire la voiture décapotable, j'aurais pu faire le désert qui servait de décor au clip puisque tout le monde avait l'air décidé à me laisser tomber. Je me suis levée du lit pour la rejoindre, elle m'a prise par les hanches et nous avons chanté les premières strophes ensemble, *Laisse-moi rester femme, Je ferai tout pour t'encourager, Ne pas t'étouffer, Pour que tu m'aimes*, elle sentait toujours le monoï et cette odeur entre l'alcool et la transpiration, un parfum capiteux qui m'enivrait, j'ai plongé dans la masse de sa tignasse blonde. Nordine lui paierait des cours d'anglais, elle voulait être hôtesse d'accueil, il disait qu'elle avait le physique et sinon il l'aiderait à maigrir, à Cergy il y avait le salon du Golf et des professionnels de la coiffure, ça lui faisait deux jobs par an, pour le reste ils s'arrangeraient, Nordine adorait les combines : le week-end prochain ils descendaient à Monaco pour le salon des pièces d'or, ce n'était pas un salon officiel mais il y avait plein d'argent à se faire, il venait d'acheter le Xsara Picasso, *Je donnerai tout le temps qu'il faudra, Je porterai plus que mes bas noirs, Je ne te demanderai plus de m'appeler, Quand tu rentres tard*, au pire s'il finissait par la saouler elle aurait toujours chez sa mère. Elle a éloigné son visage du mien, j'avais les yeux humides mais je lui souriais à travers mon chagrin. Elle a posé une main sur ma joue.

— Toi aussi tu vas bientôt prendre ton envol. Faut juste que tu trouves un pigeon, a-t-elle dit avant d'éclater de rire et de planter sa bouche sur la mienne.

J'avais encore le goût de monoï sur la langue quand je suis arrivée chez moi. Je me suis mordu les lèvres pour vérifier que je n'avais pas rêvé, que j'avais bien une bouche et que Chanelle venait de l'embrasser. C'était la première fois de ma vie que quelqu'un m'embrassait sur la bouche. Chez Magritte c'était interdit, il fallait s'en tenir aux prestations choisies et les bisous n'étaient pas au programme. Peut-être que j'avais bien aimé à cause de son appareil dentaire : avec l'hypersalivation nos peaux glissaient l'une contre l'autre. Si j'avais pu j'aurais embrassé son visage, son cou, j'aurais même embrassé ses seins et aussi ceux de Lara Croft.

J'ai trouvé ma mère dans l'entrée, pendue au téléphone avec sa copine Djamila. J'étais contente de la voir en contact avec le monde extérieur, ne serait-ce que par téléphone. Elle avait même changé de tenue. Elle portait une salopette en jean sur une marinière rouge et des baskets montantes imitation Reebok qui venaient du marché d'Argenteuil. Je lui avais demandé pourquoi elle n'avait pas acheté les vraies et elle m'avait répondu, Les vraies quoi ? Elle ne savait même pas qu'elle portait des contrefaçons. Pour elle c'était juste des chaussures. Elle se sentait bien dedans, que ce soit des Reebok, des Kipok ou des Pétaouchnok. Ces histoires de logo ne lui faisaient ni chaud ni froid. J'ai haussé les épaules, dépitée, à quarante-deux ans on ne refait pas l'éducation des gens.

— Oui, je vais passer, promis. Et encore bon anniversaire.

En posant le téléphone elle est restée quelques secondes à regarder sa main sur le combiné en plastique, elle avait l'air impressionnée par ce qu'elle venait d'accomplir. Je me suis assise à côté d'elle. En plus de l'odeur de monoï je sentais la cigarette froide, mais je n'avais plus peur d'être punie pour tabagisme. Nos relations avaient changé. Ma mère avait changé. Depuis le départ de mon père, et pire encore depuis celui de Rachel, ma mère ne voulait plus savoir avec qui je traînais et à quoi j'employais l'argent qu'elle me donnait toutes les semaines. Elle voulait simplement la paix : c'était devenu sa phrase.

— Je demande juste un peu de paix, disait-elle en se massant les tempes chaque fois qu'on la sollicitait.

Elle avait enfilé une polaire sur sa marinière rouge et se tourna vers moi pour savoir si j'acceptais d'aller faire les courses avec elle.

— Tu m'accompagnes au supermarché ?

Au temps de sa rigueur maternelle, ma mère ne nous aurait jamais emmenés au supermarché, parce que C'est le meilleur moyen pour attraper une crise de nerfs, comme elle disait à ses copines surmenées. Elle attendait que j'aille à la piscine, déposait Ludwig à la bibliothèque et Simon à son club d'éveil pour filer chez Leclerc faire le plein de Marque Repère. Mais depuis le départ de mon père elle n'avait pas remis les pieds en grande surface. Elle me tendait son porte-monnaie et j'allais faire les courses au Petit Casino où il y avait en moyenne six rayons et des produits deux fois plus chers qu'ailleurs. Bien sûr que je pouvais l'accompagner.

C'était la première fois qu'elle conduisait depuis longtemps. Elle était concentrée sur la route mais elle profitait des feux rouges pour faire des réflexions sur les travaux de la départementale et l'opulence des bacs à fleurs.

— Tout ça c'est l'argent des impôts. Et toujours pas de transports publics. Heureusement grâce au divorce je ne serai plus imposable.

Elle se racla la gorge et changea de sujet.

— Dis donc. Est-ce que c'est pas bientôt ton stage d'observation ?

Le stage d'observation préoccupait déjà ma mère avant sa maladie. Ce serait mes premiers pas dans le monde du travail, il ne fallait pas les rater, les conséquences seraient capitales pour la suite de mon parcours, beaucoup de choses se décideraient en fonction de cette expérience, où en étais-je de mes recherches ? Je ne pouvais pas lui dire que j'avais déjà fait mes premiers pas dans le monde du travail et qu'on avait voulu m'enculer dès le début de ma période d'essai. Je ne pouvais pas lui dire que je voulais faire un stage à Air France parce qu'elle avait déjà exprimé son mépris pour le métier d'hôtesse de l'air. De toute façon ils ne prenaient pas de stagiaires à bord, j'allais passer ma semaine à étiqueter des valises et avec le parking Bonaparte j'en avais eu ma claque de regarder les gens partir sans que ce soit jamais mon tour.

Aller faire les courses avec elle, ça faisait mère et fille normales : ça me faisait vraiment plaisir. Kat Linh aussi faisait les courses avec sa mère. J'ai décidé de lui présenter mon plan B. Le conseiller d'orientation nous avait convoqués pour consulter les fiches métiers. Dans les emplois les mieux rémunérés il y avait avocat. J'aimais bien avocat parce qu'il y avait un uniforme, comme les hôtesses de l'air. Moins seyant mais plus respectable, et le respect aussi je commençais à aimer ça. Les dentistes n'étaient pas mal classés non plus dans l'annuaire professionnel, il n'y avait qu'à voir la vie d'Élise, mais je n'ai pas parlé d'Élise pour ne pas gâcher le moment.

Ma mère a tendu les bras pour se repousser dans le siège. Elle souriait. Je ne l'avais pas vue sourire depuis des mois. Est-ce que je l'avais déjà vue sourire ?

— Avocate ? Mais c'est génial, ça.

— Ouais, j'ai pas encore le diplôme hein. C'est juste une idée comme ça.

— Quand on veut, on peut, ajouta-t-elle en manœuvrant pour se garer.

J'ai vu les piles de linge sale, le frigo vide, la nouvelle télé, est-ce qu'elle avait simplement arrêté de vouloir être mère ? Le créneau était risqué, un homme s'est arrêté pour la regarder faire. Ma mère a descendu sa fenêtre sans ménager la manivelle.

— T'as un problème ? Tu veux ma photo ? T'as jamais vu une femme ? Conduire ?

Le type s'est éloigné. Elle a soufflé par la bouche, plusieurs fois. Elle avait l'angoisse du supermarché.

— Rien que le parking c'est une épreuve.

J'ai dit T'inquiète pas on fait vite. Je suis allée chercher le caddie pendant qu'elle préparait les sacs et j'ai soutenu son bras pour passer les portes tournantes. Les attrape-peluches et les chevaux-manèges lançaient des flashs multicolores, une femme collectait des pièces jaunes sous le portrait géant de Bernadette Chirac et le vigile se curait le nez en lisant les petites annonces : essentiellement des chiens à vendre ou des vieux à garder.

— Mais qu'est-ce que je fous ici ?

Ma mère avait une main sur le front et l'autre accrochée au chariot comme à un déambulateur. Nous nous sommes enfoncées dans les premiers rayons : les promotions de la semaine. Les nouveaux prix se superposaient aux anciens sur des affiches dont la moitié jonchaient le sol. Je l'ai vue qui tâtait ses poches à la recherche de sa liste, puis vidant la moitié de son sac sur le siège bébé du caddie.

— Je l'ai oubliée dans la voiture. Commence sans moi.

J'ai dérivé dans les allées fluorescentes du magasin. Je pensais à René : qu'est-ce qu'il aurait aimé acheter ? Les chocolats de Noël étaient déjà en place. J'ai eu une prémonition de ce qu'allaient être les fêtes à la maison avec les membres absents de la famille : ma mère passerait de la musique tzigane en allumant un chandelier, Simon ferait la ronde dans son trotteur et Ludwig zapperait devant la télé jusqu'à ce qu'il trouve un film de guerre. J'ai pressé le pas vers l'alimentation générale. Au rayon charcuterie j'ai détaillé tous les paquets de blancs de dinde. Le jambon cuit à l'étouffée c'était pas la peine d'y penser, ma mère n'en voulait pas à cause de mes ancêtres qui ne digéraient pas la viande de porc. J'ai pris le plus bel emballage. À cette époque je croyais vraiment que quelque part en France il y avait des gens qui roulaient leur charcute en cigare pour la servir entre deux noix de beurre sur des tranches de poivron comme par hasard en forme de cœur. Je voulais être ces gens-là. Je ne voulais pas que ma mère utilise l'assiette Babar de notre enfance pour y jeter en vrac des morceaux de hareng. Je ne voulais plus manger sur de la toile cirée parce que c'est plus facile à nettoyer. Je voulais des nappes provençales avec des serviettes assorties à la place des demi-sopalins que je découpais aux ciseaux pour faire des économies de papier.

Ma mère avait dû s'effondrer dans la voiture. J'errais seule dans les rayons en m'inventant des vies qui ne seraient jamais la mienne et pour me soulager j'ai rempli le caddie de produits interdits. De l'emmenthal en tranches, des brioches aux pépites, du yaourt à boire en portions individuelles, des Kiri stick, des Kinder Pingui, des Apéricube, du déodorant pour les pieds, un vaporisateur d'ambiance, de la Vittel fraise, du pastis sans alcool, des Chipster, du papier-toilette à la pêche et une bombe de crème chantilly. Je cherchais les fruits de la Passion quand je suis tombée sur ma mère. Elle était au pèse-légumes avec un filet de pommes de terre.

— Pour la raclette, a-t-elle répété plusieurs fois pendant que je lui expliquais que le sac avait un code-barres : il ne fallait pas le peser.

Le couple de retraités qui faisait la queue derrière elle a confirmé en hochant nerveusement la tête. Je n'ai pas osé me retourner, j'avais peur de tomber sur des parents d'élèves. Ma mère a fini par appuyer sur la touche céleri-rave et on s'est éloignées, moi pivoine et elle pestant, contre la société de consommation, les nouvelles technologies et le ratio de femmes dans les supermarchés.

— Je supporte pas cet endroit. On y va.

J'ai vidé le chariot sur le tapis de caisse pendant que ma mère préparait des sacs dans le bac de réception. Elle avait pris de la lessive en poudre, des briques de deux litres de lait, trois kilos de farine, du sel, du sucre roux, du riz, des pains de savon, des recharges de gel douche en berlingots, de l'eau de Javel, des barquettes de kiwis, des feuilles simples grands carreaux perforées, des feuilles doubles grands carreaux perforées et quatre fois quatre paquets de raviolis ficelés ensemble par un scotch qui disait Super Promotion.

— Qu'est-ce que c'est que ce truc ?

Ma mère brandissait le papier-toilette à la pêche. Elle a fait signe à la caissière, Non mais ça c'est pas à moi. Le temps qu'elle lui rende le produit, la Vittel fraise, les Kiri stick, le yaourt à boire et la bombe de crème chantilly s'étaient amoncelés dans le bac. Ma mère m'appelait, j'ai fait semblant de ne pas l'entendre, plongée dans un programme télé. Elle s'est tortillée pour se faufiler entre le caddie et la rampe de sécurité.

— Tu rêves, là.

Il n'y avait aucun scrupule dans sa voix. Elle retirait tous mes produits, les candidats refoulés s'empilaient à côté du tapis, brisés dans leur trajectoire d'achat.

— Mais pourquoi tu voulais que je vienne si je peux rien acheter ?

J'ai tenté une négociation mais elle secouait la tête comme si elle s'était prise dans une toile d'araignée.

— Je demande juste un peu de paix… C'est pas grand-chose pourtant.

La caissière était exaspérée.

— La prochaine fois, réfléchissez avant.

J'ai enfoncé mes ongles dans les tranches d'emmental. Chaque seconde, douze produits Président sont vendus dans le monde. C'était marqué sur l'emballage. Le douze, c'était mon chiffre préféré.

J'ai traîné pour ranger les achats et à dix-neuf heures quinze j'ai appelé la pizzeria. C'est René qui a décroché. Une flamme de chaleur me léchait les entrailles. J'ai fait semblant d'hésiter, Regina Quatre-saisons Paysanne qu'est-ce que tu me conseilles ?

— Bah ça dépend des goûts… Personnellement j'ai un faible pour la Corleone.

Il riait. J'ai pris la Corleone en familiale et sans piment. Ma mère n'avait pas supporté l'épreuve du supermarché. Elle avait arraché le bec verseur d'une brique de lait avec les dents, bu au goulot du carton pour avaler deux comprimés et maintenant elle dormait sur le canapé du salon. J'ai raccroché le téléphone, j'avais les jambes qui tremblaient. Je l'ai décroché à nouveau, j'ai crié Prends un deuxième casque je veux partir d'ici je t'en supplie aide-moi ! La tonalité occupé résonnait dans le combiné. Je suis montée, je me suis habillée, coiffée, arrosée comme un pot-pourri et j'ai verni mes ongles. Je suis redescendue m'asseoir en bas des marches jusqu'à l'arrivée de René. Quand la sonnette a retenti, j'ai compté jusqu'à trente et j'ai ouvert la porte avec un grand sourire.

En face de moi, le livreur était dissimulé par une capeline en plastique qui le protégeait de la pluie. Sous le casque de moto j'ai quand même reconnu Karim. Karim, c'était le fils de Djamila.

— Ça va, Miss ? – Il me dévisageait de haut en bas, surpris par mon accoutrement. – Tu sors ? Rachel est là ? Je la vois plus la frangine elle devient quoi ?

Karim avait été en cours avec Rachel plusieurs années de suite. Ils avaient fait une classe de neige ensemble. Des exposés. Des fous rires peut-être. J'ai ravalé ma déception, elle est aussitôt remontée. Karim m'a tendu la pizza en faisant une révérence.

— Corrrrrleone per la signora.

Les gouttes tombaient de sa visière et s'écrasaient sur le paillasson Bienvenue !. La dernière chose dont j'avais envie c'était de tailler le bout de gras pour donner des nouvelles de ma sœur : tout simplement parce que je n'en avais pas. Chaque soir en rentrant du collège, j'allais droit au salon, je ramassais les mouchoirs sales et pressais l'épaule de ma mère, Est-ce que Rachel a appelé ? Elle secouait la tête et replongeait dans son coussin. Est-ce que Papa a appelé ? Aucune réaction. J'allais chercher Simon chez la puéricultrice – la courbe de progrès était dans une phase stationnaire, C'est normal, ses repères sont chamboulés, ne lui mettez pas la pression. Je disais Oui d'accord en lui enfilant son blouson. Autour de moi il y avait des petits avec des têtes hydrocéphales ou coincés dans des chaises roulantes. Je serrais Simon dans mes bras sur tout le chemin du retour. Il était lourd à porter ; régulièrement, je l'asseyais sur une poubelle pour faire passer mon point de côté. Ludwig rentrait de l'étude à dix-huit heures. Je vérifiais ses devoirs et je préparais le dîner, ou je commandais une pizza que ma mère acceptait de payer. Les jours passaient sans nouvelles de Rachel.

— Elle finira bien par rentrer, disait parfois ma mère quand elle passait à la cuisine, le front collé contre un placard le temps de remplir sa carafe d'eau.

Quelques jours plus tôt, elle avait reçu la visite de sa copine Brigitte. C'était un samedi, mon père avait annulé son week-end de garde, encore un empêchement. Brigitte était passée en rentrant du marché. Elle avait laissé son panier dans l'entrée. Des côtes de bettes dépassaient du rabat : à l'époque où ma mère était encore une mère, à la maison aussi on en mangeait, des bettes. En m'approchant de la cuisine je l'ai entendue répéter *empêchement* plusieurs fois. Le P giflait l'air en sortant de bouche, EmPêchement, EmPêchement, Pour m'engrosser quatre fois crois-moi y a rien qui l'emPêchait.

Elle s'est dressée d'un bond quand je suis arrivée. J'ai ouvert le frigo pour me servir un jus d'orange. Dans la porte il y avait une bouteille de Coca. À l'époque des bettes elle aurait avalé son poids en maïs transgénique plutôt que d'acheter du soda.

— Il vient d'où ce Coca ?

— C'est Frank qui l'a ramené, a dit ma mère comme s'il s'agissait d'un détail. Ton frère a passé la soirée avec lui.

Frank était le nouvel ami de Ludwig et le fils d'Annick, la concierge des Nymphéas. Quand on traînait trop longtemps dans les douches, Annick nous houspillait en frappant le sol avec son balai-brosse. Les casiers cliquetaient comme dans les films avant l'arrivée d'un séisme, les filles criaient et Annick nous pourchassait avec son chariot de travail.

— Sortez de là ! J'ai pas que ça à foutre ! disait Annick de sa voix fumée aux Gauloises.

Et c'était vrai. Le père de Frank était paraplégique. Accident de chantier. Il touchait une pension d'invalidité qu'il dépensait en quarts de rouge avec sa femme qui poussait son fauteuil jusqu'à la Civette de la Gare. Ils y passaient des heures, les yeux braqués sur le tirage du Rapido. Quand Ludwig ne rentrait pas à dix-huit heures, j'allais le chercher chez Annick. Je le trouvais penché sur l'écran minuscule de la Game Boy de Frank qui paraissait encore plus gros par rapport à mon frère tout maigre. Des emballages de Yes gisaient au pied du canapé. J'annonçais à Ludwig qu'il fallait y aller et il me répondait en rotant du Coca.

Brigitte fréquentait les parents d'Élise, leurs filles avaient passé leur communion ensemble. Ils lui avaient appris que Rachel était en Espagne.

— Ça va, tu t'inquiètes pas trop ?

— Non, pourquoi ? Elle va bien finir par rentrer, lui dit ma mère avec tout le déni dont elle était capable.

Brigitte a enchaîné sur Olivier Caseneuve, Je crois qu'il devient marginal depuis qu'il habite en Espagne. Je connaissais l'histoire d'Olivier Caseneuve, il n'avait rien de marginal. Il était parti faire son Erasmus en Catalogne et à la fin de l'année il avait décidé de rester. Il vivait en colocation avec une barmaid et un mime argentin. Je me suis appuyée au frigo et j'ai bien regardé Brigitte pour qu'elle comprenne que c'était pas la peine de refiler le poids du monde à ma pauvre mère affaiblie.

— Peut-être qu'à Barcelone la fac est plus sympa qu'à Marne-la-Vallée. Peut-être que la barmaid est plus sympa que le père Caseneuve qui tape sur ses enfants, et je le sais parce que sa fille vient à la piscine avec moi, et que la piscine ça ment pas.

Brigitte a fait la moue, Tu sais les gosses faut pas gober tout ce qu'ils racontent. J'ai pensé à Rachel, peut-être qu'elle avait croisé Olivier ?

Ma mère a attendu qu'elle parte avec ses côtes de bettes et ses mauvais présages pour appeler au Club Med. Elle voulait vérifier si Rachel était sur place ou si elle avait échoué dans un appartement communautaire avec des jongleurs tatoués. Elle était bien sur place, mais elle ne souhaitait pas prendre le téléphone. La réceptionniste avait transmis le message à ma mère, Todo bien, Rachel está muy feliz con nosotros, no te preocupes mamacita, todo bien. Elle avait raccroché, les sourcils figés par la perplexité. J'étais assise derrière elle sur les marches de l'escalier, elle s'était retournée vers moi et elle avait dit en ouvrant les mains comme les politiciens qui capitulent, Voilà, j'imagine que ta sœur va bien.

Je ne voyais pas l'intérêt de le raconter à Karim.

— Rachel fait un stage en Espagne, ouais super bien, ça se passe super bien, il fait beau, ouais, pas comme ici… Je me suis forcée à rire mais au fond de moi je pensais : Mais qu'est-ce que tu fous là, bordel ?

Une familiarité en appelant une autre, j'ai fini par lui demander ce qu'il advenait de René.

— Et Renaud, il livre plus ?

— Ah mais Renaud il a repris le business, Miss ! Tu savais pas ? Il a racheté le fonds de commerce. Le patron est reparti au pays, à l'heure qu'il est il construit sa baraque. Le fast-food ça rapporte, en vrai.

Karim mimait l'oseille du bout des doigts. Le patron avait formé Renaud, Renaud s'était mis aux fourneaux et avait embauché Karim. Il tamponna ma carte de fidélité en s'exclamant, Waouh, c'est ce qu'on appelle une bonne cliente, et repartit en sifflotant.

Ma mère s'est accrochée à ma vocation d'avocate comme un gondolier à sa rame. Elle envoyait des lettres à tour de bras, elle connaissait une famille bosniaque qui avait eu recours à des services de défense pour faire valoir ses droits à rester sur le territoire français. Je l'ai tout de suite prévenue : hors de question que je me mette au service des pauvres, j'en avais eu ma claque à la maison.

— Mais on n'est pas pauvres…, m'a-t-elle répondu en retirant le poignard que je venais de lui planter dans la poitrine.

— Alors pourquoi on vit comme des pauvres ? Pourquoi t'achètes que de la bouffe de merde ? Pourquoi on porte jamais de la marque ? Pourquoi on va pas au Club Med ?

Elle avait mis les mains en coupe sur son visage, inspiré expiré dans ses paumes en me fixant droit dans les yeux, recoiffé ses sourcils, inspiré expiré encore une fois profondément, Mais tu portes de la marque, regarde-toi.

J'ai balayé l'air d'un revers, Laisse tomber. Je veux juste faire mon stage à Paris. Avec les éboueurs ou chez le président, je m'en fous, mais je veux le faire à Paris.

— Ça ne tient qu'à toi.

Elle m'a tendu une feuille et un stylo.

— On va faire un brouillon de lettre.

J'ai dû me trouver des motivations personnelles parce que mon goût pour les cols en hermine n'avait pas l'air de lui suffire. J'avais le sens de la justice bien faite, j'aimais prendre la parole, Mets l'éloquence tant qu'à faire, avait-elle corrigé en pointant ma feuille du doigt, je me posais des questions sur le Bien et le Mal, Non, ça ils s'en foutent les avocats ils veulent juste gagner des procès, Je suis très à l'écoute des gens, Oui, ça c'est vrai, avait-elle approuvé dans un sourire, Maintenant tu signes et t'as plus qu'à changer le nom chaque fois que tu l'envoies.

Je suis descendue au Petit Casino pour photocopier mon dossier en faisant un détour par la pizzeria. Il était douze heures quarante, j'avais une chance d'apercevoir René. L'avenue était décorée pour les fêtes. Les pruniers clignotaient en plein jour, des comètes lumineuses pendaient aux poteaux électriques, les jardinières cachaient des faux cadeaux et à intervalles réguliers des haut-parleurs diffusaient des chorales d'enfants. Je n'avais rien commandé depuis deux semaines. Si c'était pour tenir le crachoir à Karim, autant bouffer de la raclette. Je suis passée une première fois, mais René était absorbé par le modelage d'une boule de pâte. Je suis passée une deuxième fois et il m'a saluée d'un hochement de tête. J'ai tourné mon visage dans la direction opposée pour ne pas avoir l'air gênée.

Je suis rentrée à la maison, mon futur serré sous le bras. Ma mère chauffait des raviolis, elle avait enfilé sa salopette et ses imitations Reebok.

— Tu viens avec nous au château de la Chasse ?

Depuis que mon père annulait la moitié de ses week-ends, ma mère avait recommencé à sortir les garçons pour qu'ils se débarrassent de leurs énergies de croissance. J'en profitais pour rester seule à la maison, je fumais un joint de Rico et je me masturbais en pensant à Victor Novak, Craig David ou Lara Croft. Mais j'avais fumé tous les joints de Rico et ma panne n'était toujours pas résolue. Miguel avait annoncé une trêve hivernale, je ne travaillais plus depuis deux semaines. D'après Chanelle, les flics avaient flairé Magritte.

— D'accord. Je viens.

Ma mère m'a regardée, elle était stupéfaite. J'avais envie de lui dire, Ça t'étonne ? Moi aussi ça m'étonne que tu sortes du salon, mais nous n'avons rien dit ni l'une ni l'autre, nous avons appelé les garçons à table et nous avons mangé les raviolis en jouant à Que met-on dans mon corbillon pour stimuler le développement de Simon et Ludwig en a profité pour réciter tous les gros mots possibles.

— Alors tu viens vraiment ?

Ma mère chargeait le lave-vaisselle. J'ai haussé les épaules.

— J'ai rien de mieux à faire.

Nous avons mis les vélos dans le coffre et les garçons sur la banquette arrière.

— Tu sais qu'avant cette route servait à relier Paris

aux domaines princiers d'Île-de-France ? a dit ma mère en s'engageant sur la départementale.

Une voiture s'était encastrée dans la glissière de sécurité, la laissant déformée par le choc. Sur le terre-plein, un homme remplaçait les affiches publicitaires ; de la colle blanche dégoulinait le long de son balai géant.

— Avant quand ?

Elle desserrait puis resserrait ses mains sur le volant.

— Oh, avant avant.

J'ai regardé par la fenêtre, les lotissements défilaient en accéléré. Récemment un jeune était mort poignardé sur un banc. Pour empêcher la contagion de vendettas dans les cités l'association Stop la violence était venue avec sa mère parler de lui dans notre classe. Elle pleurait en nous racontant qu'il aidait les vieilles dames à remonter leurs courses quand l'ascenseur était en panne, et il était toujours en panne. Stop la violence avait Julie Lescaut pour marraine. Pas la vraie Julie Lescaut mais l'actrice qui tenait son rôle. Comme elle n'avait pas le temps de faire les écoles avec eux, l'association nous avait diffusé son message sur un magnétoscope. À la fin de l'intervention, la moitié des élèves s'étaient portés bénévoles pour tracter.

Ma mère s'est garée près du château de la Chasse. Sur le sentier pédagogique, des panneaux racontaient en dessins les techniques de la sylviculture et les écosystèmes des forêts domaniales. Les illustrations déteignaient, on ne devinait plus que des taches vertes et jaunes sous la plaque en plexi et les écritures Braille sur les bords du panneau. Simon prit son tricycle et se lança à l'aveuglette, ignorant les obstacles qui lui barraient la route. Il fonçait en hurlant sur les chiens plus petits que lui, les poussettes et les jambes des promeneurs. Derrière lui sur son BMX, Ludwig peaufinait son freestyle, c'est-à-dire des figures qui se terminaient par une chute. Je leur courais après pour qu'ils se tiennent tranquilles. Ma mère les regardait en soupirant. Elle finit par enfiler ses lunettes de soleil et renverser la tête sur un banc. Elle voulait simplement la paix.

Je connaissais tous les détails du château de la Chasse. Elle aussi : avant sa maladie, ma mère accompagnait souvent les excursions scolaires. Tous les ans, je me tapais la même histoire. La demeure avait appartenu à la famille de Montmorency, aux princes de Condé – huée générale des élèves – puis à Louis Bonaparte, puis à l'État, et enfin à l'Office national des forêts. Des écouteurs pendaient le long des poutres. Dedans, la voix d'une femme racontait la vie du château. J'imaginais une bourge en collier de perles plantée devant son écurie. Son enthousiasme était-il réel ? Elle expliquait comment Louis XI, invité pour une partie de chasse, avait sommé les maîtres de maison de réunir leurs armes dans la cour.

— Et sur le point de partir, il ordonne d'y mettre le feu, disait-elle d'un air affolé. Par ce geste, il rappelle l'existence d'un édit qui réservait aux rois le droit exclusif de la chasse dans toutes les forêts du royaume.

Les garçons de ma classe faisaient claquer leurs doigts, Oh le fils de pute ! Tu l'invites, il défonce tes armes ? Ah j'aurais pas kiffé, la vie de ma mère j'aurais la rage. J'ai essayé d'imaginer Julie Lescaut avec un brassard de police et une collerette blanche en train de sermonner Louis XI pour sa violence gratuite.

Personne n'avait jamais habité ce château – ni les Condé, ni les Bonaparte. C'était juste un relais de chasse où les riches venaient déposer leur gibier. Il était six fois plus petit que ceux du roi. On l'avait étudié en histoire : deux tours fortifiées, une courette, des fioritures sur la devanture et ils appelaient ça un château.

— On a le patrimoine qu'on mérite, disait ma mère en démêlant les fils de l'audioguide.

Dans le casque, la bourge s'excitait sur cette architecture d'un genre unique, où les caractéristiques d'un lieu de vie, comme les fenêtres donnant sur l'extérieur, se juxtaposaient à des éléments défensifs, comme les meurtrières. Pour moi ça n'avait rien d'original. Dans ma rue, les clôtures des maisons étaient rehaussées de tessons, de systèmes d'alarme, de chiens de garde. Les Voisard avaient équipé leur garage d'une serrure multipoints. Pour l'assurance, disait le père d'Élise. Même les voisins avaient une barre de sécurité intégrée aux volets du rez-de-chaussée, qu'ils rabattaient tous les soirs quand l'église sonnait dix-neuf heures. Il n'y avait que chez nous que le portail restait ouvert.

— Château de la chiasse ! criaient les élèves quand on leur annonçait le programme de la sortie de fin d'année.

Château de la chiasse, j'ai pensé en regardant ma mère sur son banc. Il neigeait. C'était la première neige de l'année. La nuque brisée en arrière, des fleurs hélicoptères prises dans ses cheveux, la bouche ouverte, elle dormait.

Chanelle s'est pointée un samedi chez mon père. Elle avait sonné chez ma mère qui lui avait donné l'adresse de ma nouvelle maison, moins pour maintenir ma vie sociale que pour confronter mon père à mes fréquentations : une fille métisse aux cheveux blonds qui ne m'appelait pas par mon prénom, qui portait des piercings au visage, sentait l'alcool à quatorze heures et se baladait fin décembre avec un boléro en fausse fourrure et une doudoune nouée sur ses hanches.

Je venais de compléter trois niveaux sur Adi, le logiciel que mon père avait acheté pour me faire progresser en maths. J'ai négocié ma permission de sortie, en échange de quoi je garderais Simon le lendemain : il voulait faire le marché de Noël seul avec sa nouvelle compagne qui collectionnait les santons. Je me suis habillée en vitesse avant qu'il ne change d'avis. Pendant ce temps-là, sur le pas de la porte, mon père interrogeait Chanelle.

— Je suis en formation.

— En formation de quoi ?

— Formation générale.

Un silence. Mon père a fait Mmh. Général c'était

le contraire de spécialisé et spécialisé c'était là qu'on mettait les cancres.

— Après je me destine aux services à la personne. Je vais faire un BTS. Brevet de traitements et services. Je sais pas si ça vous dit quelque chose…

Chanelle savait que mon père, comme sa mère, était perdu dans les études françaises. J'ai fait un doigt d'honneur au poster de Casse-Noisette et je suis sortie sans dire au revoir à mes frères.

— T'as acheté tes cadeaux de Noël ?

Chanelle avançait à reculons, se retournant de temps en temps pour éviter les réverbères. Non, je n'avais pas acheté de cadeaux. Magritte n'avait pas repris, je n'avais plus un centime.

— On va sur Paname. Tu connais le BHV ?

Non, je ne connaissais pas le BHV. À Paris je ne connaissais que le Cirque d'hiver et le Forum des Halles. Le train était déjà en gare quand nous sommes arrivées sur le quai, mais comme Chanelle était superstitieuse, nous avons couru jusqu'à la dernière rame, la seule où elle acceptait de monter.

— Le BHV c'est un magasin de riches où les trucs coûtent trop cher, sauf pour nous c'est gratuit, parce que, parce que ? – Chanelle sortit sa fiole de rhum-Coca et trinqua dans ma direction. – Parce qu'on est des bêtes de meufs, Tennessy, des bêtes de meufs, ho !

Elle tapait du poing sur la vitre. Je compris que Chanelle était ivre : tout le temps que dura le trajet, elle alpagua les passagers, dansa sur la barre de maintien, remonta le wagon en demandant des cigarettes à tout le monde. Elle se rassit finalement pour fumer et éclata de rire au visage de la femme qui lui demandait d'arrêter.

Arrivée à l'Hôtel de Ville, je me suis demandé quel genre d'études avait fait le chef de Paris pour en arriver là et pourquoi Dieu sur terre je ne lui avais pas envoyé une demande de stage. Chanelle avait raison. Le BHV était un magasin de riches et les riches ont l'air d'être encore plus friqués quand ils poussent un caddie rempli. Pas les caddies Leclerc avec un siège bébé. Les riches ont des nourrices pour faire leurs courses en paix, et des chariots spéciaux parce qu'ils achètent très gros. Au début ça m'a fait bizarre ces gens qui empilaient des couettes en plume, des halogènes ou des robots-mixeurs comme s'ils chargeaient un pack d'Évian.

— C'est la salle des retraits d'achats, m'a expliqué Chanelle en poussant une porte battante. Plus discret pour faire son entrée.

De l'autre côté de la porte, il y avait des stands de chaussettes en cachemire, des montres sous vitrines, des marques que je ne connaissais pas et des filles en costume-tailleur qui sprayaient du parfum sur des pailles en papier. Chanelle leur exposa son torse à moitié découvert.

— Giclez, mon nom c'est NumberFive, Chanelle NumberFive, giclez giclez, disait-elle en frappant sa poitrine pour que les vendeuses l'aspergent.

Nous avons descendu plusieurs escalators, au rayon literie les couchages étaient dressés dans des assortiments fleuris. Chanelle s'est laissée tomber sur un lit et a battu des bras pour faire l'empreinte de l'ange. La lumière me brûlait les yeux.

— Tu te souviens quand on se faisait plein de pépettes ?

Elle me tenait par le bras. Elle n'avait pas abandonné l'idée de monter son propre réseau, mais Van Gogh finalement ça faisait trop prise de tête. Elle avait attrapé une brosse à W.-C. et lui branlait le manche en gonflant sa joue droite.

— Chez Fell'Action on te récure en profondeur, tu vois ce que je veux dire ?

Un homme s'est retourné, elle lui a envoyé un baiser et s'est mise à rapper.

— *Sauf qu'en attendant c'est la dèche, on est sèches, cent cinquante balles pour qui veut me fourrer le derche.*

J'avais honte, j'ai dit Chanelle arrête stoplaît. Elle s'est assise sur la rampe de l'escalator.

— Je vais te montrer mon rayon préféré.

Je m'attendais à voir de la lingerie, des accessoires de femmes du genre que ma mère n'avait aucune chance de connaître. Nous avons débouché dans l'espace papeterie-loisirs. Des rayons entiers de criteriums de luxe, des post-it en forme de bouche, de cœur, de téléphone ou de Lego, des étagères d'agendas An 2000, des patchs Razmoket à coudre sur les vêtements troués, des machines à badges, des enveloppes, des journaux intimes et des feutres Crayola.

Chanelle s'est approchée pour me palper les poches et m'a crié dans le creux de l'oreille :

— Tu peux prendre tout ce que tu veux tant que ça rentre dans ta veste.

Elle s'est écartée pour mesurer l'effet de son annonce : j'étais perplexe. Jusqu'à présent je n'avais volé que les petits commerçants de chez nous. Des testeurs de rouge à lèvres à la pharmacie de l'Église et des cartouches d'encre à la papeterie du marché.

— T'inquiète. Je viens toutes les semaines.

Elle griffonnait sur un bloc-notes mis à disposition des bacs de feutres, approcha la mine de son nez, Banane, comme par hasard, je kiffe, et glissa le marqueur dans sa poche. Elle portait une doudoune blanche qui lui arrivait aux genoux. Le manteau était sale aux fesses, mais dans son dos le logo brodé brillait sous les néons du BHV. Je me contentais de la suivre jusqu'à ce que je tombe sur le CD-Rom Cosmopolitan Virtual Look. Je l'avais essayé chez mes voisines, on pouvait choisir sa coupe sa couleur ses yeux sa bouche son maquillage et ses bijoux. On pouvait littéralement devenir quelqu'un d'autre, mais pas n'importe quelle autre : la fille qu'on rêvait d'être. Je me suis demandé quelle version du jeu serait compatible avec le nouvel ordinateur de mon père, j'ai pris la plus récente, convertie en Magritte elle coûtait environ trois pipes. Je l'ai glissé dans ma ceinture, le plastique était froid sur mon ventre. À quelques mètres du CD-Rom j'ai vu une horloge Looney Tunes. Bunny était suspendu à l'aiguille des minutes et faisait une grimace en direction de Taz qui attendait les bras croisés sur sa poitrine, adossé à l'aiguille des heures. Le diable de Tasmanie était mon méchant préféré. L'horloge était plate, dans son emballage elle ne dépassait pas la taille d'une boîte de chocolats. Je l'ai coincée sous la brassière que je portais en attendant d'avoir assez de seins pour m'acheter un vrai soutien-gorge. J'ai retrouvé Chanelle qui assistait à une démonstration : une fille qui ressemblait aux personnages de Cosmopolitan Virtual Look avec les cheveux lisses et du gloss sur les lèvres versait des paillettes sur une licorne qu'elle venait d'appliquer au tampon.

— Je verse la poudre à embosser, ensuite je prends mon pistolet à chaleur et je chauffe jusqu'à ce que ça fonde. Regardez bien, mesdames, le relief va apparaître, voilà, vous voyez ça ? C'est de la magie, exactement. Certains le font au sèche-cheveux mais je vais vous dire un secret, le sèche-cheveux souffle toutes les paillettes, exactement, il souffle toutes les paillettes, alors que le pistolet à chaleur est prévu exprès pour ça, donc on évite un gros gâchis. Avec cet accessoire, mesdames, vous faites des cartes de vœux originales, vous faites des albums de famille, vous faites plaisir aux enfants… Vous fabriquez des souvenirs et les souvenirs, n'est-ce pas, ça n'a pas de prix.

Elle éteignit le pistolet. La licorne avait absorbé les paillettes et apparaissait en relief sur la feuille de Canson. La fille fit passer le chef-d'œuvre entre les mains de son public.

— Le pistolet ne coûte que quarante-neuf francs, profitez-en c'est une offre de Noël, en dehors des fêtes c'est soixante-dix-neuf francs.

Elle fit une nouvelle démonstration du gadget. Au moment où je prenais conscience que le pistolet avait la forme d'un pénis, Chanelle a demandé à la fille si elle pouvait l'essayer.

— On peut se le mettre là où je pense quand on en a marre des licornes ?

On aurait dû partir, mais on était prises au vertige du délit. Les caissières à bonnet de père Noël, la musique du magasin, les clientes en duffle-coat, les bribes de conversation, le sourire des conseillères de vente, les escalators inversés, les lumières, la foule, les cinq étages et le vide en contre-plongée – la plénitude m'engourdissait l'esprit.

Nous avons continué. Nos poches nous lestaient de pouvoir, un pouvoir d'achat sans limites, sans conscience, l'état le plus proche du plaisir depuis mes pannes de masturbation. Une chaleur irradiait entre mes jambes à chaque nouvel objet qui rejoignait mes poches : des fils de bracelets brésiliens, des fermoirs en attente de bijoux, un porte-clés LuluCastagnette, une perforeuse de trèfles à quatre feuilles, des cartes postales puzzle à décorer soi-même, un sac à sacs, des perles de rocaille, un minuteur cactus et des billes de verre pour l'aquarium d'Amanda.

Mon butin dépassait de ma veste. Je me suis mise en quête de Chanelle, il fallait que je surveille l'heure. Je l'ai trouvée au rayon déguisement. Elle avait enfilé des lunettes disco, avec sa doudoune blanche elle ressemblait à Lââm.

— Cette rabzouze qui se lisse les cheveux ?

Elle cracha sur le sol.

— On bouge ?

Chanelle garda les lunettes sur le nez et se laissa prendre par le bras. Elle chantait *J'aime regarder les filles* en changeant les paroles, *J'aime entuber les riches qui achètent de la merde*. Elle chantait en frôlant les clients, les gens se retournaient sur son passage. Nous approchions de la sortie du magasin. Le CD-Rom me ventousait la peau du ventre, les billes cliquetaient dans mes poches et Chanelle était saoule. Dans quelques mètres nous serions sur le trottoir avec vue sur l'Hôtel de Ville, dans dix minutes nous serions dans le RER, dans une heure je planquerais mes trésors sous la plaque d'égout du jardin de mon père où je cachais déjà mes cigarettes et ma trousse de maquillage. Nous étions sur le point de passer les portiques quand une annonce a coupé la musique que diffusaient les haut-parleurs. Victoire Delattre est attendue à l'accueil du magasin. Je répète Victoire Delattre est attendue à l'accueil. Chanelle s'est immobilisée, a bu une gorgée de rhum-Coca et bifurqué en tournant le dos à la sortie du magasin.

— C'est moi ! C'est moi, Victoire !

Elle se frayait un passage dans la foule en agitant sa fiole à bout de bras. Arrivée à l'accueil, elle la déposa bruyamment sur le comptoir.

— C'est moi ! Victoire ! annonça-t-elle, très essoufflée.

La standardiste dévisagea Chanelle, la fiole, encore Chanelle, et prit un mouchoir dans la boîte à disposition des clients pour essuyer les gouttes de rhum éclaboussées sur son bureau.

— Victoire de Lattre de Tassigny ?

Chanelle répondit Oui dans un rot gigantesque. La standardiste hocha la tête et souleva son téléphone.

J'ai pris son bras pour la pousser vers la sortie. Trente secondes plus tard nous étions rue de Rivoli, pliées de rire sur le trottoir. Les passants nous bousculaient, les bras chargés de paquets. En face, sur la patinoire du parvis de l'Hôtel de Ville, des amoureux pataugeaient dans la glace fondue. La tempête annoncée depuis trois jours était en train de se lever. Des papiers volaient dans nos jambes, les vêtements des motards claquaient dans les rafales. Le panneau d'un vendeur de tapis persans glissa sur la chaussée. Une voiture fit une embardée pour l'éviter. Tout le monde klaxonnait. Les gens couraient pour s'abriter. J'ai remonté ma capuche. Chanelle tirait la langue pour exprimer sa joie et esquissa une danse avec quelques coups de reins vers les vitrines du BHV.

— J'aime entuber les riches qui achètent de la merde…

Une main se referma sur mon biceps. À travers le moelleux de ma doudoune, j'ai senti que la poigne était ferme. À côté de moi, Chanelle, immobilisée par une clé de bras, se débattait en criant, mais sa voix se perdait dans le vent.

— Pédophile, pédophile, me touche pas !!!

Deux flics en civil se regardaient en rigolant.

— C'est une marrante celle-là. Allez venez les filles, on va parler shopping.

J'avais envisagé plusieurs manières de conquérir Paris. Elles n'étaient pas toutes légales, mais il n'avait jamais été question de me faire arrêter pour vol de perles de rocaille. En longeant l'Hôtel de Ville escortée par un policier, j'ai pensé à ma mère, comme elle serait déçue, parce que les métiers de la justice avec un casier c'était mort. Dans les emplois les mieux rémunérés des fiches du conseiller d'orientation, après avocat, il y avait dentiste. Dentiste c'était le métier des parents d'Élise, je ne pouvais pas lui faire ça, déjà qu'ils nous avaient volé ma sœur. En plus de ça j'avais éliminé tout ce qui impliquait de côtoyer l'intimité des autres, avec Magritte j'en avais eu ma claque.

Nous marchions depuis dix minutes. Le vent était glacé mais Chanelle refusait d'avancer. Elle détestait les flics. À cause de son beau-père : avant d'ouvrir des salles de sport il avait fait partie de la Police nationale. Elle se laissait pendre à la main qui lui maintenait le bras.

— Vous avez perdu vot' fourgon ?

Les policiers riaient. Eux non plus n'avaient pas prévu de gérer ce délit mineur. Ils achetaient du champagne quand les vigiles du BHV les avaient appelés à l'aide : à l'extérieur du magasin ils n'avaient plus le droit d'intervenir, mais ces gamines les avaient énervés, surtout la basanée qui narguait les clients.

— Faites des conneries, c'est de votre âge, mais faites-les discrètement.

Nous avons traversé la rue Saint-Denis. J'ai pensé à Miguel, lui qui courait dans la nature pendant qu'on m'emmenait au poste. J'avais vu des films où les délinquants sont relâchés par la police en échange d'informations. À force de voir passer le camion Octav'Eau sur le parking Bonaparte, je connaissais par cœur le téléphone de l'entreprise. Mais j'avais peur qu'en balançant Nelly je ne fasse qu'empirer mon cas, en France les prostituées sont passibles de poursuites, Miguel nous le répétait toutes les semaines pour qu'on ne fasse pas de bêtises. J'ai décidé de me taire.

— Videz vos poches.

Une femme nous avait prises en charge à l'accueil du commissariat. J'ai sorti tout ce que j'avais, le CD-Rom collé à mon nombril, l'horloge Taz sous ma brassière, le faux téléphone portable dont le clapet faisait miroir, les perles, les gommes, les tampons et le pistolet à chaleur.

— C'est tout ?

— Oui madame.

— Je vais vous fouiller donc si c'est pas tout ça va barder. Je répète : c'est tout ?

— Oui madame.

Elle nous fouilla. Dans le décolleté de Chanelle il y avait encore les lunettes disco et un masque de sommeil brodé Wake me only for sex.

— Vous avez dit Videz vos poches. Bah mes seins c'est pas des poches.

— Très drôle.

La marchandise allait être confiée au BHV pour estimer le montant du délit, ça risquait de prendre des heures.

— Et puisque vous faites les malignes je vais vous mettre en garde à vue, ça vous passera l'envie de venir nous voir.

En salle de garde à vue il n'y avait plus de place dans les cages. Elle a tiré deux chaises du couloir, elle nous a fait asseoir et nous a menottées chacune par un poignet aux barreaux du radiateur.

— Je vous laisse méditer là-dessus.

Chanelle a renversé la tête.

— J'ai que ça à foutre, putain.

J'ai vu défiler mes pensées négatives. La police appellerait ma mère, ma mère sauterait sur l'occasion pour mettre mon père face à ses responsabilités, mon père m'enverrait en Pologne dans un camp de redressement. J'allais finir ma vie noyée par mes codétenues dans un lac radioactif. Les pensées objectivement négatives faisaient référence à des faits réels et graves ; et en effet, deux heures plus tard, la police m'annonçait que mon père venait me chercher. Chanelle dormait, la tête contre le radiateur, assommée par le rhum-Coca. On l'avait réveillée une première fois pour nous annoncer le montant des courses qu'on avait oublié de payer. Il y en avait pour trois mille francs, mille deux cents pour moi et mille huit cents pour elle. J'ai fait le calcul dans ma tête, en comptant les tableaux d'honneur et l'augmentation trimestrielle, ça faisait soixante-cinq semaines d'argent de poche. Au temps du groupe Magritte, deux mois et vingt-quatre pipes auraient suffi à me tirer d'affaire.

— Va falloir se trouver du travail pour rembourser tout ça.

Le policier lançait une balle antistress en l'air et la rattrapait dans sa chute.

— Mais moi je travaille, tu crois quoi ?

À défaut de ses mains, Chanelle parlait en levant le menton.

— Ah ouais ? Dans quel domaine ?

Le flic jouait le jeu. Dans le couloir, ses collègues essayaient leurs nouveaux gilets pare-balles : des modèles spéciaux qu'ils avaient commandés en Israël pour encadrer la nuit du réveillon. Le compte à rebours faiblissait sur la tour Eiffel : plus d'un million de personnes étaient attendues sur les Champs-Élysées pour le passage à l'an 2000. Le ministère avait fait un appel aux volontaires et les équipes du premier arrondissement avaient répondu Présent.

— *C'est l'enfer de la mode, c'est vraiment super sympa.*

Ils chantaient en défilant dans leurs tenues de combat et Chanelle leur lançait des baisers sonores.

— Je travaille dans le domaine de l'amour, moi. Ça t'intéresse ? Je te fais un prix mon chou.

— Ah, ça s'achète l'amour maintenant ?

— Bien sûr. T'es con ou quoi ? Tu crois qu'on va t'aimer gratos avec ta tête de cul ?

Chanelle a soupiré. Sa mère aussi allait venir la

chercher, mais plus tard. D'abord elle devait finir le travail : elle n'allait pas prendre congé chaque fois que sa fille dérapait, sans quoi il y a longtemps qu'elle serait au chômage. Le flic a enlevé nos menottes, j'avais les poignets engourdis.

Dans la cellule qui faisait face à notre radiateur, il y avait un garçon qui s'était fait coffrer pour un vol de consoles. Chanelle s'est animée en entendant console, est-ce qu'il avait moyen de lui trouver la 64 ? En magasin c'était vraiment trop cher. Le policier a levé la main, son fils aussi en voulait une et avec l'augmentation des budgets de sécurité leurs primes de fin d'année allaient être revues à la baisse.

— Moi je vends plus rien aux shtars, y a trop de balances chez vous.

Le garçon a craché par terre et le flic a dit Oh.

Chanelle lui a parlé de ses jeux préférés, après Gran Turismo et Tomb Raider ce qu'elle aimait c'était les jeux de combat mais seulement ceux où il y avait des femmes, et il n'y en avait pas beaucoup. Encouragé par les connaissances de Chanelle, il s'est lancé dans une présentation détaillée de toutes les Fnac de Paris. Place des Ternes, pour sortir des consoles, il fallait demander les toilettes au dernier étage, prétexter un problème de fille, c'est ce qu'il faisait avec sa sœur, au fond des toilettes il y avait une fenêtre qui donnait sur l'immeuble voisin, ensuite il suffisait de descendre par un escalier de service. À Montparnasse, le troisième portique était en panne depuis deux semaines. À Saint-Lazare, le vigile était un cousin, pour un billet de cinquante il te gardait ton sac.

— Tu repasses à la fermeture, et hop.

On pouvait y aller de sa part.

— Moi c'est Teddy. Enchanté.

Teddy nous a tendu son coude parce qu'il avait les poignets menottés dans le dos.

— Ça va, je vous dérange pas ?

Le flic lui lançait des boulettes de papier. Teddy voulait fumer.

— Les filles ! Vous avez pas une clope ?

On a secoué la tête, Chanelle a dit J'ai même plus de tise à cette heure-ci. Teddy s'est tourné vers l'officier de garde. Il avait remplacé la balle antistress par une cigarette qu'il tassait en prenant son temps. Teddy et lui ont négocié le prix de la Nintendo jusqu'à ce que le policier finisse par lui lancer sa clope. Teddy l'a grillée sans les mains, Ça va j'ai l'habitude, nous a-t-il rassurées en découvrant nos mines perplexes.

J'ai réveillé Chanelle une deuxième fois quand on m'a annoncé que mon père arrivait. Elle avait la bouche pâteuse, je suis allée lui chercher un verre d'eau. Elle l'a descendu d'une traite. En reposant le gobelet, elle avait les prunelles en feu et elle a dit Je vous préviens je pars pas d'ici sans ma fiole. Elle l'avait héritée de son père. Son vrai père : le touriste américain que sa mère avait rencontré dans un club de bachata. Ils avaient vécu quelques mois sur la plage d'Itacaré dans un bungalow qu'il louait pendant qu'il pratiquait le surf. Le jour de son départ, il lui avait laissé son nom et son adresse sur un morceau de papier, son bracelet en bois de coco, son briquet à essence et sa fiole fétiche. En découvrant sa grossesse, sa mère avait aussi découvert qu'elle avait perdu le papier. Elle avait contacté l'école de surf, mais les jeunes Brésiliennes à la recherche de papiers, ça ne trompait plus personne. On lui avait ri au nez et elle avait abandonné.

— Un jour je le retrouverai.

Sur la fiole il y avait ses initiales, A.S., A comme Alan, ça au moins sa mère n'avait pas oublié. C'était la première fois que j'entendais Chanelle parler de son père américain. Le policier écoutait son histoire, la tête penchée de côté, serrant et desserrant la balle antistress dans son poing.

— D'ailleurs vous avez pas des fichiers de recherches internationales, ici ?

— Je vais voir ce que je peux faire.

Dix minutes plus tard il revenait avec la fiole et vidait son contenu dans une poubelle.

— Rassure-moi, le rhum c'était pas celui de ton père ?

Chanelle a regardé ailleurs pour éviter de s'énerver. Il nous a offert un jeton pour prendre un chocolat au distributeur de boissons.

— Gratte-toi les joues, ça fait genre t'as pleuré.

Elle m'a malaxé les pommettes, m'a donné quelques gifles rapides, sèches, du bout des doigts. La douleur a failli libérer toutes les larmes que la peur concentrait en moi. Mais je ne pouvais pas craquer là, au milieu des flics, des mecs en cage, du défilé de l'an 2000 et des menaces d'attentat.

Mon père ne m'a pas saluée quand je suis entrée dans le bureau du commissaire. J'ai eu droit au laïus de rigueur : le casier judiciaire, le respect de la loi et celui des parents. Mon père hochait la tête, machinalement, comme les chiens-gadgets qu'on trouve sur les plages arrière des voitures. Le commissaire l'invitait à prendre les mesures nécessaires pour que cela ne se reproduise plus, mais sans exagérer non plus, c'est pas une grosse bêtise, avait-il ajouté quand mon père avait fait craquer ses dix doigts. Il n'avait toujours pas parlé au moment où il sortit son portefeuille de la poche intérieure de sa veste. Il prit son temps pour en tirer un papier rectangulaire blanc. Il le plia, le déchira deux fois, recommença l'opération à trois reprises avant de faire glisser le tout vers moi. Le commissaire nous observait. Les confettis, c'était mon entrée à Eurodisney. Mon père avait gagné des places par son comité d'entreprise. Sa nouvelle compagne viendrait avec sa nièce de huit ans, ce serait notre première activité de famille recomposée. Depuis deux mois, chaque fois qu'il ratait un week-end de garde, une sortie d'école, une promesse, il se rattrapait avec Eurodisney et la chance qu'on avait d'avoir gagné ces places. Il y avait un sapin de vingt-cinq mètres de haut, le plus grand d'Île-de-France. Plus de sept mille ampoules lumineuses, un kilomètre de guirlandes et des centaines de figurines en massepain avaient été nécessaires à sa décoration. Kat Linh avait vu la cérémonie d'illumination. Elle allait tous les ans au parc. Elle m'avait raconté l'arrivée du Père Noël, debout dans son traîneau sur la musique de *Fantasia*. Il choisissait un enfant au hasard parmi les visiteurs et l'asseyait à ses côtés sur une pile de paquets cadeaux. Une année c'était elle qu'il avait élue.

— Obligé, les vieux kiffent les enfants bridés t'as vu ?

Tiré par des chevaux, le traîneau avançait jusqu'au château de la Belle au bois dormant, où un Mickey géant les attendait.

— Mais c'est des rennes qu'il a le Père Noël.

Kat Linh avait accueilli ma remarque avec indifférence :

— Qu'est-ce que j'en sais moi ? Wesh, je suis pas spécialiste en animaux de Noël.

Mickey portait un costume d'apprenti sorcier en éclats de miroir et l'enfant, d'un coup de baguette magique, envoyait un rayon lumineux qui ricochait sur le sapin de vingt-cinq mètres. Kat Linh m'avait ramené un prospectus publicitaire pour la parade exceptionnelle du 31 décembre. Les chorégraphies du défilé étaient librement inspirées du *Casse-Noisette* de *Fantasia*. À minuit, disait la plaquette, tous nos vœux seraient exaucés. Un moment, j'ai cru qu'elle m'enviait de pouvoir y assister et pas elle, et ça m'a fait plaisir. Elle avait cherché des billets mais la soirée était déjà complète à cause de la Miss France qui était invitée d'honneur.

J'ai pensé à Kat Linh suçant un sucre d'orge, à *Casse-Noisette* qui me persécutait et à Miss France avec son soutien-gorge en noix de coco. J'ai pensé aux vœux que j'avais déjà faits pour les réverbères qui s'allument et dont j'attendais toujours qu'ils s'exaucent : vivre à Paris, perdre mon pucelage avant le bug de l'an 2000 et retrouver ma mère comme elle était avant.

Mon père avait repris sa contemplation du carrelage et le commissaire dessinait des losanges sur son calendrier du PSG.

— Allez, on oublie le casier judiciaire pour cette fois, disons que c'est une erreur de jeunesse. Mais je veux plus te revoir ici, c'est clair ?

C'était clair. Il a serré la main de mon père, posé la sienne sur mon épaule et nous a raccompagnés à la porte.

— Je sens que ça va barder, a-t-il dit en passant la tête dehors où le vent avait redoublé.

Mon père marchait vite. Au centre de Paris le parking est à la minute. Dans l'ascenseur, il m'a fixée en silence. J'ai reconnu le regard qu'il avait quand il réfléchissait à une bonne punition. Arrivés devant la voiture, il a enlevé sa veste, l'a posée sur la banquette arrière et a relevé ses manches avant de faire le tour du véhicule pour déverrouiller ma portière. Au dernier moment, il s'est arrêté et m'a giflée deux fois. D'abord à droite. Puis à gauche. Mes joues étaient encore tièdes des baffettes de Chanelle, mais sa force n'avait rien à voir avec celle de mon père. J'ai gardé le visage figé dans la direction où l'avait envoyé le dernier coup, et face au mur du parking, j'ai laissé couler quelques larmes. Mon père ne supportait pas les sanglots, comme Rico : j'allais m'en prendre une autre s'il me voyait morveuse. Je me suis essuyée avec le bord de mon écharpe, elle était glaciale et mouillée. J'ai pris trois grandes respirations, mes yeux se sont séchés, les numéros des places de parking ont repris leurs contours précis, sur le voyant de la sortie de secours j'ai reconnu la silhouette verte qui prenait ses jambes à son cou. J'ai reniflé une dernière fois pour ravaler mes glaires et je suis montée dans la voiture qui avait commencé sa marche arrière. Elle sentait l'antimite. Mon père a donné un coup d'accélérateur dans la rampe en colimaçon qui conduisait vers la sortie avant de freiner d'un coup sec : un panneau de signalisation avait chuté sur la chaussée. Il est sorti pour aider l'employé qui essayait de le redresser. J'en ai profité pour chercher des mouchoirs dans la porte, puis dans la boîte à gants. Il n'y avait pas de mouchoirs. Il n'y avait que des cartes routières, des bonbons à la menthe, une boîte de préservatifs et une paire de menottes recouvertes de fourrure rose.

Chanelle se sentait coupable pour Disney. Je lui ai juré que c'était pas grave, que je m'en foutais de Miss France et du sapin géant. Ma mère avait prévu de réveillonner dans le Berry chez une amie d'enfance qui lui remontait le moral.

— Hors de question que je fasse la baby-sitter pour ton père, c'est à lui d'assumer cette histoire.

Mon père ne pouvait pas annuler la soirée, mes frères et la nièce de huit ans n'avaient pas mérité une chose pareille. Je pouvais rester chez ma mère, mais il m'avait prévenu qu'il me téléphonerait une fois par heure – jamais à la même heure, pour que je ne puisse pas sortir. Il appellerait aussi les voisins pour s'assurer que je ne faisais pas de bruit. J'ai dit D'accord. J'ai proposé à Chanelle de me tenir compagnie. Nordine avait réservé une suite dans un ancien château transformé en hôtel pour leur soirée du jour de l'An. Elle l'annula.

— Tu sais tout ce qu'il veut c'est baiser. Il peut attendre jusqu'au 1er janvier.

Elle s'est pointée avec sa sœur Malia, dans une tenue d'écolière japonaise : elle était déguisée en Sakura de

Street Fighter, son deuxième personnage de jeu vidéo préféré après la Lara Croft de Tomb Raider. Malia portait un ensemble de danseuse orientale turquoise, avec une ceinture brodée de miroirs microscopiques et un turban noué sur ses cheveux bouclés. Dis-lui qu'elle ressemble à Jasmine, m'a murmuré Chanelle en arrivant et j'ai dit à Malia, en lui tendant la main :

— *Tu as confiance en moi ?*

— Quoi ?

C'était la bonne réplique d'*Aladdin*, sauf que Malia le disait sincèrement et pas pour imiter Jasmine. Elle s'est réfugiée entre les jambes de sa sœur.

— Je savais pas qu'il fallait que je me déguise.

Chanelle a fait un tour sur elle-même pour faire voler sa jupe plissée : c'était la tenue qu'elle avait prévu de porter dans la suite réservée par Nordine. Annuler le château ne lui faisait ni chaud ni froid, mais renoncer à son costume c'était pas la peine d'y penser. Elle a proposé de m'en fabriquer un.

— C'est qui ton héroïne préférée ?

J'hésitais. Il y avait Ophélie Winter mais elle était trop blonde pour que je lui ressemble, et puis en quelque sorte si je la choisissais je trahissais Rachel, même si c'était ma sœur qui m'avait trahie la première. Ça sert à rien de rendre le mal par le mal, m'avait appris Chanelle qui le tenait elle-même des membres de la communauté de Jésus. La seule autre héroïne qui me venait à l'esprit c'était Anne Frank parce qu'elle avait vécu toutes ces années confinée dans l'Annexe avec sa sœur et ses parents en attendant de pouvoir retrouver sa vie d'adolescente normale, en attendant de pouvoir rire et d'être heureuse sans culpabiliser pour les autres juifs qui meurent mais qu'à la fin elle meurt quand même comme un million et demi d'enfants tués pendant la guerre. Chanelle m'a écoutée parler en pressant la main sur sa bouche, elle trouvait cette histoire horrible, la seule Annexe qu'elle connaissait c'était une boîte de nuit à Saint-Laurent-du-Var où elle allait quand elle habitait dans le Sud. Ensuite on n'a rien dit pendant quelques instants, c'était comme une minute de silence naturelle. Peut-être qu'elle pensait au million et demi de victimes mineures assassinées par les nazis, peut-être qu'elle pensait aux ancêtres esclaves de sa mère et peut-être qu'elle pensait simplement à mon déguisement parce qu'elle a fini par trancher :

— Anne Frank, c'est cool. Ça change de Pretty Woman.

Avec Nordine ils fréquentaient des soirées costumées.

— Bah je te jure y a toujours trois ou quatre Pretty Woman dans le tas. C'est quoi le problème de ces filles ? Elles ont pas d'imagination ?

Je suis allée chercher mon livre. Sur la couverture du *Journal*, Anne Frank portait une montre et un corsage blanc. Ses cheveux étaient séparés par une raie et retenus par des pinces. Elle avait l'air extrêmement sage. Chanelle a fait une petite moue : Pretty Woman était plus drôle à imiter. J'ai dit On n'a qu'à faire une étoile jaune ! et j'ai expliqué à Chanelle pourquoi Anne Frank devait porter l'étoile.

— C'est parti pour l'étoile.

Ma mère collectionnait les vieux cartons, qu'elle

recyclait pour les activités de développement de Simon. J'ai pris un pack de cassonade et j'ai découpé une étoile que Malia a peinte avec une bombe dorée. Chanelle me l'a accrochée au corsage, sa sœur a réclamé la même et pour finir on a eu chacune la nôtre.

— C'est joli.

Elle trouvait qu'Anne Frank et moi on avait un air de famille. Le côté sage, ou peut-être la forme du nez. On s'est prises en photo avec l'appareil familial qui n'avait pas servi depuis que je n'avais plus de famille.

— Au fait Chanelle, c'était vrai pour la fiole ? Elle appartenait à ton père ?

— Quelle fiole ?

Je lui ai rappelé l'histoire de la plage d'Itacaré et de la fiole fétiche.

— Ah, ça ! Bien sûr que non c'était pas vrai. Mais les flics faut les attendrir sinon ils se la jouent cœur de pierre.

Malia a dit qu'elle avait faim. La pizzeria était fermée, j'ai proposé une raclette. On épluchait les pommes de terre quand j'ai entendu la sonnette. Mon père était à Eurodisney, Kat Linh à Courbevoie et Rachel en Espagne. J'ai regardé Chanelle, Chanelle m'a regardée, Putain je suis sûre que c'est Nordine. Au même moment Malia a crié C'est Nordine ! et Chanelle a lâché son couteau sur la table.

— Putain ! Il peut pas me laisser tranquille ?

Nordine attendait au portail. Dans sa voiture le moteur tournait et des types parlaient entre eux. Il portait un costard blanc pattes d'éléphant et les cheveux gominés en arrière. D'habitude Nordine c'était plutôt les bombardiers en cuir et les chaussures Caterpillar, ça voulait dire que lui aussi il avait gardé le déguisement. Chanelle l'embrassait sur la bouche, hissée sur la pointe des pieds on voyait sa culotte dépasser de la jupe plissée. À ce moment-là j'ai cru qu'il allait l'emmener, que je resterais seule avec sa sœur, la raclette et mon étoile jaune. Nordine lui pelotait les fesses et j'entendais Chanelle qui criait Tes mains froides !

— Tu crois qu'elle va partir avec lui ?

Malia a serré ma main dans la sienne.

— Mais non ! T'es folle, c'est beaucoup mieux chez toi.

Quelques secondes plus tard Chanelle revenait en courant.

— Nordine a une surprise pour nous !

Elle a ouvert grande la fenêtre, le froid s'est engouffré dans le salon, j'ai vu ses tétons poindre sous la chemise Sakura. Nordine a fait un signe à ses amis et la musique a commencé. Planté au milieu de la route, il moulinait avec ses bras et sautillait en pas chassés.

— Tu reconnais ?

J'ai dit : Michael Jackson ? Chanelle a explosé de rire et m'a prise par les épaules.

— Mais non, t'es con. John Travolta, *La Fièvre du samedi soir* !

Ses amis faisaient des effets de lumière avec les phares de la voiture. Un couple qui passait par là s'est arrêté pour l'imiter. Une voisine frappait des mains sur son palier de porte. Une moto a klaxonné trois fois en contournant la piste de danse. Malia riait, riait, riait. Je ne reconnaissais plus ma rue. Pour finir Nordine a fait trois pirouettes pour regagner son véhicule, a repris le volant et s'est éloigné en criant Bonne année ! Vive la fin du monde ! et on a fermé la fenêtre : la tempête secouait les arbres.

Les patates étaient cuites. Chanelle m'a demandé si je pouvais allumer la cheminée, elle n'avait jamais vu de feu, enfin pas des feux de maison. Nous avons mangé la raclette en regardant bouger les flammes, j'ai mis de la musique, Chanelle a sorti son alcool, On est bien mieux chez toi qu'à Disney, et on a fait cul sec à la santé de Pocahontas. Malia a dit Et pour Jasmine ? alors on a bu pour Jasmine.

— Et pour Mulan ?

On a encore bu pour Mulan.

— Et pour Esmeralda ?

On a bu pour Esmeralda en chantant *Moi l'exclue l'impure la Gitane* : Chanelle connaissait les paroles par cœur. J'ai commencé à être saoule.

C'est plus tard qu'elle m'a demandé si je voulais qu'elle jette un œil à mon problème de masturbation. J'ai ri.

— Comment ça ?

— Quoi, comment ça ? Je regarde, c'est tout. Allonge-toi.

Malia dormait dans la chambre de mes frères. Je me suis étalée sur ma couette. C'était moelleux comme un nuage. Elle a baissé mon collant, puis ma culotte, et elle s'est allongée sur le ventre pour m'ausculter de plus près. Elle écartait mes lèvres entre deux doigts et me pinçait le clitoris de l'autre main, Tu sens quelque chose ?

— Tu me pinces, donc oui je sens que tu me pinces.

— T'es pas paralysée alors. C'est déjà ça.

Elle me palpait la vulve, concentrée comme un médecin. L'étoile jaune brillait sur mon torse.

— T'es sûre que tu sais te masturber ?

Je ne savais pas quoi répondre : je me branlais comme je pouvais. J'ai ri.

— Tu penses à quoi quand tu te branles ?

J'ai encore ri, cette fois-ci parce que j'avais honte. Mais comme l'alcool me désinhibait, j'ai dit Aux filles de l'école Sainte-Catherine. Chanelle est sortie de mon entrejambe et a secoué la tête pour se libérer de ses boucles.

— T'es sérieuse ? Les filles de l'école Sainte-Catherine ? Bah voilà ton problème !

Elle s'est calée sur son coude pour poser le visage dans sa paume.

— On va se branler ensemble comme ça je regarde si tu fais juste.

Elle a retiré ses vêtements avant de s'allonger près de moi. Elle se rasait le pubis à cause des vidéos qu'elle faisait pour Nordine. À la place des poils, elle avait des boutons : des boutons blancs qu'elle perçait sur mon lit.

— Chanelle, arrête.

— Je te dégoûte ?

Je lui retenais le poignet. Ça ne me dégoûtait pas, ça me faisait mal de la voir s'abîmer la peau. En giclant, le pus projetait aussi du sang.

— Les filles de Sainte-Catherine, j'hallucine, Tenness, mais elles sont moches avec leurs uniformes, pense à moi au moins quand tu veux prendre ton pied.

Elle agita ses cinq doigts sous mon nez. Elle isola l'index et le majeur, On va commencer comme ça, d'accord ? Elle posa la main sur son sexe, l'enleva, changea de position pour que nous soyons tête-bêche et que chacune puisse observer l'autre. Après quelques minutes elle prit ma main pour la guider sur elle.

— Comme ça tu sentiras mieux le geste.

— D'accord.

Elle se touchait avec mes doigts. Entre ses jambes c'était comme dans sa bouche : baveux. Elle m'expliqua les changements de vitesse, la pression, les cercles, les pauses. Puis elle cessa de m'expliquer, un peu comme l'avait fait Miguel dans la voiture, sauf que Chanelle ne m'insultait pas, n'avait pas de poireau sur la verge et pas de verge du tout, rien d'effrayant à part un clitoris très dur, très doux, et quelques boutons blancs sur le pubis. Elle continua à promener ma main sur elle, utilisa la malléole de mon poignet, ma paume, son revers, appuya, caressa, frôla, s'accrocha à mes jambes, poussa d'abord des râles, puis des gémissements, et quand elle termina de jouir, il était minuit huit, l'an 2000 était arrivé, nous étions bien vivantes et le téléphone sonnait.

Le samedi 1er janvier de l'an 2000 j'ai été réveillée par le bruit d'une tronçonneuse. Chanelle n'était plus dans mon lit et j'avais de la bouillie qui flottait dans le crâne. Je me suis traînée à la fenêtre. Les voisins découpaient l'arbre que la tempête avait précipité sur leur voiture. Tina était assise sur un tronçon de bois avec une coupe de champagne et ses gants de jardinage, les cheveux couverts des paillettes de la veille. Elle donnait des instructions à son mari plié en deux sur le grillage et terminait chaque phrase en criant Attention à tes doigts.

Je suis retournée me coucher. Je n'ai pas réussi à dormir. Chaque fois que je fermais les yeux, les pensées paranoïaques envahissaient ce qu'il restait de mes neurones tassés sur un radeau secoué par les flots. Une étoile phosphorescente s'est décollée de mon plafond. Elle m'est tombée sur le front, j'ai décidé d'y voir un signe. Un signe de quoi, aucune idée, mais le signe de quelque chose. C'était le premier jour de l'an 2000, j'avais déjoué la punition de mon père, touché le sexe de Chanelle et bu plus d'alcool que de Coca de toute ma vie.

Le single de *Strong Enough* tournait en boucle sur la chaîne, c'était Chanelle qui me l'avait offert après l'histoire du BHV. Cher était rousse comme Axelle Red, je n'aimais pas Mylène Farmer mais j'aimais Isabelle Boulay et j'adorais Ginger Spice. J'ai pris la bonne résolution d'avoir une personnalité piquante. J'ai collé l'étoile en plastique sur le pied de ma lampe de chevet pour penser à m'en souvenir. Je me suis traînée jusqu'au rez-de-chaussée pour consulter le répondeur : ma sœur n'avait pas cherché à me joindre pour me souhaiter la bonne année ni même pour vérifier que la maison n'avait pas explosé à cause du vieil ordinateur. À la cuisine, j'ai bu un verre de lait et en rangeant l'appareil à raclette j'ai vu une lettre sur le plateau du lave-vaisselle. Dessus il y avait mon nom et mon adresse imprimés sur une étiquette. Le juge des enfants du tribunal de Bobigny acceptait ma demande de stage, merci de confirmer en appelant le secrétariat à partir du lundi 3 janvier. J'ai reposé la lettre, j'ai mangé une poignée d'amandes, je l'ai relue encore une fois, j'y ai vu les premiers effets de ma bonne résolution, j'ai pensé à ma mère, puis j'ai compris que Bobigny n'était pas à Paris mais en Seine-Saint-Denis et que je n'avais jamais envoyé de demande dans le quatre-vingt-treize.

Ma mère a insisté pour que j'accepte le stage. La fonction publique, les rangs de la magistrature, c'était bien mieux que les avocats. Oui, elle s'était permis d'envoyer une copie de ma lettre au tribunal de Bobigny. Oui, elle l'avait fait sans mon accord, et elle ne le regrettait pas, c'était une opportunité qui pouvait changer mon destin. Comme si la Seine-Saint-Denis avait à voir avec l'avenir.

— Je veux faire mon stage à Paris ! T'as pas compris ou quoi ?

Elle s'est mise à pleurer en récitant la liste de tous les traits qu'elle avait tirés sur sa vie pour le bien-être de ses enfants et les tartines de bouse qu'elle se farcissait en retour. Qu'elle aurait bien aimé faire le métier de ses rêves, ornithologue ou chef d'orchestre, s'installer à Toulouse, vivre sur une péniche. Qu'elle n'avait jamais demandé que son mari-depuis-quinze-ans l'abandonne pour une autre femme. Qu'elle avait signé pour un projet familial et qu'elle se retrouvait avec un fardeau sur les bras, Et quand je fais des pieds et des mains pour t'offrir un avenir tu trouves encore le moyen de chipoter pour des détails.

La Seine-Saint-Denis n'était pas un détail pour moi, mais j'ai fini par accepter le stage. Contrarier ses projets augmentait mes pensées négatives : pour éponger sa déception elle s'achèterait des jeans à strass et mangerait du riz cantonais sur la table basse en ébène avec son type de la Civette. Elle m'a tendu le téléphone en composant le numéro du tribunal de grande instance. J'ai bredouillé un bonjour incompréhensible, elle a fini par m'arracher le combiné des mains, Ma fille est très très honorée d'avoir été prise chez vous. On aurait dit qu'elle recevait une greffe de reins tellement elle se vautrait dans la reconnaissance.

— C'est rien madame, on en prend tous les ans des jeunes, a répondu la secrétaire d'une voix pleine d'indulgence.

Pour fêter ça j'ai proposé d'aller nous chercher une pizza. Ludwig et Simon étaient encore chez mon père. J'ai décidé d'attendre la fin du service pour que René soit disponible. J'ai tenu compagnie à ma mère et à neuf heures et demie je me suis habillée coiffée maquillée parfumée et je suis descendue à la pizzeria. René était là, dans un sweat Dia maculé de farine. Il parlait avec deux amis en alignant des boules de pâte sur le plan de travail.

— Je te la fais livrer ?

Il était fier de m'offrir un service sans avoir à faire le larbin. J'ai dit Non, c'est bon, je vais attendre. Je me suis fumé une cigarette sur le trottoir en le regardant étaler la pizza à travers la vitrine du snack. Rire avec ses potes. Retrousser ses manches en se passant le bras sous le menton. Émietter les cœurs d'artichauts. Disposer des champignons. Saupoudrer de l'origan.

Dehors, les sapins morts avec leurs branches nues obstruaient le paysage : on aurait dit que la forêt crachait ses poumons souffreteux sur les trottoirs du centre-ville. Les décorations de Noël avaient été rangées, la chorale s'était tue. La rue n'existait plus, avalée par la nuit. La cigarette me faisait saliver. J'ai senti mes côtes se détendre, mes poumons se gonfler, mon ventre se dénouer. J'ai senti la chaleur monter comme quand j'avais le CD-Rom serré contre mon cœur et toutes les perspectives de relooking qui m'attendaient. René enfonçait les olives dans la pâte. Il s'est emparé de la pelle, l'a fait glisser sous la pizza en donnant trois à-coups du bras. Karim lui a ouvert le four. Une ampoule grésillait au plafond. Je me suis adossée au caisson en plastique des mobylettes de livraison pour mieux profiter du spectacle : ça pouvait ressembler au bonheur.

Après Magritte, je pensais que l'humanité ne pouvait plus me surprendre en matière de comportements déviants. À Bobigny, j'ai compris que la perversité n'avait pas de limites, à part celle du secret professionnel : les mineurs en danger doivent être protégés par la justice, et parmi les menaces qui les guettent il y a les stagiaires de troisième qui ouvrent trop la bouche.

— C'est pour ça qu'on applique des clauses de confidentialité très strictes, m'a expliqué la secrétaire en m'accueillant le premier jour.

Je n'aurais pas accès aux dossiers mais je pourrais assister à certaines réunions, apporter mon soutien logistique, observer les éducateurs et rencontrer M. le président, pas Chirac bien entendu – elle eut un rire programmé, c'était sa blague récurrente –, le président du tribunal des enfants qui s'appelait juge Rosenberg, le genre de nom qui faisait plaisir à ma mère. Mais avant tout elle allait me faire faire un badge. Au sous-sol il y avait un endroit qui s'occupait de délivrer des bons de circulation. Elle marchait vite, ses chevilles chancelaient dans ses escarpins à talons et elle tenait une pile de documents serrés comme un bébé sur sa poitrine. Après plusieurs virages dans des couloirs larges et glacés, nous avons débarqué dans un hangar où les gens portaient des doudounes sans manches et poussaient des chariots de dossiers.

— Ici, ils gèrent aussi les archives, la messagerie et le service de documentation.

La secrétaire tutoyait tout le monde. Quatorze ans qu'elle travaillait à Bobigny, c'était même son premier emploi, et c'était devenu sa famille, Une très très grande famille parce qu'on est six cents employés dont la moitié de fonctionnaires. La seule absence qu'on pouvait lui reprocher c'était son congé mat' et encore elle l'avait écourté, le juge Rosenberg était un passionné qui savait transmettre sa passion, avec lui travailler n'était pas travailler, au contraire c'était un plaisir.

— Fred, je te présente l'heureuse élue du nouveau millénaire ! J'ai besoin que tu lui fasses un badge. Temporaire. S'il te plaît mon chéri.

Fred a grattouillé sa grosse moustache puis joint les mains derrière la tête, pas pressé de se mettre au travail.

— Pour ta gouverne ma petite Mimi le nouveau millénaire commencera l'année prochaine. Repassez me voir dans un an.

Mimi a fait son rire programmé.

— Mais tu me connais j'ai toujours une longueur d'avance.

Elle a posé sa pile de dossiers sur le bureau de Fred, poussé un gros soupir et pris une feuille de renseignements au deuxième étage d'une trieuse.

— Un stylo mon chéri. S'il te plaît.

Fred lui a tendu un stylo et m'a fait un clin d'œil. Mimi me désignait la chaise, la feuille et le stylo.

— Je te laisse la remplir bien attentivement, je reviens dans quelques minutes. Fred, je te confie l'heureuse élue, ne me la traumatise pas. S'il te plaît.

Fred a attendu qu'elle s'éloigne pour siffloter l'air de *P'tite conne*. J'ai pensé à René et ça m'a fait sourire. Est-ce que ses parents l'avaient appelé Renaud à cause du chanteur de *P'tite conne* ? L'avantage de Bobigny c'est qu'il n'y avait pas de ligne directe. En attendant le réseau secret de Damien et les rames réversibles automotrices qui désengorgeraient la capitale, il fallait faire un changement à Gare du Nord, prendre le métro, marcher. De porte à porte j'en avais pour une heure. En traînant bien, je rentrerais à l'heure où il ouvrait la pizzeria.

— T'aimes la chanson française ?

Fred se curait les dents avec la mine d'un critérium.

— Nan, pas trop, je préfère la gastronomie italienne.

Il a froncé les sourcils en souriant.

— Ah ouais ? Et t'écoutes quoi en gastronomie italienne ?

— La quatre-saisons par exemple.

— Ah bon ? Les jeunes aiment Vivaldi ? C'est nouveau, ça.

— Surtout avec des artichauts. Mais c'est plus cher.

Fred s'est marré. Il hochait la tête comme si j'étais sa fille et que je ramenais une médaille. Il a pris ma fiche, recopié les informations sur un morceau de carton, l'a tamponné et a pivoté sur sa chaise pour accéder à une machine qui ressemblait à un grille-pain. Il a glissé le morceau de carton à l'intérieur et quelques secondes plus tard j'avais un badge plastifié avec mon nom sous un dessin de balance qui ressemblait à deux couilles molles embrochées sur un glaive.

— L'emblème de la justice, a conclu Fred sans émotion.

— Ma-gni-fique, a dit Mimi en fixant le badge sur ma poitrine.

Si le groupe Magritte se faisait prendre, c'était ce symbole qui nous jugerait. Nous avons visité la cafète, la cantine, une salle d'audience, les toilettes parce-qu'on-ne-sait-jamais et la salle des pas perdus où des seaux en plastique recevaient l'eau qui gouttait du plafond.

— C'est vrai qu'on manque un peu de moyens.

Mimi a haussé les épaules, C'est la vie. Elle s'appelait Mylène Moritz, c'était le nom de son mari, En allemand ça veut dire Maurice, précisa-t-elle en murmurant comme si elle me confiait l'adresse des mines d'or du roi Salomon. Les anciens lui disaient Mimi mais pour des questions de hiérarchie les stagiaires devaient dire Madame. Le respect c'est le meilleur moyen de faire honneur à la justice et il faut bien commencer quelque part, conclut-elle en bombant le torse.

J'ai passé le reste de la journée à prendre connaissance des brochures qu'elle entassait sur la table ronde placée en face de son bureau ; mon espace de travail pour les cinq jours à venir. Mimi m'avait tout de suite prévenue : mon référent, mon mentor, mon rapport de stage, ce serait elle. Proportionnellement parlant fallait pas se faire d'illusions j'avais plus de chances d'exercer un jour son métier que celui du juge des enfants. Ça ne voulait pas dire que c'était un second choix, bien au contraire, sans elle ici ça ne tournerait pas rond. Elle bombait à nouveau le torse, les boutonnières de son chandail n'allaient pas lui faire la journée. Je ne devais négliger aucun aspect de son travail, d'ailleurs dans le rapport de stage elle noterait avant tout ma qualité d'écoute et mon sens de l'observation.

Le lendemain j'avais rendez-vous avec le juge des enfants, pas le président Rosenberg, seulement un juge qui exerçait sous sa magistrature. C'était une femme mais il fallait l'appeler madame le juge, encore une question de respect.

— Pour ne rien arranger tout le monde se trompe parce que je m'appelle Dominique.

Mme le juge Dominique essorait un sachet de thé sur le rebord d'une tasse fendue. J'ai reconnu l'étiquette du Lipton Morocco Mint. Celui-là aussi je l'avais demandé à ma mère.

— Pour quoi faire ? Y a plein de menthe au jardin, avait-elle répondu en me désignant les plates-bandes envahies d'orties.

Mme le juge parlait encore de son prénom en faisant des théories sur l'ironie du sort, la longueur des études de droit et le sens de la volonté. J'ai rien compris à part la conclusion qui disait à peu près l'importance de sa fonction. À la question Pourquoi le tribunal de Bobigny j'ai dit que je voulais faire avocate.

— Ah mais ce n'est pas du tout la même chose. Vous connaissez la différence entre le juge et l'avocat ?

Là j'ai vraiment maudit ma mère. À côté de moi Mimi secouait les avant-bras comme une poule qui bat des ailes. Elle crevait d'envie de répondre à ma place. L'avocat défend son client qu'il soit coupable ou innocent. Le juge en temps normal établit la responsabilité des parties mais le juge des enfants – qu'il ne faut pas confondre avec les affaires familiales – c'est un peu différent, il est à la fois juge civil et pénal et sa mission principale c'est de protéger les mineurs, même s'il doit parfois prendre des mesures contraignantes. J'ai gardé le silence pendant qu'elle m'énumérait les cas qu'elle était amenée à gérer, la maltraitance bien entendu, les fugues, les incestes, plus rarement les tentatives de meurtre et tous types de délits qui sont souvent la conséquence d'un environnement pathogène. Elle enroulait le fil du sachet de thé sur son doigt. Arrivée à l'agrafe, elle le défaisait comme un yo-yo.

— En gros, chaque fois que la santé physique, mentale ou psychologique d'un enfant est en jeu, si sa sécurité matérielle n'est pas assurée ou que son éducation pose problème, nous intervenons. En jugeant les coupables et en protégeant les victimes. Vous avez sûrement été confrontée à des situations de ce genre, à l'école ou parmi vos proches.

J'ai fait oui et non de la tête. Elle en a rajouté une couche.

— Malheureusement c'est extrêmement courant. Grandir ce n'est pas simple, mais c'est encore plus dur quand on traverse des épreuves.

Dominique continuait à parler des enfants battus et violés en réchauffant ses mains sur la tasse ébréchée. Mimi fixait son bloc-notes en silence, tête baissée, comme si c'était de sa progéniture qu'il était question. J'ai pensé à Chanelle, elle cochait plusieurs cases dans la liste des menaces physiques et mentales et plusieurs cases dans les délits d'enfants mineurs. Est-ce qu'elle avait déjà eu affaire à ce genre de personnes qui parlent de choses affreuses avec une voix de miel ? J'ai pensé à la double gifle de mon père enfouie sous l'hôtel de ville de Paris et je me suis demandé s'il fallait que j'en parle à DomDom et si j'avais une chance d'être placée dans une famille de la rive droite ou si les foyers fonctionnels respectaient la carte scolaire. Mais Mimi a pris la parole pour rappeler à Mme le juge qu'elle avait rendez-vous pour déjeuner avec le président de l'association des visiteurs des centres pénitentiaires de France et Dominique a dit Mon Dieu préparez-moi le dossier des mineurs incarcérés et là Mimi a fait sauter deux boutons tellement la fierté l'étouffait, Il vous attend sur le bureau madame le juge.

J'ai passé le reste de la semaine à mettre des cartes de vœux sous pli.

— Notre travail c'est aussi ça, prendre soin des familles qu'on accompagne sur le long terme.

Le ministère avait acheté un lot de cartes peintes par des enfants handicapés. Mimi imitait la signature du président Rosenberg en bas de page. Ensuite elle me passait la carte et j'écrivais un mot, toujours le même, avant de la glisser dans une enveloppe vierge et de lécher le rabat en faisant attention à ne pas me couper la langue. Elle ajoutait les adresses en dernier, pour le secret professionnel.

— Il y avait aussi des enveloppes adhésives, ça serait plus pratique. Sauf que celles-ci sont tellement plus élégantes, a commenté Mimi en m'apportant mon troisième verre d'eau.

Mme Moritz quittait le bureau à dix-sept heures cinquante pour aller chercher sa fille à la crèche. Bien sûr elle compensait en arrivant dix minutes plus tôt le matin, mais c'était un choix personnel, Enfin plus une obligation qu'un choix disait-elle en se raclant la gorge d'une manière qui me rappelait ma mère quand elle parlait du fardeau qu'était devenu son projet familial. J'ai cligné des yeux et j'ai vu Mimi dans dix ans, vidée de son orgueil de secrétaire irréprochable, complètement abattue par le malheur des autres et la désillusion, et même si c'était triste ça m'aidait à la rendre plus humaine.

— J'ai aménagé mes horaires mais une journée de travail au palais c'est dix heures dix-huit heures et je te recommande d'observer ces horaires puisque le stage d'observation doit se faire dans les conditions réelles de l'emploi.

J'ai pris Mimi au pied de la lettre et j'ai même fait des heures sup. C'était plutôt des demi-heures parce qu'en partant à dix-huit heures trente j'étais sûre d'arriver après l'ouverture de la pizzeria en comptant sur le fait que René était souvent en retard. Avec l'argent du train que j'économisais en fraudant, je m'arrêtais pour acheter une canette. Je la buvais sur place, en fumant sur le trottoir. J'ai fini par connaître le prénom des habitués. Ils parlaient de sujets que je ne connaissais pas, mais je riais quand ils riaient et personne ne s'en rendait compte. Quand René estimait qu'il avait brûlé une pizza, il la coupait en huit et nous distribuait les parts. Parfois, il me faisait signe pour que je vienne m'asseoir au bar. Quand il n'y avait plus de sièges libres, il houspillait ses assistants oisifs.

— Pento, bouge !

Les yeux rivés sur la télé, Pento remontait le jean qui lui descendait sur la lune, se levait en s'excusant et je m'excusais à mon tour en me hissant à sa place.

Le tribunal de Bobigny m'auréolait d'une forme de respect. On m'appelait La Juge et je les laissais faire. Je ne parlais pas des journées passées à coller des enveloppes, mais plutôt des histoires que Mimi me lâchait, Tant qu'il n'y a pas de noms il n'y a pas de problèmes, si je t'en parle c'est pour que tu comprennes de quoi notre travail est fait. Il y avait cette gamine engrossée dont on ne savait pas si c'était par le frère, le cousin ou le père vu qu'ils y étaient tous passés. Ou cette famille d'accueil accusée de servir à ses protégés des boulettes de viande fourrées d'excréments humains. Une fille venue du Congo soi-disant pour suivre des études mais qui avait fini esclave dans la maison de son oncle. Une fratrie placée en foyer depuis que leurs parents avaient battu à mort leur plus jeune frère. René finissait par lever une paume enfarinée.

— OK. OK. Stop. C'est glauque.

Je restais une heure, parfois deux. Ma mère ne me posait pas de questions. Elle n'avait plus d'horloge mentale, elle voulait simplement la paix, les cachets du docteur Khalifa et une gestion fluide du linge sale. Le vendredi est arrivé. J'avais fini mon stage avec les félicitations de Mimi.

— Tiens, revoici la Miss Météo, a blagué Fred quand on a déposé les cartes de vœux prêtes à poster sur son bureau.

Mylène a froncé les sourcils.

— De quoi tu parles, en fait ?

— Des *Quatre saisons* de Vivaldi. Laisse tomber,

tu peux pas comprendre. T'écoutes quoi Mimi à part Patricia Kaas ?

Mimi m'a prise par le bras pour m'éloigner de son opprobre.

— Ces coursiers, je te jure, qu'est-ce qu'ils peuvent être de bas étage.

J'ai attendu qu'elle parte à dix-sept heures cinquante pour descendre dire au revoir à Fred. Il m'a demandé si j'avais apprécié ma semaine, j'ai dit que j'étais un peu déçue, puis je me suis reprise, Non en fin de compte c'était sympa. Il a roulé sa grosse moustache et il a dit Ouais, tu t'es emmerdée, comme tout le monde. Il a fait pivoter son siège vers le toaster de badges.

— Attends deux secondes.

J'ai cru qu'il allait m'imprimer un diplôme. Mais Fred a ouvert un tiroir et m'a tendu un disque.

— Pour réviser tes classiques. Bon, c'est pas de la gastronomie italienne, c'est de la confiserie française. Mais de la bonne.

C'était *Mistral gagnant*. Sur la pochette de l'album Renaud suçait son pouce avec un doudou bandana. J'ai dit Oh merci c'est gentil et pour fêter ça je lui ai fait la bise. Ensuite je suis remontée dans le hall et j'ai attendu la demie dans la salle des pas perdus. Les gens marchaient vite, comme si un truc génial les attendait à l'extérieur, mais en sortant sur le parvis je n'ai rien vu d'autre qu'un camion de poulets rôtis et j'ai pensé à tous les juges du tribunal de grande instance qui mangeaient des nuggets en regardant une émission sur l'affaire du petit Grégory.

À la pizzeria, l'ambiance était festive : à part René, tout le monde avait terminé sa semaine. C'était un soir de match mais il avait coupé le son de la télévision, Pas besoin j'ai déjà tous ces branques qui se prennent pour Thierry Roland, dit-il en désignant ses potes. Il préférait mettre un CD, d'après lui Bob Marley avait des vertus apaisantes, c'était même scientifiquement prouvé. Karim ouvrait des boîtes de conserve géantes et versait leur contenu dans des tupperwares XXL. Des gens passaient la tête à l'intérieur du snack et tchipaient pour attirer l'attention de René. Il leur faisait signe de le suivre en leur ouvrant la voie jusqu'à la porte du cagibi qui se trouvait derrière le four. Ils y restaient moins d'une minute, ressortaient, achetaient une canette et repartaient. Pento roulait des joints en cachant ses mains sous le bar, puis sortait les fumer dehors. Tout le monde venait tirer une latte à tour de rôle. La deuxième mi-temps des quarts de finale de la Ligue a commencé. Le PSG jouait à domicile, les gradins du Parc des Princes tremblaient de ses quarante mille spectateurs, Pento chantait *Paris est magique* en prenant les gens dans ses bras jusqu'à ce que Nancy marque sur penalty.

— Ah les fils de, les fils de, les fils de ! psalmodia-t-il en sortant sa boulette de shit et en me tendant son paquet de feuilles à rouler. Hé La Juge, tu veux bien me faire un collage ?

René roula des yeux en plantant des olives sur une Margherita, Dis donc Pento, tu vas pas me corrompre la jeunesse, tu vois pas qu'elle est innocente ? J'ai porté les mains en prière pour mimer un air angélique. Ils ont ri tous les deux et ça m'a fait du mal : qu'est-ce qu'ils diraient s'ils apprenaient la vérité ? À la télé, le virage Auteuil s'embrasa, les fumigènes avaient été tirés, Paris venait d'égaliser. Dans la pizzeria, tout le monde poussait des rugissements de joie. Quelqu'un ramena un pack de Kro. René fit une moue réprobatrice, il n'avait pas de licence, lui-même ne buvait pas d'alcool à part les rhums qui vieillissaient dans son appartement.

— C'est pas sérieux les gars, je suis cool mais c'est pas sérieux.

J'ai pensé à ma mère. Est-ce qu'elle avait réussi à donner le bain de Simon, est-ce que Ludwig avait mangé ? Je me suis levée de ma chaise, il fallait vraiment que j'y aille. Pento m'a fait rasseoir en m'appuyant sur l'épaule.

— Oh La Juge, on pue de la gueule ou quoi ?

J'ai bredouillé, C'est pour ma mère. À l'autre bout du bar, Karim a pris une voix enjôleuse.

— Quoi ta mère ? Elle te laisse pas sortir ta mère ? Je l'appelle ta mère, si tu veux. Elle me kiffe moi, c'est bon.

René s'en est mêlé. Fous-lui la paix, gros. Il me tendait le téléphone. C'était un combiné sans fil, je me suis isolée dans la sente. Ma mère a décroché à la quatrième sonnerie, j'ai dit que j'étais à la pizzeria, avec des copains, et en disant copains j'ai ajouté Karim pour avoir l'air de moins mentir. Ma mère a dit D'accord, oui tout va bien, oui oui ils ont mangé, Ludwig s'est baigné, non Simon non, demain, oui, à tout à l'heure. J'ai raccroché et le téléphone s'est remis à sonner. J'ai pris l'appel en pensant que c'était ma mère mais j'ai entendu une voix d'homme.

— C'est toi ma gueule ?

Je n'ai pas eu le temps d'expliquer qu'il fallait attendre une seconde, l'interlocuteur m'a tout de suite annoncé qu'il voulait une fermière et deux calzones, Tu lui dis que c'est pour Aldo, des comme moi y en a pas dix mille. J'ai rendu le téléphone à René en m'excusant, J'ai décroché sans faire exprès, enfin je croyais que c'était ma mère, mais en fait c'était une commande.

— Bah parfait, c'était quoi ?

J'ai dit une fermière et deux calzones, j'ai dit que c'était pour Aldo, Karim a dit Ah non ce Gitan qui sait pas tenir ses clébards ? René lui a fait signe de la boucler et m'a remerciée du message.

À vingt-deux heures René fermait la pizzeria.

— Tu viens fumer un splif chez moi ?

Il me ramènerait en voiture, Promis je vais pas te laisser rentrer comme ça.

J'ai tout de suite pensé à mes chaussettes dépareillées. Je ne pouvais pas lui dire que je venais à condition de pouvoir garder mes chaussures. J'ai dit D'accord, mais d'une voix si basse que René m'a fait répéter.

— OK. J'ai dit : OK.

Les habitués partaient à tour de rôle. René offrait son coude pour les checker parce qu'il avait les mains dans la farine. Après une brève hésitation ils finissaient par me claquer la bise ; j'étais rouge de gêne en leur tendant la joue.

René vivait dans un studio derrière la gare.

— T'as pas peur des chiens ?

Il tâtait les poches de son cuir à la recherche de ses clés. Sur le palier il y avait un meuble avec plusieurs paires de baskets abîmées, des chaussures de chantier et des bottes pleines de boue. À part une paire de Stan Smith noires, René ne portait pas de marques. J'ai retenu mon souffle pour qu'il ne me fasse pas déchausser mais il a seulement dit qu'il avait quelques animaux et qu'il ne fallait pas m'en faire. Il a entrouvert la porte et deux museaux de rottweilers se sont glissés dans l'ouverture.

— Doucement !

René criait. J'ai reculé d'un pas.

— T'inquiète, c'est des anges. Ils sont juste excités de me voir.

Il tenait un collier dans chaque main et fit asseoir les chiens pour que je puisse entrer. À l'intérieur, il y avait un bar qui séparait la cuisine du reste de la pièce : un canapé convertible, une table basse et un meuble télé avec une chaîne hi-fi.

— C'est pas le grand luxe.

J'ai dit Nan, c'est bien. J'ai entendu des jappements et il a ajouté, Ouais, y a quatre petits derrière le lit. Je les dresse un peu, après je les vends.

La vaisselle sale débordait de l'évier. Sur le bar, il y avait des laisses, des muselières et des piles de courrier. Des filtres de Marlboro jonchaient la table basse avec des cendriers, des briquets cassés, des effriteurs de weed, des morceaux de carton, des Dragibus éparpillés, des boîtiers de CD fondus, une pipe à eau, des charbons de narguilé, des canettes vides et des jouets pour chiens déchiquetés. Il m'a tendu un verre, un ancien pot de Nutella, l'étiquette était encore collée dessus.

— J'ai : de l'eau, du Sprite, de l'eau… et du Sprite.

J'ai pris du Sprite, il n'avait plus de bulles.

— C'est un délire la vie de restaurateur, j'ai même pas le temps de remplir le frigo.

René avait mis un disque de Sizzla et sorti un pochon de sa veste. Je lui ai montré l'album de *Mistral gagnant* que Fred m'avait offert en guise d'adieu. C'est là qu'il m'a expliqué que ce n'était pas à cause du chanteur que sa mère avait choisi son prénom, et pas du constructeur automobile non plus. Ça venait d'une chanson médiévale qui racontait la mort du roi Renaud, un vaillant chevalier tombé sur le champ de bataille. Yves Montand l'avait interprétée et chaque fois qu'elle l'écoutait sa mère ça lui tirait les larmes. Elle aurait pu l'appeler Yves, mais c'était ringard pour l'époque. Alors elle a choisi Renaud : même si ça venait du Moyen Âge, ça avait traversé le temps. René aussi c'était ringard. Quand il a fini son histoire, j'ai décidé qu'il fallait lui rendre son prénom.

Deux heures et trois splifs plus tard, Renaud n'était plus très chaud pour sortir la voiture. Il n'avait pas le permis, rouler la nuit c'était risqué à cause des contrôles de police.

— Je te ramène à pied, sinon tu peux rester dormir. C'est comme tu veux.

Il tenait un chiot dans chaque main. Il écarta les bras

pour suggérer les deux options. À droite, longer les rails, traverser le tunnel, remonter l'avenue de la Gare sous les pruniers aux branches nues, passer la fontaine et sa tuyauterie vert-de-gris, entrer dans la maison sans faire de bruit pour ne pas réveiller Simon qui faisait des parasomnies, c'était le pédiatre qui l'avait dit, C'est quand un enfant est sujet à des troubles nocturnes types insomnies ou somniloquies – un nom savant pour désigner les gens qui parlent dans leur sommeil, et justement c'était le cas de Simon qui s'exprimait plus inconsciemment que dans la vie réelle. À main gauche, je pouvais rester fumer sans me cacher de ma mère, manger des Dragibus et boire des verres de Sprite, même sans bulles ça restait du soda. J'ai repensé à mes chaussettes, à un moment donné j'allais devoir enlever mes pompes, je me suis mordu la lèvre parce que ça m'angoissait déjà. Renaud a dû s'en rendre compte parce qu'il a dit En tout bien tout honneur, t'inquiète je suis pas ce genre de type. Je me suis demandé s'il parlait du genre zguègue, s'il connaissait le groupe Magritte, s'il fallait dire que j'étais vierge, en tout cas du trou de devant. J'ai essayé de me rassurer, il ne pouvait pas le savoir. Dans la ville personne ne savait, sinon Miguel aurait plongé depuis longtemps : il avait beaucoup d'ennemis. Et si Renaud n'était pas au courant, est-ce que je n'allais pas me trahir dans une crise de somniloquie ?

J'ai senti mon front transpirer à cause des pensées négatives. J'ai décidé de prendre le risque. J'ai appelé ma mère. Elle dormait. J'ai rappelé une deuxième fois, à la huitième sonnerie j'ai entendu sa voix mâchée par le sommeil. Je lui ai demandé si je pouvais dormir chez Kat Linh.

— Et moi je peux dormir ou pas ? Fais comme tu veux, comme d'habitude.

Si je faisais comme je voulais, je ne serais pas obligée de subvenir à mes besoins en travaillant sur un parking. J'aurais la vie de Sarah Michelle Gellar, je combattrais les forces du mal à Sunnydale un jour, et le suivant je traînerais avec Ryan Phillippe sapée comme la marquise de Merteuil, même si la prof de français avait l'air de dire que dans le passé « libertines » c'est comme ça qu'on appelait les putes.

Ma mère a raccroché sans me laisser le temps de répondre. J'ai pressé le combiné contre mon cœur. Je l'ai imaginée glisser le long du radiateur et s'assoupir à même le sol. J'ai eu une pensée objectivement négative en pensant à Ludwig qui tomberait sur elle au petit-déjeuner. Si j'avais été là, j'aurais pu la porter au salon, jeter une bûche dans la cheminée, mettre son disque de Joan Baez et la veiller dans le fauteuil. Comme j'avais fumé de la skunk mes pensées objectivement négatives sont devenues paranoïaques : Ludwig ne trouverait jamais ma mère couchée sur le carrelage parce qu'elle poignarderait mes frères dans leur sommeil. À Bobigny il y avait eu un cas comme ça. Une mère avait tué ses trois enfants pour les sauver d'une précarité qu'elle ne trouvait pas digne de sa progéniture. L'un d'entre eux avait survécu, il avait cherché du secours, mais comme il était plein de sang les voisins refusaient d'ouvrir. Si l'être humain ne se méfiait pas tant de son prochain il aurait pu sauver son frère.

— Mais qu'est-ce que tu veux faire, on vit entre les fous et les indifférents, avait conclu Mimi en regardant au loin par la fenêtre de son bureau qui donnait sur les tours de Drancy et le Mémorial de la Shoah.

La mère de famille avait agi sous les ordres d'un démon et pour la libérer les équipes du tribunal avaient dû faire appel à un désenvoûteur. C'était toute une histoire parce qu'il venait de Corbeil-Essonnes qui n'est pas en Seine-Saint-Denis mais dans l'Essonne, et l'administration qui sort de sa circonscription c'est pire qu'un supporter qui change de club.

À force de serrer le combiné sur mon cœur mon poing était devenu blême. La tonalité continuait à me dire que la conversation avait été coupée. Dans ma tête les derniers mots de ma mère rebondissaient d'une tempe à l'autre. Fais comme tu veux, comme d'habitude. J'étais sur le point d'appeler le Samu quand la voix de Renaud a résonné dans la cour de l'immeuble. Je mc suis collée à la porte-fenêtre. Il parlait à ses rottweilers : Kaiser et Luna se préparaient à rentrer pour la nuit. Un genou à terre, il leur ôtait la muselière. Les chiens jouaient en remuant les fesses, leurs queues fouettaient l'air, leurs pattes crissaient sur le gravier. Une lumière s'est allumée dans le bâtiment d'en face. Sur le balcon j'ai cru voir Mme Clavel. C'était une sourde-muette connue dans toute la ville pour sortir en robe de chambre et crier des jurons que personne n'entendait. Au même moment, un train de marchandises passa, illuminant par halos réguliers les yeux jaunes des molosses, le portique rouillé, les carénages lustrés d'une voiture, une poussette abandonnée et les escaliers de la cave.

— Alors ?

Renaud poussait les chiens à l'intérieur.

— Je reste.

— Parfait.

Il contourna la table basse pour déplier le canapé. Il retira d'abord la housse. Le matelas était criblé dc trous. Les chiens lui sautaient à la taille, il les fit taire d'une voix sourde.

— Mes voisins supportent pas les animaux, ajouta-t-il comme si Kaiser et Luna étaient deux lapins nains et pas des chiens dangereux classés seconde catégorie.

Le train de marchandises avait disparu de ma vue mais ses phares continuaient à luire contre la vitre du studio. Un dernier appel d'air fit miroiter les pétales blancs des cerisiers, comme les cils de l'amour s'agitant dans la nuit.

— Enfoiré de la Sainte Vierge de Dieu !

Renaud criait en chuchotant. Kaiser venait d'uriner sur ses pieds. Il s'empara de la télécommande pour faire semblant de le frapper et le tira par le collier jusqu'à ce qu'ils se retrouvent dehors.

— Maintenant t'es gentil, tu défonces rien, OK ?

Renaud installa les deux chiens sur un plaid qui avait dû être pistache avant de devenir gris. Il retira son pull, il portait un maillot de foot avec une étoile dorée brodée au-dessus du coq. Il dégageait une odeur très acide, un mélange de levure, de weed et d'imitation Cerruti. C'était l'odeur de Renaud. J'allais finir par l'apprécier, mais pas avant des mois passés à laver ses vêtements chez moi pour qu'ils sentent le lagon comme les cheveux de Simon.

J'ai gardé mes habits, j'avais trop honte pour dévoiler mon corps, mon absence de formes, cette peau sans histoires. Renaud s'est posé sur un coin du lit, dos à moi, de là où il était il pouvait surveiller les chiens. Il effritait du shit dans le creux de sa main.

— La beuh ça m'empêche de dormir.

J'ai dit Oui oui. J'étais très défoncée. Mon corps s'enfonçait dans les quinze centimètres de matelas en mousse, passait à travers le sommier en métal, à travers le carrelage du studio, les fondations de son immeuble, la biosphère, la croûte océanique, la lithosphère et toutes les couches de l'univers que j'avais apprises au collège. Je flottais dans le néant. Renaud s'est levé une première fois pour remplacer les piles de la télécommande, son joint coincé dans sa paume fermée. Il a fait encore une remarque à Kaiser et à Luna, s'est rassis, s'est relevé pour chercher des feuilles à rouler, a tassé son joint sur l'ongle de son pouce, s'est relevé pour chercher un verre d'eau, s'est rassis et s'est mis à zapper jusqu'à ce qu'il trouve la chaîne Histoire.

Il était quatre heures du matin quand je me suis réveillée. J'ai cherché mon plafond d'étoiles phosphorescentes et ma collection de mignonnettes alignée sur ma table de chevet. Je suis tombée sur Renaud. Il regardait la télévision. J'étais toujours habillée, lui aussi. Il ne manquait que mes chaussettes, je les avais enlevées pour ne pas prendre de risques. Dans le cendrier, un mégot mal éteint dégageait une fumée blanche. J'avais faim. Renaud s'est excusé, Désolé j'ai que de la pizza. La pizza j'adorais ça, il ne fallait pas s'excuser. J'ai demandé la salle de bains. Sur le rebord du lavabo, il y avait une brosse à dents aux poils horizontaux à force d'avoir été usée. Des copeaux de savon étaient collés sur une grille en métal rouillé. Le miroir de l'armoire murale était couvert d'un immense doigt d'honneur dessiné au marqueur. Je l'ai ouverte pour y chercher du dentifrice mais il n'y avait que des lames de rasoir et du collyre pour se blanchir les yeux. Les W.-C. n'avaient pas de lunette, je me suis assise sur la faïence glacée. Plusieurs rouleaux de papier-toilette vides jonchaient le sol autour d'une poubelle pleine et les dalles blanches du carrelage étaient striées de poils de chiens. J'ai mouillé mes doigts au robinet pour m'essuyer, j'ai secoué le bassin en attendant que ça sèche et je me suis rendu compte que la chasse d'eau ne fonctionnait pas.

— Ah ouais. Faut que je m'en occupe. C'est un délire la vie de restaurateur, j'ai même pas le temps de réparer une chasse d'eau.

Il l'avait déjà dit mais je n'ai pas relevé. Sers-toi, dit-il en m'indiquant un carton à pizza qui traînait sur le bar. À l'intérieur, il restait un quart de savoyarde froide.

— En plus la savoyarde je l'ai jamais goûtée.

— Bah fais-toi plaiz.

La raclette s'était figée et le gras des lardons était jaune. Je l'ai mangée là, pieds nus sur le carrelage de la cuisine. Kaiser et Luna tournaient autour de moi, exhibant leurs canines nacrées et leur langue élastique.

Renaud a frappé dans ses mains, ils se sont recouchés, les petits ont repris leur tétée. La télévision diffusait une reconstitution de l'attaque de Pearl Harbor. Les bombardiers s'élançaient en file indienne sur la piste des porte-avions et montaient dans le ciel comme des oiseaux de proie. Des boules de feu roulaient sur l'océan. Des vétérans, leurs casquettes bardées de pin's, pleuraient en évoquant la mort de leurs collègues faits prisonniers dans le ventre des cuirassés.

— Tu m'étonnes... Putains de sadiques ces Niaks.

Renaud marmonnait pour lui-même. Il ralluma son joint. Quand il recracha la fumée, elle s'accrocha dans ses joues et prit les couleurs de l'écran. Je me suis concentrée pour fixer ce moment : le visage pâle de Renaud dans la vapeur du cannabis, le jappement des chiots repus, les cubes de lard sur ma langue, la lune au-dessus des voies ferrées. C'était ma première nuit d'amour, je voulais m'en souvenir à jamais.

Miguel se fit coffrer pour proxénétisme aggravé sur mineures. Nelly disparut du collège. Les gens disaient qu'elle travaillait dans un Zoomarine au Portugal, qu'elle avait décroché une formation pour devenir dresseuse de dauphins. Pour moi c'était insupportable, parce que j'adorais les dauphins et que malgré la natation je n'avais jamais rêvé d'un tel destin : mes expériences professionnelles se limitaient à lécher des enveloppes et des zguègues. Nelly risquait des poursuites judiciaires mais j'étais quand même jalouse d'elle. Pour me calmer je l'imaginais en blouse blanche, avec son balai racleur d'eau, nettoyant les plongeoirs du parc aquatique d'Algarve.

— Miguel a de la chance que je déteste les flics, sans ça crois-moi que je l'aurais enfoncé, me dit Chanelle en préparant des caïpirinhas sans alcool.

Depuis qu'elle vivait chez Nordine elle ne buvait plus la journée, Déjà que lui boit pas du tout, dit-elle en se mordant les lèvres pour signifier l'ennui mortel. J'avais pris le train jusqu'à Cergy pour fêter la mort de Magritte. En changeant à Paris pour repartir dans l'autre sens j'ai soupiré pendant toute la demi-heure d'attente : j'aurais mon permis de conduire avant qu'ils inaugurent le Transilien.

Chanelle était radieuse en m'accueillant devant chez elle. Elle portait un short Quechua et des chaussons peluches qui imitaient des pattes de tigre. Elle s'était coupée en se rasant les jambes, du sang perlait sur ses égratignures. En plus de l'empêcher de boire, Nordine lui avait fait ouvrir un compte en banque où il lui déposait l'argent qu'elle gagnait grâce aux vidéos. Elle me projeta un clip de gorge profonde sur l'écran géant du salon. On ne voyait pas son visage, dissimulé par ses cheveux, mais je reconnaissais la fontaine en bambou qui trônait sur la table basse, et, en arrière-plan, les trois posters de Tomb Raider qu'elle avait ramenés avec elle.

— Voilà, rien de foufou, dit-elle en arrêtant le film. Tu veux faire une partie ?

Elle agitait les manettes de sa Play. J'ai dit D'accord, je ne voyais pas ce qu'on pouvait faire d'autre : à l'autre bout de la pièce, Nordine nettoyait ses pièces de collection en les frottant avec une brosse à dents. J'ai perdu les trois parties.

— Laisse tomber c'est un bolide cette meuf, dit-il en lui lançant des cacahuètes.

Chanelle saisit les projectiles au vol et s'étira sur le canapé en skaï blanc.

— Tu veux visiter mon domaine ?

J'ai dit D'accord. Nordine a fermé son classeur, quitté son tabouret de bar et réajusté sa ceinture.

— Je vous accompagne.

— Tu te souviens Tennessy quand je voulais un

chien, avant ? Bah maintenant j'ai Nordine. Il me suit partout.

Leur appartement n'avait rien à voir avec le studio de Renaud. Il n'y avait pas de vaisselle sale dans l'évier mais un distributeur de bonbons à l'ancienne, avec une fente pour introduire les pièces et une molette pour les faire descendre. Dans la chambre, leur sommier était entouré d'une structure en métal baroque où pendaient des rideaux fixés par des dentelles aux quatre pieds du lit.

— La classe, j'ai dit en admirant le baldaquin.

Chanelle passait une main indifférente dans les franges du voilage. Elle a haussé les épaules.

— Franchement ça sert à rien ces trucs. C'est juste pour faire les vidéos.

Elle m'a montré le cagibi où vivaient les geckos. Nordine a ouvert un des terrariums pour prendre un lézard dans sa main.

— Ils peuvent vivre jusqu'à quinze ans, dit-il en caressant le dos de la bête.

— Tu fais pitié, chéri. On s'en branle de leur durée de vie.

— Mais non on s'en branle pas – il a déposé un baiser sur les écailles de son reptile –, par contre c'est toi qui vas me branler si tu fais encore la maligne.

Chanelle l'a envoyé jouer à la Play avant de pousser la porte de la salle de bains : elle avait toute la gamme de gels douche Grains de Beauté alignée sur le rebord de la baignoire.

— J'ai toujours aimé les Bourjois, dit-elle en prenant un accent soutenu.

Elle voulait boire un dernier coup avant de me laisser partir. Elle prépara une nouvelle tournée de caïpirinhas sans alcool, mit un verre de côté pour Nordine et versa deux rasades de cachaça dans les autres en posant son index sur mes lèvres pour me faire signe de me taire. Elle prit son souffle pour faire un toast.

— Perpétuité pour le péripatéticien !

Elle buta sur ses mots, recommença, postillonna, recommença et se trompa encore.

— Bref, pour ne plus jamais voir sa gueule, finit-elle par dire en cognant son verre contre le mien, et à la force qu'elle y mettait j'ai compris pour la première fois qu'à elle aussi il avait fait le coup des Orangers.

J'ai descendu mon verre d'une traite. L'alcool me brûlait du dedans, mais pas autant que l'idée d'avoir passé des heures avec Chanelle en me retenant de lui parler du traumatisme que m'avait fait subir Miguel. Nordine m'a proposé de me déposer à la gare, j'ai dit Non merci, ça me dérange pas de marcher, et j'ai pleuré pendant les vingt minutes qui me séparaient de la station. En arrivant, je me suis acheté une double plaque de chocolat que j'ai mangée en empilant tous les carrés qui pouvaient rentrer dans ma bouche.

Les choses avaient donc bien fini par mal tourner, mais moins mal que prévu dans mes pensées paranoïaques. Miguel était en préventive, Nelly était au vert, et seules les filles du groupe Courbet avaient été identifiées. Une équipe d'infirmières scolaires faisait le tour des classes. Elles voulaient nous apprendre des choses : enfiler un préservatif, respecter son partenaire et calculer son cycle de règles. Sans mentionner Miguel, Nelly ni le casier 237, elles nous ont fait un topo sur l'exploitation sexuelle. Que ça n'arrivait pas qu'aux autres, qu'il fallait être vigilant et se méfier des inconnus qui veulent nous faire gagner des sous. Au tableau, elles ont noté un numéro spécial, anonyme et gratuit, pour recueillir les témoignages et les appels à l'aide. Les surveillants et le personnel pédagogique sont restés sur le qui-vive pendant plusieurs semaines. Le parking du collège, les toilettes, le souterrain de la gare étaient placés sous surveillance. Puis une victime de la vache folle s'est déclarée dans la région. Le numéro du centre d'écoute a basculé sur un service sanitaire et les tracts du planning familial ont été remplacés par des plaquettes d'hygiène alimentaire.

On a commencé à s'aimer, Renaud et moi. Au milieu des pizzas et des canines blanches. Malgré le divorce de mes parents c'était l'époque où je pensais encore que l'amour amenait de grandes choses, l'époque avant que Marie Trintignant ne se fasse écraser la tête contre un mur et avant que Michael Jackson ne porte atteinte aux petits corps de Neverland. Je parle d'amour, mais la vérité c'est qu'on se tenait chaud. Je découchais une nuit par semaine en disant à ma mère que j'étais chez Kat Linh. Elle aurait pu, comme les parents responsables, appeler pour vérifier que j'étais bien chez elle et qu'on ne faisait rien de mal. Son numéro était enregistré dans le téléphone fixe. Elle aurait pu. Elle ne l'a jamais fait. Parce qu'elle n'aimait pas mes copines, ni leurs parents et surtout pas la mère de Kat Linh, divorcée comme elle, désespérée comme elle et complètement accro au canapé de son salon. D'abord j'ai cru que ça les rapprocherait : qui se ressemble s'assemble. Mais dans le cas de ma mère, c'était qui me ressemble me répugne. Parce que l'état végétatif et la débandade conjugale ne faisaient pas partie de son programme de vie, et que malgré les apparences elle n'avait pas prévu d'en rester là.

Ces soirées-là, je faisais manger les garçons, je les couchais et j'allais à la pizzeria. Je priais pour tomber sur quelqu'un avec qui discuter en attendant que Renaud lève son nez plein de farine pour me planter au cœur ses grands yeux graves en souriant. Il terminait sa pizza avec le soin qu'il aurait mis à réparer le vase de Soissons, puis il sortait me saluer en s'essuyant les mains sur son tablier blanc. Ce quelqu'un, c'était souvent Daniel, un informaticien en congé longue maladie. Il marchait avec des béquilles qu'il calait sous ses coudes quand il voulait fumer. On l'entendait venir de loin : à cause de ses jambes molles, les semelles de ses chaussures râpaient le trottoir en marchant. Il commandait la Primavera. Sur le menu c'était marqué poivrons verts courgettes épinards mais pour ceux qui savaient ça voulait dire cinq grammes de skunk.

Daniel fumait pour sa sclérose en plaques. Je faisais semblant d'écouter l'évolution de ses symptômes en regardant Renaud qui disposait des champignons. Daniel parlait myorelaxants, solitude, handicap. Renaud pétrissait en sifflotant Sizzla. Au moment de fermer boutique, il proposait aux derniers clients de finir la soirée chez lui avec les restes de pizza. Ils ramenaient parfois des bières mais Renaud n'était pas très pour, l'alcool était mal vu dans sa philosophie rasta. J'étais la seule fille de la bande, sauf quand Séverine passait par là. C'était la voisine du troisième. Elle avait les paupières mauves à force de faire des orgelets, des chicots bruns, des bijoux en œil-de-tigre et les cheveux teints en auburn. Elle riait fort et portait des jeans taille basse qui laissaient apparaître le fil de son string délavé. Séverine était plus âgée que moi, elle avait un permis de conduire et une Ford Ka lie-de-vin. Renaud empruntait sa voiture quand la sienne tombait en panne. Elle était aide-soignante en centre hospitalier. Elle volait à son travail des sachets de stérilisation qu'elle offrait à Renaud pour ses portions de Primavera, en échange de quoi il lui glissait un pochon de remerciement bombé comme un oreiller miniature.

Renaud écoutait en boucle son CD de Buju Banton. *Our Father in Zion...* Il fredonnait les louanges du Jah comme un choriste de Kingston. Dans le faisceau glacé de la télévision, sa pâleur tirait sur le vert. Ses amis l'imitaient en yaourt, le joint brandi en guise de révérence. Ils finissaient par partir. Je restais seule avec Renaud. On ne s'embrassait pas : de temps en temps il caressait mon bras. J'avais compris que notre intimité aurait l'animation d'un bled de l'Orne un soir d'hiver. Il en parlait parfois avec ses amis jardiniers – c'est comme ça qu'il appelait les clients qui venaient chez lui pour fumer. Il ne pratiquait pas le sexe oral : la fellation c'était humiliant pour la femme et le cunnilingus c'était haram chez les rastas.

Son abstinence ne me posait pas de problème. Je voulais juste qu'il m'embrasse. En m'embrassant, il deviendrait mon petit ami officiel. Il n'avait peut-être pas l'appartement de Nordine, mais il avait un commerce à son compte, et même plusieurs avec les pizzas vertes et son élevage de chiots. Les amis jardiniers finissaient par partir, j'espérais qu'il m'embrasse, mais Renaud déchiffrait les prières de Buju. Il avait une interprétation personnelle du dread talk : l'art de Zion passait par l'émancipation de nos consciences, toutes nos consciences, qui elles-mêmes passaient par la méditation spirituelle. Lui, personnellement, l'atteignait en fumant sa ganja. Quand je me réveillais au milieu de la nuit, affamée et en nage, je le trouvais toujours dans la même position, assis sur le canapé-lit, dos au mur, la télécommande dans une main, un joint agonisant dans l'autre.

Est-ce le hasard ou la main pernicieuse de Dieu qui a fait que Renaud m'a embrassée la première fois dans sa voiture ? J'avais dépassé ma permission de sortie depuis deux heures. C'était un soir de semaine, En semaine tu ne découches pas, c'était la seule limite que ma mère imposait. J'ai tiré deux longues lattes sur le joint de Renaud et je lui ai confié toutes mes pensées paranoïaques, les albums de famille brûlés dans la cheminée, ma mère allongée au milieu des pilules fondues, son dernier sommeil et mes frères étouffés sous leur couette. Il fallait que je rentre chez moi. La pluie cognait contre la porte vitrée du studio, Kaiser grattait le carrelage, Luna ronflait sur un tapis de voiture, trois chiots fouillaient son ventre à la recherche d'un mamelon. L'air était saturé d'humidité, mélangé au chauffage, à la fumée de cannabis et à l'haleine chaude des chiens, je me suis prise de migraine.

Renaud a attrapé ses clés de voiture. Il me déposerait devant chez moi et il attendrait que j'allume et éteigne plusieurs fois dans ma chambre pour lui dire que tout allait bien. J'étais trop défoncée pour espérer conclure. Sinon le couvre-feu, la survie de ma mère et l'épaisseur de l'air n'auraient été que des détails. J'ai accepté.

Quinze minutes à pied séparaient ma maison de son appartement. En voiture il fallait traverser les voies ferrées, le passage à niveau se trouvait presque à la sortie de la ville, c'était un long détour. J'ai dû me concentrer à cause des essuie-glaces qui me faisaient tourner le cœur. J'avais la main sur la poignée quand il s'engagea dans ma rue. J'étais prête à descendre en courant mais Renaud manœuvra pour se garer correctement, attrapa mon menton dans sa paume et le releva jusqu'à lui. Il dit qu'il était là pour moi si quoi que ce soit se passait mal. Il planta son regard dans le mien mais j'avais un mal fou à faire la mise au point sur son visage. Il se rapprocha de mes lèvres. J'aurais dû l'accueillir en faisant défiler sous mes paupières le tapis roulant de mes rêves mais j'avais les muqueuses buccales desséchées et le sentiment qu'une malédiction me condamnait à vivre ma sexualité dans une voiture pour me punir du groupe Magritte.

Sa langue se frayait un chemin dans le désert de ma bouche. Il m'embrassait. J'aurais dû exploser de joie, mourir un peu dans ce baiser. Sur la banquette arrière, les chiens se débattaient pour arracher leur muselière. À travers le pare-brise je pouvais distinguer ma maison, l'ampoule nue de l'entrée, brillant comme un soleil artificiel dans l'obscurité du foyer. Une branche de rosier jetait une ombre rachitique sur le muret et s'étirait jusqu'aux dalles fissurées de l'escalier, là où les fourmis s'engouffraient en été. Ma mère avait-elle laissé la lumière pour réchauffer l'atmosphère quand on découvrirait son corps inerte ? La langue tiède de Renaud était déterminée à réhydrater mon palais. Se trouvait-elle derrière la porte, couchée sur le carrelage de l'entrée, le combiné du téléphone pendouillant au bout de son fil ? Fallait-il attendre les secours pour pénétrer dans la maison ? Qu'était-il advenu de mes frères ?

J'ai poussé la porte d'entrée en prenant soin de ne pas la faire grincer. C'était une chorégraphie méticuleuse, il fallait l'enfoncer sur ses gonds, la soulever là où le carrelage était bombé et ne lâcher la poignée qu'après que le pêne s'était encastré dans la gâche, sans quoi elle se rouvrirait en couinant. J'ai pris quelques secondes pour retrouver mon souffle. La salive de Renaud séchait sur mon menton. C'était une odeur de plante verte, de jardin mal entretenu. Je me suis essuyée avec la manche d'une veste qui pendait au portemanteau. Les phares de sa voiture m'ont rappelée à l'ordre. Dans le salon, j'ai trouvé le canapé vide. La couverture Air France était pliée et posée sur un accoudoir. Des bobines dépassaient de la boîte à couture ; la pile de raccommodage avait diminué. Personne à la cuisine non plus. La toile cirée brillait et sur la table il n'y avait qu'un saladier de pommes, la bouilloire électrique et un livre de Nancy Huston qui m'a mis *Bodyguard* dans la tête.

Je chantais *I will always love you* en entrant dans la chambre de ma mère. Elle dormait. Son souffle était tranquille et régulier. J'ai soulevé la couette : pas de pilules fondues. Un bol de porridge traînait près de son lit. En tombant, la cuillère avait giclé de la bouillie sur la commode. Je l'ai essuyée avec un mouchoir et je suis allée dans ma chambre pour donner le signal à Renaud.

J'ai attendu dans le noir que la voiture démarre. Je devinais le contour des posters, le reflet du miroir et les vêtements qui dépassaient de mon armoire. J'avais le cœur qui battait vite, mais j'ignorais s'il était sujet au désir ou à la déception. Je me suis débarrassée de mes chaussures et je me suis allongée sur le lit en espérant que le sommeil emporte mes hésitations. J'étais poursuivie par la langue de Renaud, l'arête plate de son nez contre les os de ma mâchoire, son odeur d'animal, de tabac froid, d'essence. Il fallait que je me masturbe, c'était impératif, mais j'avais peur de faire une panne. J'ai attrapé une mignonnette sur ma table de chevet, je l'ai ouverte et je l'ai bue. C'était un Baileys. La seule personne que j'avais vue boire du Baileys c'était à la télévision quand Pamela fête – ou pleure – le départ de Bob ; je n'ai jamais su la fin de l'histoire. J'ai descendu une deuxième mignonnette, un génépi. La liqueur de café s'est mélangée au goût des plantes ; j'ai vite avalé la troisième, une vodka que mon père m'avait ramenée de Pologne. Et ainsi de suite jusqu'à ce que toute ma collection y passe.

Je me suis levée et j'ai fumé une cigarette à la fenêtre en m'enroulant dans le rideau pour me protéger du froid. J'ai pensé à Gogolinek. Mon père avait planté un télescope au milieu d'un champ de betteraves. L'avantage avec la campagne c'est que les ciels restent purs. Il nous avait appris à reconnaître les anneaux de Saturne, Vénus, Jupiter et Orion. Parfois on y allait dès le crépuscule pour apercevoir Mercure.

— En agglomération c'est même pas la peine d'y penser, les astres seront invisibles, m'avait-il répondu quand j'avais réclamé qu'il en mette un dans le jardin.

Et c'était vrai : j'ai regardé la nuit, elle était vide. J'ai regardé ma rue. Elle était vide aussi. Je voulais qu'il se passe quelque chose, qu'un lion s'échappe du cirque, qu'un vieux fasse une crise de démence, qu'un mur de lierre arrache une façade en tombant. J'ai planté mon mégot entre les lames du volet, je suis retournée dans mon lit et j'ai baissé mon pantalon sur mes genoux. Je ne sentais plus la nausée ni l'ivresse. Je ne sentais que l'excitation. J'ai allumé une nouvelle cigarette sans aller jusqu'à la fenêtre. J'aurais dû penser à Renaud en caressant mon clitoris, à son tablier blanc, à ses promesses, à la manière dont il m'avait pris le menton. Mais au lieu du baiser j'ai pensé à la fois où Rico m'avait agenouillée en me maintenant les mains croisées derrière un arbre.

Dans la chambre voisine, Simon faisait une terreur nocturne. Je l'entendais pleurer dans son sommeil. J'ai écrasé ma cigarette dans un reste de jus d'orange et je me suis retournée sur le ventre. Mes jambes étaient maintenues par mon pantalon, comme les jambes de Rico avaient maintenu les miennes ce jour-là. J'ai mis la couette entre mes cuisses. Je n'avais toujours pas la nausée, c'était la première fois depuis le week-end chez mon père. Le gland humide de Rico glissait sur mes narines, sur mes lèvres et sur mes pommettes.

À un moment donné, il avait forcé ses couilles dans ma bouche et m'avait pincé le nez pour m'empêcher de respirer. Physiquement il n'était pas très attirant mais le tourment sur son visage lui donnait un charme confus. Je louchais, mon air s'amenuisait et son intimité occupait tout mon champ de vision. J'avais la tête renversée par sa main sèche contre mon front. Rico avait relâché mes poignets : j'aurais pu me dégager de l'emprise qu'il exerçait sur mon corps. Mais j'avais continué à caresser l'écorce, les racines du chêne, la terre au pied du tronc, douce comme le sable entre mes doigts. Il faut beaucoup de force pour faire du mal aux arbres.

À présent Ludwig s'était réveillé et s'inquiétait des pleurs de Simon. Je l'entendais qui lui murmurait des Ça va – en cas de terreur nocturne il ne fallait surtout pas le brusquer : s'il se réveillait en sursaut il pouvait choper un strabisme. J'avais fini par suffoquer et secouer la tête dans tous les sens.

— On se calme, on se calme. Hé ! Respire. Par la bouche. Voilà. Respire encore.

Rico était sorti de ma bouche mais maintenait mon nez bouché entre ses doigts. La bave coulait sur mon menton. Il avait fermé son visage.

— Regarde, tu mouilles avec ta bouche. Tu baves parce que t'aimes ça.

Il serrait sa queue dans son poing, la remuait sous mes narines.

— Ouvre les yeux. Ouvre bien grands.

Le sperme avait giclé sur mes lunettes, ma vue s'était brouillée derrière un écran blanc. Il avait geint plusieurs fois, d'un râle douloureux, puis barbouillé les verres avec son sexe dégonflé. J'avais toujours le nez bouché, je respirais en haletant par la bouche, j'étais au bord des larmes, le corps agité par des spasmes. C'était peut-être la honte, peut-être le plaisir et plus probablement la honte du plaisir. Il avait lâché mes narines pour m'ôter mes lunettes : je l'avais vu se concentrer sur mon visage, absorbé dans les moindres détails de ma peau, la bouche légèrement entrouverte, les yeux plissés. J'ai cru que c'était terminé.

— Lèche.

Il me présentait mes lunettes pleines de sperme.

— Ouvre les yeux. C'est bien. Montre-moi ta langue. Voilà. Lèche tranquillement. C'est bien.

Il caressait la racine de mes cheveux.

En me déposant au lavoir il m'avait tendu un billet de cent francs, soit deux fois le prix convenu, sans compter ceux qu'il devait encore à Miguel. Il y avait deux types de cent francs : les billets Delacroix et les billets Cézanne. Je préférais les Delacroix à cause de la fille représentée seins nus au nom de *La Liberté guidant le peuple*. Les Cézanne étaient plus récents mais le type avait un regard abattu qui me rappelait ma mère quand elle fixait l'ailleurs imaginaire où elle n'était pas accablée par le poids des enfants.

— Faut donner à Miguel.

Règle numéro quatre : ne jamais prendre l'argent des zguègues, l'argent c'est dans le paquet de BN.

— Je vais donner à Miguel. Prends.

Il regardait droit devant lui en pianotant sur le

volant : il était pressé que je parte. J'ai accepté le billet et je suis sortie de la voiture.

J'ai resserré la boule de couette entre mes jambes. L'air que je respirais me chatouillait la gorge. J'ai accéléré le mouvement en poussant un dernier soupir. Je n'avais pas revu Rico depuis l'épisode des larmes. Je le guettais quand je passais près du parking, au centre commercial et dans ma rue la nuit quand je fumais à la fenêtre. Lui aussi avait disparu.

À côté, les pleurs de Simon reprenaient de plus belle. J'ai repoussé la couette et je me suis traînée en titubant jusqu'à la chambre des garçons. Ludwig était penché sur Simon.

— Il fait un cauchemar, m'expliqua-t-il, lui-même effrayé par l'état de son frère.

— Je m'en occupe. Recouche-toi.

Ludwig retourna dans son lit en gardant ma main dans la sienne. De l'autre, je caressais le crâne fragile de Simon. Il faisait presque jour quand j'ai rejoint ma chambre.

C'est ma mère qui m'a réveillée. D'après l'emploi du temps suspendu à ma porte, j'aurais dû être en cours depuis trois heures. Il était onze heures dix. À ses paupières je devinais qu'elle avait abusé des pilules du docteur et qu'elle venait de se lever. J'aurais pu dormir chez Renaud et faire trois fois le tour de la ville avant de rentrer à la maison, elle ne l'aurait pas remarqué. Mais combien de temps Simon aurait-il pleuré ?

Les garçons jouaient dans leur chambre. Ou plutôt,

Ludwig jouait aux accidents avec le train mécanique de Simon et Simon criait chaque fois que les wagons se renversaient. Je connaissais par cœur le bruit que faisait le circuit en reprenant sa course. J'ai réfléchi, j'ai compris qu'on était mercredi, les cours finissaient à midi : autant rester au lit. J'ai raconté les cauchemars à ma mère, la veille prolongée, ma fatigue circonstanciée. Vaincue, elle fronça les sourcils et referma la porte.

Quand j'ai rouvert les yeux deux heures plus tard, ma mère m'annonçait qu'on me réclamait au portail. Je me suis traînée à la fenêtre où Kat Linh lissait les deux mèches qui sortaient de sa queue-de-cheval. Avec son Lacoste vert, son fond de teint jaune et son gloss rouge elle ressemblait à un drapeau rasta.

— Qu'est-ce tu fous en pyjama ?

J'ai haussé les épaules en lui faisant signe d'entrer. Elle échangea des politesses indifférentes avec ma mère, monta prudemment l'escalier et entra dans ma chambre où elle se laissa tomber sur mon lit sans avoir enlevé son sac.

— Renaud t'attendait à la sortie des cours. Il m'a demandé où t'étais. T'étais où ?

Il était quatorze heures et je n'avais pas repensé à Renaud. C'était la première fois depuis des mois. J'ai revu l'habitacle de la voiture sous la lumière du réverbère, son regard appauvri par la sollicitude, le spectre de ma mère agonisant sous une table.

— Sympa ta chambre.

Kat Linh grimaçait de dégoût en remuant le verre

de jus d'orange où flottait mon mégot décomposé. Mes jambes tremblaient à cause des mignonnettes.

— Alors, il s'est passé quoi avec Renaud ? T'as couché ?

J'ai juré sur la tête de ma sœur qu'il ne s'était rien passé. Je l'ai aussitôt regretté, submergée de pensées négatives : ma sœur mourait dans un accident de la route, percutée sur son scooter par une Audi volée à la sortie du Baobab, une discothèque de Marbella. Ou bien elle se noyait en voulant sauver un enfant. Ou bien Javier la tabassait avec un fer à repasser quand elle lui annonçait son intention de le quitter pour revenir en France et prêter main-forte à sa mère tout en reprenant des études de peintre spécialisé dans les vitrines publicitaires.

— T'es une mytho. Je te crois pas. Et viens on sort, ça pue chez toi.

Elle s'est levée pour me donner l'exemple.

On était ensemble. Renaud et moi. Officiellement ensemble. On se tenait la main pour promener les chiens. S'il se baissait pour ramasser les crottes, je me baissais avec lui. Chez le grossiste alimentaire où il faisait les courses pour la pizzeria, on posait nos mains côte à côte sur la poignée de frein du caddie. Quelques minutes à pied nous séparaient ensuite du centre commercial des Chanteraines, où Renaud choisissait ses compilations de reggae. Dans les Hauts-de-Seine il y avait une communauté rasta plus développée que dans le Val-d'Oise, il connaissait un squat à Bois-Colombes, un jour il m'emmènerait danser, c'était là-bas qu'il avait vu les Neg'Marrons. On traversait la Fnac bras dessus bras dessous, Renaud chantait *Travailler c'est trop dur et voler c'est pas beau, Demander la charité Neg'Marrons peut pas le faire*. Les clients nous contournaient en rouspétant. Renaud disait J'adore les musiques noires, surtout celles qui se fument, et je riais comme un dindon. Renaud était intelligent. Il tenait principalement ses connaissances des chaînes du câble et des discussions de comptoir. Il avait bonne mémoire et beaucoup de curiosité. Installé sur sa table basse avec un sac-poubelle de Primavera et une balance électronique, il ensachait des pochons en me donnant des cours accélérés sur les femmes de Che Guevara, la reproduction des requins et la philosophie rastafari.

Une fois par mois Renaud faisait une folie : il m'emmenait déjeuner au Buffalo Grill, gare du Nord. Je n'avais jamais mangé dans un restaurant à Paris, à part le jour de l'enterrement de mon oncle, malheureusement à force de voir les gens pleurer ça m'avait coupé l'appétit. Le Buffalo c'était une folie parce que Renaud était végétarien comme l'impose le régime rasta, Mais la viande est meilleure quand elle a le goût du péché, déclarait-il en explorant le menu. Au centre commercial aussi il y avait un Buffalo, mais à celui de la gare du Nord il y avait son copain Mike qui nous faisait des réductions et des assiettes de seigneurs. Dans la vraie vie Mike s'appelait Mirko, il venait de Sarajevo, mais au Buffalo c'était Mike. Stratégie d'image de marque, avait expliqué le gérant. La stratégie d'image de marque c'est une suggestion de présentation appliquée aux humains davantage qu'aux produits. C'est comme ça que les Fouad devenaient des Freddy et les Myriam des Megan quand ils enfilaient leurs tenues de cow-boys dans les vestiaires du restaurant. Grâce à Mirko, Renaud mangeait le burger de bison au prix d'une salade Ranch et s'enfilait des Calamity Jane avec double dose de vodka, pour de l'alcool gratuit il pouvait faire une exception Jah Man, il y a des cadeaux qu'on doit apprendre à accepter.

C'est en sortant avec Renaud que j'ai fait ma troisième expérience professionnelle. De dix-neuf à vingt et une heures, du jeudi au samedi, je prenais les appels de la pizzeria. Je disais Pizzeria Centrale, bonjour, qu'est-ce qui vous ferait plaisir ? Je notais les noms des pizzas et les adresses de livraison sur un agenda 1999 qui n'avait servi à personne et qu'on avait recyclé en cahier de commandes. De temps en temps je tombais sur une date qui me rappelait le départ de ma sœur, le parking des Orangers, l'achat de mon sac Viahero ou ma rencontre avec Chanelle. Ça me donnait de la tristesse et de la joie – j'avais honte d'avoir fait certaines choses mais j'étais fière de ne plus les faire. Chanelle gagnait sa vie comme actrice anonyme de films pornographiques, moi j'étais standardiste. Comme Rachel au Club Med. Renaud me payait en nature parce que L'argent pourrit les relations, c'est ce qu'il disait en calculant sa caisse, et sa nature à lui c'était le chanvre qui se fume. Mon père n'était pas revenu à la maison, ma sœur non plus, mais après tout leur absence avait eu sur ma mère des conséquences positives, comme l'assouplissement de mes permissions de sortie. Quant au pouvoir d'achat, j'y avais goûté, j'en étais revenue – les billets bleus du Petit Prince n'avaient pas empêché les catastrophes de se déchaîner sur ma vie.

Ludwig et Franck téléphonaient parfois en camouflant leur voix dans un tee-shirt, Euh bonjour madame je voudrais commander une pizza au caca, mais comme ils explosaient de rire je n'avais aucun mal à les identifier. Je leur criais dessus, au cas où les vrais clients appelleraient la ligne sonnerait occupé.

Renaud finissait par leur dire, Vous voulez quoi les monstres ? Vingt minutes plus tard ils repartaient avec la bolognaise, gratuite, et deux cartes Pokémon que Renaud glissait en cadeau dans les boîtes des gens qui avaient des enfants.

Un dimanche sur deux, quand je n'étais pas enfermée chez mon père avec un prof particulier qui me faisait réviser mon brevet en m'aspergeant de postillons, j'accompagnais Renaud chez sa sœur Marilou. Marilou s'appelait Virginie. Elle avait changé de prénom. Ça ne m'étonnait pas mais Renaud trouvait ça ridicule, T'as même pas fait les démarches officielles. Marilou lâchait une longue expiration avant de répondre, C'est une transition symbolique.

Marilou vivait dans une maison de plain-pied près de la zone industrielle de Beauvais. Elle avait passé un an en Inde où, comme disait Renaud, elle avait mangé trop de curry. Elle était partie comme infirmière pour une mission humanitaire, puis en mission tout court le jour où elle avait découvert Goa. Elle vivait maintenant sous méthadone avec son fils Ganesh, né de père inconnu mais qu'elle disait avoir conçu par le mental avec un gourou polygame. Sa maison sentait fort le musc, mais pas assez pour camoufler l'émanation des plants de cannabis qui poussaient dans tous les placards. Trop instable pour exercer dans le corps médical, Marilou fournissait en herbe toute la ville de Beauvais et les communes avoisinantes, mais pas Renaud, Parce que l'argent pourrit les relations.

Marilou ne tarissait pas d'éloges sur les vertus thérapeutiques de sa marijuana, ni d'insultes sur la médecine occidentale. Elle portait des saris et elle avait une immense fresque de Siddhârta tatouée sur son décolleté qui remontait jusqu'au menton et lui faisait comme un bavoir. Elle avait des problèmes de concentration. Elle m'écoutait parler en me regardant fixement et répétait la fin de mes phrases pour être sûre d'assimiler. Elle transpirait. Elle tremblait. Elle bégayait.

— C'est le curry qui lui fait ça.

Renaud gérait les ordonnances de Marilou : tous les dimanches, il lui amenait ses médicaments de la semaine. Je lui avais parlé de mon oncle. Il avait craché par terre, Les drogues dures voilà ce que j'en pense. D'après lui des millions de gens étaient morts à cause des services secrets qui nous empoisonnaient pour qu'on se tienne à carreau, sans ça le monde serait en révolution permanente. Marilou avait été rapatriée par les services de l'ambassade. Elle se disait rebouteuse. Renaud était nerveux quand il était chez elle : il ne supportait pas de voir sa sœur détruite. Il cherchait une fuite d'eau, une serrure à graisser, une armoire à monter, n'importe quoi pour meubler sa visite. En attendant qu'il répare la maison, je fumais son herbe atomique en l'écoutant parler de ses projets professionnels. Elle comptait sur les aides sociales pour ouvrir son cabinet, avec les ondes néfastes du projet d'aéroport tout Beauvais serait à sa porte, elle pouvait purifier les hommes des toxines de la société et libérer la femme de l'emprise des hommes (les autres hommes, pas ceux qu'elle libérerait des toxines, parce que ceux-là ne feraient plus de mal).

— J'aimerais vous faire une cérémonie satya.

Ganesh jouait par terre avec une boîte de conserve. Dehors, les chiens tiraient sur leurs chaînes, la palissade tremblait, les enfants changeaient de trottoir. Dans la rue quelqu'un écoutait Nirvana : la voix de Kurt Cobain nous parvenait dans sa rage étouffée. Les cloches de la cathédrale sonnaient l'heure des vêpres, le soir tombait sur la campagne. Marilou allumait des bâtonnets d'encens. Renaud faisait craquer ses doigts.

— Virginie, arrête. Tu me stresses.

J'ai vraiment fini par aller acheter des frites McCain avec Renaud. Ce moment-là, c'était un bagage récurrent du tapis roulant de mes rêves. C'est comme les suggestions de présentation, les rêves, sauf qu'ils s'appliquent au futur plutôt qu'aux produits.

Je pensais qu'on arriverait devant la supérette en se tenant par la taille, mon corps avachi sur le sien, son bassin retenant le mien. Mais Renaud marchait devant moi à cause de Kaiser et Luna qui tiraient sur leurs laisses. Nous sommes passés devant l'église. La crypte était ouverte pour la visite exceptionnelle des tombes de la famille Bonaparte. Le syndicat d'initiative avait dressé une table avec une nappe en papier, des gobelets et du quatre-quarts.

— C'est la journée nationale du patrimoine des petites communes de France, nous annonça un bénévole, les poings sur les hanches, bien campé sur ses jambes dans ses baskets orthopédiques, ravi d'attirer la jeunesse dans la maison de Dieu.

Renaud prit une tranche de gâteau qu'il partagea avec ses chiens. De fil en aiguille, il fut initié à l'histoire impériale de la ville, aux jours tranquilles de la reine Hortense, notre duchesse municipale, épouse malheureuse de Louis, père d'un futur Napoléon sous les ordres duquel l'église allait être reconstruite pour accueillir leurs dépouilles. Cette crypte, j'avais eu beau la visiter trois fois, avec le centre aéré, avec ma prof d'histoire ou les cousins de mon père, je n'avais jamais compris qui moisissait là-dedans. Les restes de Charles Marie, doyen de la famille Bonaparte, avaient malheureusement été rapatriés à Ajaccio en 1951, se désolait le paroissien :

— Vous n'étiez peut-être pas nés, mais moi, je m'en souviens !

Les autres morts s'appelaient Louis Bonaparte, Napoléon Charles et Napoléon Louis, ils étaient frères, neveux, grand-père et petits-fils, certains avaient abdiqué leurs titres, d'autres les tenaient de la force, du suffrage ou du plébiscite. Dans tous les cas, je n'étais pas très impressionnée, on parlait de cadavres stockés depuis plus de cent ans, deux cents pour le Charles Marie.

Renaud voulait descendre. Il attacha les chiens à la rampe d'accès pour les personnes handicapées. La collègue du paroissien jugea bon d'intervenir : une personne à mobilité réduite serait gênée par cet obstacle. Ils avaient déjà eu un déambulateur et un paraplégique, ils ne pouvaient pas prendre ce risque.

— Tu me les gardes vite fait ? J'en ai pour deux minutes.

Renaud me fourra les poignées de laisses dans la main et s'engouffra dans l'escalier. Je restai plantée là avec les quatre-quarts et la retraitée bénévole qui ajustait ses bas de contention. Elle se lança dans un topo sur l'importance de notre héritage impérial. Chaque fois qu'elle disait Bonaparte, les visions du parking revenaient me battre la coulpe. Pour les maintenir à distance je me suis concentrée sur les publicités McCain. Je me suis revue, la couette roulée sous mon pubis, m'imaginant en train de déposer des frites sur la table de notre ranch provençal, avec le vol d'oiseaux sauvages qui traversait le soleil couchant du logo.

Renaud ne travaillait pas ce jour-là : il n'avait pas pu faire les courses pour la pizzeria. La veille, son ancien fournisseur de Primavera était passé quelques minutes avant la fermeture. Il portait un casque intégral avec une visière teintée qu'il ouvrit de deux centimètres en entrant dans le restaurant. Renaud remplissait des tupperwares avec les restes de garniture : ananas en tranches, olives noires, cœurs d'artichauts. Les habitués défilaient à la pizzeria mais Renaud terminait ce qu'il était en train de faire avant d'aller les saluer, Sinon je perds tous mes clients. Pas pour Dosar. Pour Dosar il avait laissé tomber le couvercle en plastique qu'il tenait entre les mains et s'était essuyé sur son tablier blanc, paumes et revers, deux fois, le même geste qu'il faisait avant d'encaisser de l'argent, pour ne pas le souiller de farine. Il avait attrapé la bourse et fait signe au casque de moto de le suivre dans le cagibi. Karim avait fixé Pento, Pento avait passé une main nerveuse dans ses cheveux, à la radio Yannick chantait *Ces soirées-là* mais dans la pizzeria personne n'avait le cœur à suivre le pas. J'ai pensé à tous les moments où ma vie avait basculé quand je m'y attendais le moins. Le téléphone a sonné, j'ai pris l'appel, Mme Hovhannisyan voulait une Regina spéciale. Pendant qu'elle m'épelait son nom je me suis rendu compte que les lettres avaient des vertus apaisantes. Le ciel peut tomber sur la terre, votre famille se décomposer, vos amis s'éloigner ; l'alphabet, lui, ne changera jamais.

Je fumais sur le trottoir quand ils sont finalement sortis du cagibi. L'homme au casque intégral a fait quelques pas avant de monter dans une voiture qui s'est éloignée bruyamment. Renaud m'a pris la cigarette des mains et a tiré trois lattes rapides, lui qui ne fumait jamais de tiges :

— C'est Dosar. Mon ancien fournisseur. Il vient de sortir de taule.

Pas de cash, pas de courses : la trésorerie du restaurant se faisait au jour le jour. Pour rouvrir, il faudrait écouler une demi-douzaine de pochons. Entre-temps, les stocks de pâte et de fromage seraient perdus. Quand je suis arrivée chez lui le lendemain matin, l'odeur de marijuana se mêlait à la lessive fraîche qui séchait aux poignées de portes. Les chiens grattaient pour sortir. Le cendrier débordait de culs de joints.

— Je t'attendais. J'ai la dalle. J'ai plus de thunes.

J'avais déjà dépensé ma semaine pour lui payer un plein d'essence. Il réussit à me convaincre d'aller demander de l'argent à ma mère. C'était plus compliqué qu'avant parce qu'elle était convalescente. D'après le docteur Khalifa ça voulait dire qu'elle acceptait que la désillusion fasse partie de sa vie au même titre que d'autres émotions : la joie, la peur ou les regrets. Je n'étais pas d'accord pour dire que les regrets faisaient partie des émotions et nous en avions débattu malgré tous les patients qui remplissaient la salle d'attente.

— Par les regrets j'entends le sentiment de chagrin que provoque en nous le souvenir de certaines choses qu'on a pu faire ou ne pas faire.

J'ai tout de suite pensé à Magritte et j'ai dit Oui, je vois. Il allait alléger son ordonnance, maintenant ma mère prendrait des plantes, mais pas du chanvre qui se fume. Elle dormirait moins qu'avant, surtout il ne fallait pas hésiter à lui montrer de la tendresse, ce dont elle avait le plus besoin c'était de stimulations affectives. Sur le chemin de la pharmacie j'entendais résonner cette phrase, *le sentiment de chagrin que provoque en nous le souvenir de certaines choses qu'on a pu faire ou ne pas faire.* J'étais désolée pour elle, tous ces mois de maladie à cause de la famille qu'elle avait essayé de créer, plus la convalescence, plus encore toutes les années qu'il lui restait à vivre avec ses enfants sur les bras.

Pour qu'elle me paie les frites McCain, j'ai dû inventer un mensonge sur les frais du costume de Ludwig et son spectacle de fin d'année, à l'école de musique ils adaptaient *Pierrot la lune*.

— J'y suis passée hier, et justement, le costume, c'est moi qui suis en train de le faire. Tu peux me demander du fric sans avoir besoin de mentir, dit-elle en me tendant un billet de vingt.

J'allais réaliser mon rêve, pourtant devant l'église

j'étais furieuse contre Renaud : c'était à cause de lui que j'avais menti à ma mère et qu'elle s'en était aperçue, Et ma confiance a des limites, avait-elle ajouté en me lançant un regard noir. Je ruminais encore quand il remonta de la crypte.

— Chanmé.

Renaud n'en revenait pas. L'aigle doré, le marbre blanc, les vitraux de l'abside, la fresque de saint Napoléon. Il me prit les laisses des mains et gratta la tête des chiens. Kaiser se dressa sur deux pattes.

— Bah ouais ma gueule, c'est toi le patron. Pour moi y a qu'un empereur dans ce bled.

Arrivés à la supérette, Renaud décréta qu'il préférait m'attendre à l'extérieur.

— Mais speed, OK ? Je crève la dalle. Je vais manger le clébard. Hein Kaiser ? Je vais te bouffer tellement je te kiffe.

J'ai choisi les frites toute seule. Les Tradition étaient en rupture de stock. Ils n'avaient que les Allumettes et les Country Potatoes. Je préférais les Allumettes parce qu'elles étaient plus croustillantes, je les avais goûtées chez Kat Linh, ça faisait comme des chips chaudes. J'ai pris les Country Potatoes parce que c'est celles qu'aurait choisies Renaud : elles avaient l'air plus nourrissantes. Sur la suggestion de présentation, en plus du logo provençal, les pommes de terre étaient servies avec une sauce béarnaise aux herbes fraîches et une laitue, mais je n'avais pas assez d'argent, ni pour la salade verte, ni pour les sauces Bénédicta.

J'avais beau connaître tout le personnel, je suis tombée sur une nouvelle caissière. C'était Alexandra, l'ex de Renaud, une folle furieuse anorexique qui lui avait pourri deux ans de sa vie. J'ai fait une croix sur le moment que j'attendais le plus : celui où je rajoute les Dragibus in extremis sur le tapis roulant, qu'il m'embrasse, attendri, et que je me retourne, et que derrière moi les gens sont morts de jalousie, parce qu'on a l'air super heureux et qu'ils espèrent un jour atteindre ce stade de l'amour. Au lieu de ça, j'ai payé les McCain avec l'argent de ma mère pendant que Renaud faisait des câlins à Kaiser. Dans la file il n'y avait personne parce qu'on était samedi matin et que le samedi dans ma commune c'était jour de marché.

— Tu sais qu'il trompe toutes ses copines ?

Alexandra me souriait, les bras croisés sur sa poitrine.

Les Country Potatoes n'ont pas eu la dorure qu'elles méritaient. Le four était en panne.

— On va les faire au micro-ondes, m'a dit Renaud qui avait tellement faim qu'il aurait mangé surgelé.

Les pommes de terre avaient la texture d'une éponge. Il leur jeta un sachet d'emmenthal râpé ; le fromage tirait sur le vert.

— T'es déçue ?

Renaud me caressait la nuque pour m'encourager à finir, mais je savais qu'il attendait que j'abandonne pour régaler les chiens aux frais de ma mère spoliée. Dans les pubs McCain, on montrait des foyers unis dans leurs salons Far West, des cheminées prospères, un chef de famille charcutant une grosse dinde et dehors une hache plantée en plein cœur d'un billot. Ce genre de vie. Moi, j'avais les soixante kilos de Renaud, sa passion aveugle pour ses abrutis de molosses, la convalescence de ma mère et l'indifférence de mon père. Aucune suggestion ne m'avait préparée à ça.

J'avais rêvé de nos réveils en amoureux. La frappe pointillée du soleil entre les stores, nos jambes en scoubidous, les miettes de croissants sur ma peau, la sonnerie du téléphone qu'il ne voulait pas décrocher, le Yop qu'on se partageait au goulot.

Mais quand je me réveillais chez Renaud le clic-clac était vide : le matin, il sortait avec Kaiser pour que Luna puisse nourrir ses petits. Les voisins du dessus se disputaient en tamoul. J'avais mal à la tête à cause de l'odeur des chiens, du tabac froid et de l'humidité. À l'heure de pointe, les messages du chef de gare couvraient l'écoulement de la chasse d'eau, Attention au passage d'un train sans arrêt veuillez vous éloigner de la bordure du quai. Les fenêtres tremblaient, le cendrier fumait. Je vivais dans ce monde, abandonnée de tous.

Renaud rentrait boueux ou trempé ou furieux parce qu'il n'avait pas mis la main sur la personne qui lui devait de l'argent. La pizzeria ouvrait un jour sur deux. Il fouillait les placards et les refermait bruyamment : il n'y avait rien à manger. Il roulait un joint pour se calmer les nerfs.

— Si t'as cinq balles je vais chercher du pain.

Assis au bord du lit, il soulevait l'oreiller où je me réfugiais. Renaud ne voulait pas d'enfants à cause de l'apocalypse imminente et parce que Babylone c'était trop dur pour les petits bouts. Regarde les vies qu'on mène, disait-il en parcourant son appartement du regard. Autant j'imaginais Chanelle allaitant dans son baldaquin, autant l'idée d'un nouveau-né moulé dans un body rasta avec une croûte de pizza pour hochet m'évoquait la désillusion. Mais avec moi ce serait différent, ajoutait-il en caressant mon ventre. Ils hériteraient de mon intelligence, ils feraient des études, ils paieraient nos retraites. La couverture me grattait les chevilles. Dehors, les voitures klaxonnaient dans les embouteillages. Le printemps ressemblait à l'automne, plaintif et paresseux. Il avait plu toute la nuit. Renaud me bécotait le cou du bout de ses lèvres gercées en me parlant des gosses que je lui donnerais après avoir passé mon bac. C'est lui qui disait gosse. Un jour il dirait casse-noisettes. Si j'approchais du bord du lit, Luna me léchait le visage. Je retournais sous l'oreiller, Renaud continuait à parler : avec moi nos enfants seraient riches, c'était les juifs qui contrôlaient les banques mondiales, les Rothschild par exemple, d'ailleurs ils avaient financé l'accès des nazis au pouvoir pour maintenir leurs intérêts privés, sans eux Hitler n'aurait jamais été élu, personne n'en parle parce qu'ils contrôlent même les médias, enfin quoi qu'il arrive, une mère israélite ça restait le meilleur du pire.

— Renaud. Laisse tomber. J'ai pas de thunes.

Luna me soufflait son haleine de croquettes aux betteraves. J'ai sniffé mon flacon de Ricqlès en pensant aux brioches qui m'attendaient à la maison. Je me suis rhabillée et je suis rentrée chez moi. Le ciel quittait peu à peu son linceul, le soleil allait faire une percée. Ma mère m'a proposé de l'accompagner chez Piguet. Les Piguet père et fils tenaient une ferme familiale, elle voulait acheter des asperges. Ma mère raffolait des asperges, elle les préparait en bocaux. C'était mon père qui les ramassait d'habitude, ses amis chasseurs connaissaient des buissons. Cette année, comme elle ne comptait plus sur lui elle avait décidé d'en acheter. J'ai dit D'accord et nous sommes montées en voiture.

Nous étions à mi-chemin de la ferme quand elle a mis son clignotant pour prendre le chemin de l'étang. Elle s'est garée avant d'arriver au point d'eau. J'en ai pas pour longtemps, a-t-elle dit en attrapant la natte de paille qu'elle gardait toujours dans le coffre. C'était la première fois qu'elle pratiquait son art depuis la maladie. J'ai pris une grande inspiration et mes poumons se sont remplis de joie. J'ai regardé le paysage : le panorama était encore mieux qu'au lavoir. Tout était vert autour de nous. Les maisons n'apparaissaient qu'au second plan et les tours se perdaient dans le smog. Au fond de la vallée serpentait un fil d'argent – c'était la Seine et, comme un trait d'union entre nous et les autres, les arcades du pont d'Argenteuil.

— Claude Monet adorait Argenteuil. De son vivant

c'était encore la pleine campagne, mais pour vendre ses toiles il pouvait rejoindre Paris en vingt minutes grâce au train. Imagine la modernité, pour l'époque.

Est-ce que les nouvelles lignes du réseau secret de Damien porteraient le nom des peintres de la région ? Ma mère déroulait son tapis. J'ai repensé au mien et je lui ai demandé : est-ce qu'elle s'en servait aussi pour faire défiler les rêves de sa vie ?

— L'art du moment présent c'est un peu le contraire des rêves, m'expliqua-t-elle en m'invitant à m'asseoir avec elle. Essayer d'apprécier ce qu'on a, plutôt que de se projeter dans ce qu'on n'a pas.

Elle a chaussé ses lunettes, fixé l'horizon et sorti de sa poche un paquet de tabac. Elle n'avait pas fumé depuis la naissance de Rachel.

— Bah j'ai repris, tu vois. Et ça fait un bien fou.

— Monsieur passe son tour ?

Ma mère examinait les têtes d'asperges quand le père Piguet l'a saluée.

— Pardon ?

— C'est monsieur qui vient d'habitude.

Ma mère a fait semblant de rire.

— Ah non, monsieur il les ramasse, les asperges.

— Il les ramasse peut-être mais il me prend quand même quatre ou cinq paniers par saison.

Il a soufflé sur une botte. Un nuage de terre s'est dispersé dans l'air. Des grappes de glycine pendaient aux poutres de la ferme, les lilas embaumaient dans la cour. Même les géraniums étaient beaux. C'était une floraison sensuelle. Le père Piguet avait perdu sa femme dans un accident de voiture. Il vendait aussi des bouquets de tulipes : leurs corolles rouges se reflétaient dans les flaques de la veille.

— Une vraie palette d'artiste, avait dit ma mère en entrant.

Des poules au cul duveteux – Mais non, des dindes, m'avait-elle corrigée – se promenaient dans la cour en caquetant – Non, elles cacardent, avait-elle ajouté pour me narguer. Le fils Piguet se tenait accoudé au distributeur de fromages. Il avait transpiré. Le soleil, plus du tout timide à présent, traversait son tee-shirt blanc. Les secondes s'étiraient, douloureuses et cruelles, pleines des mensonges de mon père.

— Quatre ou cinq paniers par an, répétait-elle pour elle-même, à voix basse, comme si c'était un mot de passe et qu'il fallait l'enregistrer.

Du revers de la main, elle écarta une mèche qui lui barrait le front. Tout le monde la regardait. Tout le monde observait en même temps ce qu'une femme trahie veut dire et personne ne savait quoi faire. Une année entière aurait pu s'écouler dans la cour, mais ma mère a fini par sourire. Ce n'était pas son sourire paratonnerre, celui qu'elle affichait quand elle tombait sur le répondeur de ma sœur ou quand la nouvelle compagne de mon père attendait dans la voiture qu'il nous dépose le dimanche soir pour le ramener à Paris. C'était simplement le sourire de ma mère.

— Non, écoute. Moi je suis raisonnable. Tu m'en donnes un, ça suffira.

Nous avons regagné la voiture en silence. Elle manœuvrait pour sortir de la cour quand Michel Piguet a toqué sur la vitre arrière. J'ai sursauté, j'ai cru qu'elle avait écrasé un poulet.

— Arrête avec ces poulets. Je t'ai dit que c'était des dindes.

Elle s'efforçait de rester calme. Elle a ouvert sa portière pour pencher vers lui son visage affolé. Michel Piguet lui tendait un panier d'asperges. Par-dessus, il avait déposé un bouquet de tulipes et des crottins de chèvre dans du papier vichy.

— Avec la flotte qui tombe on n'a rien vendu ces jours-ci. Autant te les offrir.

Il referma délicatement la portière et lui envoya un baiser.

Je n'ai rien vu venir quand Renaud m'a quittée. Il m'attendait à la sortie des cours, le siège abaissé en couchette, persuadé que des flics en civil quadrillaient mon établissement. Vite vite vite vite vite, dit-il en m'ouvrant la portière pour que je me dépêche de monter. J'avais obtenu mon brevet avec mention, ma mère avait harcelé le rectorat et grâce à ses magouilles j'étais boursière et scolarisée hors secteur, sur les boulevards des Maréchaux, à quelques mètres des portes de la capitale. Je fréquentais des élèves *born and raised in Paris*, selon l'expression consacrée que le prof nous avait apprise le jour de la rentrée. *Born and raised in Paris*, disaient les filles de ma classe en formant des ronds parfaits du bout des lèvres et en noircissant des répertoires avec des stylos qui rentraient parfaitement dans leurs trousses en métal. Elles portaient des marques que je ne connaissais pas et des parfums de parfumerie – pas les Eaux jeunes du supermarché. Peut-être que je m'étais masturbée sur le dos d'une de leurs cousines, agrippée au grillage de l'école Sainte-Catherine, prête à troquer tous les membres de ma famille pour vivre ne serait-ce qu'une journée de leur vie. Elles avaient quinze ans et demi mais elles en paraissaient vingt-quatre, elles jouaient au handball, leurs parents étaient architectes, ou alors ils avaient des cabinets de conseil, elles disaient ça, cabinet de conseil, et tout le monde, les élèves et les profs, faisait une moue d'approbation. C'était un signe de reconnaissance, une entente complice dont j'étais exclue : cabinet de conseil, est-ce que ça voulait dire qu'ils chiaient des bonnes idées assis sur des cuvettes chromées ?

Je n'étais pas *born and raised*, j'étais plutôt *born erased* : je venais d'une zone qui ne figurait pas sur les plans de métro, ni sur ceux du RER. Malgré tout je m'étais rapprochée de mon rêve, même si je longeais tous les jours les roulottes des prostituées du boulevard. Je me demandais si ces véhicules stationnés dans les contre-allées des portes de Paris avaient autrefois hébergé des couples heureux dans les campings de la Côte d'Azur, si ces couples avaient fini par exploser, ou par devenir des familles, s'ils avaient consulté l'Argus sur Minitel avant de les mettre en vente, si l'Argus avait mesuré la valeur de leurs souvenirs et s'ils avaient pu se douter, quand un entrepreneur en bâtiment leur avait fait une offre, qu'il s'en servirait pour exploiter des femmes sur les trottoirs des boulevards des Maréchaux.

Les hublots étaient fermés par des rideaux improvisés dans des housses de couettes d'enfants, avec des motifs de princesses ou de fruits et légumes. Peut-être qu'à l'intérieur de ces roulottes, ces femmes vivaient parfois quelques moments de grâce, qu'elles se partageaient des pizzas, qu'elles se peignaient les ongles en se moquant de leurs clients, qu'elles écoutaient des divas serbes en buvant de l'amaretto. Mais j'en doutais. Le jour où Renaud m'a quittée, j'ai vu une Chinoise en cuissardes déféquer sur le marchepied de la caravane voisine. Ce n'était pas un étron imaginaire comme celui de Rachel avant son départ en Espagne, c'était un vrai caca qui sortait de ses fesses pendant qu'elle tapait du poing sur la porte. Sur le trottoir d'en face, les cuisiniers de la brasserie, en baggy dans leurs sabots blancs, fumaient devant la porte de service et l'encourageaient en riant.

J'aurais dû me douter que cette scène annonçait quelque chose. L'image me poursuivait encore quand les cours ont commencé. Elle m'a hantée toute la journée. La prof d'histoire faisait les cent pas sur l'estrade en nous dévoilant les détails de la conquête du Nouveau Monde. Je recopiais des dates, des noms de massacres et des noms de héros, mais j'étais assaillie de pensées négatives. À quoi bon étudier ? J'allais finir ma vie en fredonnant des chansons balkaniques dans un utilitaire garé à cheval sur un trottoir, sur le parking d'un centre pour handicapés ou derrière les grilles d'une école privée. Une force avait mis cette Chinoise sur ma route pour me rappeler à mon destin. Son cul translucide offert à la circulation était comme une lune qui éclairait ma voie dans la lumière du petit jour. Pute un jour, pute toujours, même si j'avais vu Erin Brockovich au cinéma : si Julia Roberts était passée de Pretty Woman aux cabinets des plus grands avocats, pourquoi pas moi ?

Renaud annonça qu'il était amoureux de Séverine en s'engageant sur le périphérique, porte de la Chapelle. Porte de la Chapelle, c'était le signe d'une idylle sincère, un mariage peut-être. Ensuite je m'étais ravisée : porte de la Chapelle c'est le signe qu'on peut croire aimer pour toujours et se faire larguer pour une autre à la porte la moins ambitieuse de Paris. La veille, à la radio que ma mère écoutait dans la cuisine, Romain Gary disait que passé la première déception, on occupait le reste de son existence en « jouant à l'amour ». La vie vaudrait-elle la peine d'être vécue ?

Ils avaient dormi ensemble, m'expliqua-t-il en doublant un poids lourd. Séverine, la voisine aux paupières infectées, aux dents noircies par le goudron. Séverine, l'aide-soignante en soins palliatifs que les familles payaient pour faire mourir leurs vieux plus vite. À dix-sept heures la circulation était dense, nous roulions lentement et j'avais l'impression que les platanes tombaient les uns après les autres sur le pare-brise de la voiture. Leurs troncs déracinés s'enfonçaient dans ma gorge, perforaient mon thorax, obstruaient l'air, la parole et l'espoir. J'ai voulu baisser le chauffage ; il était déjà éteint. J'ai ouvert la fenêtre. Je l'ai aussitôt refermée, asphyxiée par les gaz d'échappement. J'ai posé ma tête contre la vitre grasse. Les images m'assaillaient. La tombe de Mustafa, Nelly Rodrigues, les cendrillons sur les hublots des caravanes, la Chinoise en cuissardes et les cuvettes chromées.

— Elle et moi… c'est spécial. On vient des mêmes planètes, on a les mêmes cratères.

Les mêmes cratères. Séverine avait dû l'envoûter

avec ses pierres en œil-de-tigre. Les poteaux défilaient à distance régulière, comme des virgules ponctuant son discours. Je n'allais pas pleurer. J'ai pensé aux hommes qui avaient quitté ma mère et sa mère avant elle, et la mère de sa mère – à toute l'histoire des larmes versées sur l'abandon des hommes. Les platanes continuaient à tomber mais je n'allais pas pleurer. J'ai convoqué d'autres images répulsives, sa pâleur qui tirait sur le vert dans le faisceau glacé de la télévision, les trous de boulettes dans sa couverture polaire, ses chaussettes de tennis blanches, l'odeur des chiens le matin au réveil, leurs poils collés sur le carrelage.

Renaud continuait à parler. Sur la file de gauche, les voitures nous dépassaient. Une jeune femme, seule au volant, se disputait au téléphone – le cordon noir du kit mains libres sursautait quand elle s'énervait. Un homme d'une cinquantaine d'années couvait une vieille dame assoupie sur le siège passager. Dans une 206 noire, un garçon, les manches de sa chemise retroussées, l'avant-bras au repos sur la vitre baissée, une cigarette se consumant entre ses lèvres, chantait les Rois du monde pour amuser la fille assise à ses côtés : *À quoi ça sert d'être sur la terre, Si c'est pour faire nos vies à genoux ?* En les doublant, deux collègues de chantier, perchés dans leur utilitaire, leurs habits tachés de peinture, ont levé le pouce pour le féliciter et le garçon s'est esclaffé. Il y avait tant d'autres histoires que la mienne entre deux sorties de périph.

Et dire que j'étais toujours vierge. Renaud continuait à parler. On était partis sur de mauvaises bases, il ne pouvait rien m'apporter, il ne voulait pas m'influencer dans une période importante de ma scolarité, la pizzeria faisait faillite, j'étais trop jeune, ma famille le méprisait – encore une fois, je méritais mieux que lui. Ma famille n'avait même pas cherché à le connaître, à part Ludwig pour les pizzas gratuites. Je n'ai pas insisté sur ce point, et même si j'avais essayé, Renaud ne me laissait pas parler : il était obsédé par la liste des choses formidables qui arriveraient dans ma vie quand il n'en ferait plus partie. Il causait encore quand nous sommes arrivés chez moi. Je n'avais toujours pas pleuré. Je sais que dans les films les gens partent en claquant la portière. Pas moi : je l'ai laissée grande ouverte et j'ai prié pour qu'une voiture passe et l'arrache.

Ma mère était assise en amazone sur le rebord de la baignoire, un livre posé sur les genoux. Simon barbotait dans son bain. Elle portait une couronne en papier crépon qu'il lui avait fabriquée à l'école – car Simon n'allait plus chez la puéricultrice. Il était en petite section, encadré par une assistante, et les enfants de l'école se disputaient ses câlins. Je suis entrée et ma mère m'a tendu une enveloppe : c'était une lettre de ma sœur. Javier s'était fait virer du Club Med. Il s'était recyclé dans l'animation commerciale, c'est-à-dire qu'il se promenait dans les supermarchés pour annoncer les soldes flash. Pendant ce temps-là, ma sœur vendait des maillots de bain dans les bars de la région. Elle disait qu'elle gagnait plusieurs centaines de francs par jour ; elle avait barré francs pour écrire euros à la place. À l'intérieur de la lettre il y avait une carte postale, une photo d'une brochette d'hommes en string sur une plage quelconque de la Costa del Sol. La carte postale m'était adressée. Elle disait Je t'attends ma chérie. Ici aussi les mecs sont nazes, mais au moins, ils sont bronzés.

J'ai lu la carte et j'ai pleuré. Renaud m'avait promis qu'on descendrait à Marbella. Il voulait ramener du shit d'Espagne, ma présence ferait diversion à la douane.

— Rachel a du caractère, a dit ma mère en posant la main sur ma cuisse, mais elle t'aime, tu sais ? Elle t'aime beaucoup.

J'ai reniflé et j'ai dit Non, c'est pas pour ça que je pleure. J'ai raconté : Renaud, Séverine, les platanes du périphérique et les promesses de Romain Gary.

— On ne peut rien faire contre le désir des autres, a-t-elle dit en parcourant la salle de bains du regard, l'air de dire, Tu vois, moi non plus je n'ai rien pu faire.

La couronne était trop grande et lui tombait sur les yeux. Elle l'a réajustée. En guise de joyaux, Simon avait peint des ronds multicolores sur le papier crépon. Peut-être qu'enfin je pouvais la comprendre, peut-être que le malheur fédère plus que la joie. Un silence a traversé la pièce, il était baigné de tendresse. Ma mère redressait sa couronne quand une volée d'eau tiède nous a éclaboussées. On a sursauté en même temps : Simon s'était cogné le crâne contre le robinet. On s'est précipitées pour lui venir en aide, mais il a relevé la tête en éclatant de rire, et nous aussi.

PAPIER À BASE DE FIBRES CERTIFIÉES

Le Livre de Poche s'engage pour l'environnement en réduisant l'empreinte carbone de ses livres. Celle de cet exemplaire est de :
200 g éq. CO_2
Rendez-vous sur www.livredepoche-durable.fr

Composition réalisée par Soft Office

Achevé d'imprimer en France par
CPI BRODARD & TAUPIN (72200 La Flèche)
en janvier 2023
N° d'impression : 3051024
Dépôt légal 1re publication : février 2023
LIBRAIRIE GÉNÉRALE FRANÇAISE
21, rue du Montparnasse – 75298 Paris Cedex 06

78/3489/4